신선한 **생선** 사나이

*F R E S H* **FISHMAN**

김종은

소설집

신선한 생선사나이

F R E S H
FISHMAN

창비

# 차례

프레시 피시맨

# 1

그때, 우리는 나무궤짝에 담겨 있었다.

어린이야구단에 입단하던 날이나 아버지가 자전거를 사주던 날처럼 눈에 보이듯 고개만 돌리면 저 어딘가 뒤편에서 당장이라도 펼쳐질 것 같은 그런 기억은 아니다. 그런데 이상하게도 그 기억은 시간이 지날수록 더욱 선명해져만 간다. 당장이라도 손에 잡힐 것처럼……

우리는 나무궤짝에 담겨 있었다.

궤짝에 담겨 있었다는 것, 물론 자랑할 만한 기억이라 할 수는 없다. 하지만 의지와 상관없이 튀어오르는 기억을 또 어떻게 할 수도 없으니 아무튼 굳이 감출 필요는 없다 생각한다. 그 일로 인해 억울한 일을 당했다든지 뭐 그런 일은 없었으니까.

지금도 난 종종 그때의 일을 회상하곤 한다. 물론 상상하기 힘들겠지만 그리 나쁜 기억만은 아니다. 몸에 온통 비린내가 배어버린 것만 뺀다면 말이다.

내가, 아니 우리가 담긴 궤짝은 여러 장의 얇은 판자 조각으로 엮어진 것이었다. 그리 탄탄할 리 없었다. 가운데 판자 조각은 오랫동안 물기에 젖어 있었는지 이미 절반 이상 썩어 문드러진 채였다. 그것은 마치 눅눅한 종잇장 같아서 당장이라도 푹 하고 주저앉을 것 같았다. 몇몇 판자 조각의 중앙에는 작고 잔뜩 녹이 슨 못이 오 쎈티미터쯤 튀어나온 채였다. 그리 날카롭다는 느낌이 드는 것은 아니었지만 그래도 위협을 느끼기에는 충분했다. 그것은 마치 늙은 개의 이빨 같았다.

이쯤이면 그 부실의 정도란 누구나 짐작할 수 있을 것이다. 요컨대 그곳은 가만히 바라보고만 있어도 무시무시한 생각이 절로 생기는 그런 궤짝이었다. 바닥에 떨어져 머리가 깨지는 충격과 그 충격이 가져다줄 고통이랄지 무언가 허리 깊숙이 침범해 들어올 것만 같은 참혹한 날카로움 따위. 그런 생각이 자꾸만 들었기 때문에 그곳에 도착한 이후로 나는 줄곧 꽤 오싹한 기운에 시달려야만 했다. 때문에 나는 눈알을 굴리며 바닥과 모서리 모두를 경계하는 데 최선을 다해야만 했다. 그러니까 우리에게는 어째서 이곳에 이렇게 모이게 되었을까 따위의 생각을 할 겨를조차 없었다.

우리가 생각해야 할 것은 오직 하나뿐이었다.

'서로 몸이 흔들리지 않도록 최대한 힘을 써야 한단 말이지.'

우리 모두에게 생각이란 그뿐이었다. 코를 찌르는 수돗물의 역겨운 냄새와 진흙투성이의 장화에 머리가 짓눌리던 고통, 그리고 던져지듯 궤짝에 담기던 처음 순간의 아찔함은 사라지지 않은 채였지만 그런 것들 일일이 신경쓸 겨를이 없었다. 그저 빳빳한 자세를 유지하는 데 최선을 다해야 했으니까.

우리가 담긴 궤짝은 계속해서 어딘가를 향해 움직이고 있었다. 하지만 도착지가 어디인지는 그 누구도 알지 못했다. 사실 애초에 우리는 궤짝이 움직이고 있다는 사실조차 몰랐다. 누군가—우리 중 퍽 예민한 녀석이었을 것이다—궤짝이 움직이는 것 같다고 소리쳤을 때에야 비로소 고개를 끄덕인 것이었다. 어디론가 알 수 없는 곳으로 끌려간다는 것. 당장이라도 주저앉을 것 같은 바닥 위에서 날카로운 못의 위협까지 견뎌내며 아주 서서히 알 수 없는 곳으로 끌려가고 있다는 것. 그 참혹함은 일견 매서운 추위와도 같았다. 우리 모두가 눈을 깜박이는 것을 잊어버린 것마냥 동그랗게 눈을 뜬 채로 부들부들 떨어대기만 한 것은 그 때문이지 않았을까.

우리가 도착한 곳은 우리가 떠나온 곳만큼이나 넓고 밝았다. 하지만 무척 시끄러웠다는 점에서 달랐다. 누군가 바닥을 두드리는 것 같은 낮고 육중한 소음이 귓가에 울리기 시작했다. 누군가 바삐 걷고 있는 듯한 발걸음 소리도 들렸다. 어딘가 도착한 모양이었다. 유혹처럼 밝은 할로겐 불빛이 부실한 판자 틈으로 밀려들었다. 궤짝은 이미 멈춘 상태였지만 소음과 발걸음 소리는 여전했다. 우리가 도착한 곳은 애초에 우리가 담겨온 궤짝과 별반 다르지 않은 것 같았다. 한참을 움직였는데 제자리인 듯한 느낌. 그것은 분명 괴상한 일이었지만 누구도 크게 신경쓰는 것 같지는 않았다.

"똑같아!"

때마침 가까스로 몸을 일으킨 누군가가 우리와 비슷한 처지에 놓여 있는 수많은 '우리'들을 보고 소리쳤다. 우리는 모두 힘겹게 몸을 일으켜 그쪽을 바라봤다. 판자 사이로 스미는 빛 때문에 쉽게 눈을 뜰 수 없었지만 애써 밖을 내다볼 필요는 있었다. 무엇인가 가득 담겨 있는 궤짝들이 눈에 들어왔다. 무한한 궤짝들의 행렬. 궤짝을 담는 또하나의 궤짝. 우리가 도착한 곳이 또하나의 거대한 궤짝이라는 것을 깨닫게 되기까지는 그리 오랜 시간이 필요치 않았다. 그것은 단지 양의 문제였을 뿐.

잠시 후 우리가 담겨 있던 궤짝 위로 또다른 궤짝이 올려졌다. 곧 우리에게는 맞닥뜨려야 할 새로운 상대가 생긴 셈이었다. 우리에게 엄습한 것은 무시무시한 어둠이었다. 우리의 궤짝 위로 올려진 또다른 궤짝의 불길한 그림자였다. 그것은 그나마 밖을 확인할 수 있는 유일한 통로이던 낡은 판자 조각들의 틈을 완벽하게 메워버렸다. 그러자 정확히 그 어둠만큼의 두려움도 밀려들었다. 하지만 우리 모두는 이미 지친 상태였다. 그래서 할 수 있는 일이 없었다. 무력감. 그러니 그저 여태 그래온 것처럼 축 늘어져 있을 수밖에.

그러나 그때 나는 탈출을 생각했다. 어둠이 피부로 스미는 것을 느끼며 일어나야겠다는 생각을 한 것이었다. 그것은 어둠이 전해준 힘인지 몰랐다. 나는 힘주어 팔다리를 움직여봤고 힘껏 소리도 질러봤다. 그러나 침묵은, 또 어둠은 좀처럼 깨질 줄 몰랐다. 입밖으로 아무런 소리도 새어나가지 않았다. 공허한 빈 입의 움직임은 되레 주변을 더욱 더 고요하게 만들 뿐이었다. 팔과 다리도 마찬가지였다. 마치 지느러미처럼 힘없이 바닥과 벽을 내리치는 팔과 다리는 기껏해야 탁, 탁, 정도의 소리만 낼 뿐이었다.

마치 지느러미처럼. 슬픈 지느러미처럼.

그때 문득 깨달았다. 나는, 아니 우리는 물고기가 된 것이다. 그래, 이곳은 거대한 도매상이거나 어쩌면 물류창고일 거야. 그도 아니라면 쇼핑쎈터쯤 되겠지. 그러니까 우린 물고기, 이제 갓 잡힌 생선이 된 거야. 이 무시무시한 어둠속에서. 제길! 생선이 되어버리다니.

정말이지 알 수 없는 일이었다.

사방으로부터 조이듯 다가오는 물방울 소리를 들으며 나는 그렇게 생각했다. 축축한 몸뚱이가 불쾌하기만 했다. 이 지긋지긋한 비린내는 그때 배어버린 것이다.

다시 말하지만 생선이 되었다는 것. 물론 상상하기 힘들겠지만 경험에 의하면 그것은 그리 특별한 일이 아니다. 그렇지 않다면 그때 우리는 무시무시한 갈고리에 관한 이야기를 좀

더 나눠야 하지 않았을까. 하지만 그때 우리는 그 이야기를 그만뒀고 '과연 누가 더 싱싱하단 말인가'란 문제를 놓고 열띤 토론을 벌였다. 주제만으로도 예상했겠지만 토론은 물론 흥미롭지 않았다. 쓰레기 같은 단어들만이 무수히 오갔을 뿐이었다. 그때 나는 슬그머니 그들 틈에서 빠져나와 구석에 기댄 채 노래를 불렀다. 그러나 내 노래를 알아차리는 사람은 아무도 없었다. 그저 입만 뻥긋거린 것이었을 테니 당연하지 않나. 생선 주제에 토론은 뭐고 노래는 뭐란 말이야. 나는 슬프게 움직이는 내 입 모양을, 내 말들을 그제야 확인할 수 있었다. 그럼에도 나무궤짝 구석에 홀로 누워 있던 나는 어쩐지 노래를 멈추고 싶지 않았다.

문득 동그란 두 눈에, 끔벅거리지도 못해 정말이지 놀란 것처럼 동그래진 두 눈에, 눈물이 고여 소리없이 흘러내리기 시작했다.


나는 물고기. 나는 생선. 너는 물고기. 너는 생선.
나는 궤짝에 담겨 있어. 위태롭게 담겨 있어.
나는 팔려간다네. 우리는 팔려간다네.
맑은 눈과 푸른 등줄을 뽐내지만, 그깟 것 무슨 소용이람.
신선하게, 신선하게. 그러면서 머릴 눌러 밟아, 던져지면 또다시 궤짝일 뿐.
궤짝에선 늘 누워 있어야 해. 똑바로 서고 싶지만. 푸른 바다를 그리며 허리를 곧게 펴고 싶지만 말이야.

정신을 잃고 다시 생각해보면, 그래, 나는 그때 궤짝에 담겨 있었어.

이제 곧 모든 것은 멈춰질 테지. 나는 신선한 생선 한마리.

오싹한 한기가 느껴진 것은 그때였다. 숨이 턱 막혀버릴 만큼의 엄청난 굉음이 온몸을 압도하던 순간. 마치 무언가 무너지는 듯한 소리를 들을 수 있었다. 순간 모든 것이 흐릿해졌고 끝내 나는 정신을 잃고 말았다. 무슨 일이 벌어지고 있는지 짐작조차 할 수 없을 만큼, 흐르던 눈물이 멈출 만큼, 열띤 토론을 벌이던 녀석들의 입이 굳을 만큼의 큰 소리였다. 어쩐지 그 소리가 차갑게 느껴졌다. 순간 내 몸은, 또 우리의 몸은 뻣뻣해지기 시작했다. 몸을 비틀어봤지만 좀처럼 움직이지 않았다. 어느덧 입조차 열 수 없게 됐다. 물론 눈을 깜박일 수도 없었다.

추웠다. 미치도록 추웠다.

큰 소리를 내며 내게 다가온 것들은, 아니 굴러떨어져내려 순식간에 모든 것을 덮어버린 것들은, 아, 그것은 혹독한 추위였던가. 얼음덩어리들이었던가.

멈춤. 모든 것이 정지된 듯한 느낌을 아는지. 난 말이야 세상 모든 것이 멈춰버렸으면 좋겠어.

—내 친구의 소설, 「a fresh fish man」 전문, 혹은 일부

그때는 언제였던가. 입을 굳게 다물고 눈을 감아본다.

그때,
「신선한 생선 사나이」를 이미 고교 삼년 시절에 집필해낸 훌륭한 작가였던 친구와 나는 불치병에 시달리고 있었다.

물론 우리가 파란 줄무늬 십자가가 덕지덕지 붙은 촌스러운 병원옷을 입고 냄새나는 침대에 누워 한달 이상을 끙끙 앓다가 찾아오는 가족이나 친구가 뜸해지는 우울하기 짝이 없는 순간, 그러니까 낡은 병원 냉장고에는 기껏해야 최후의 유통기한을 이틀쯤 앞둔 녹물 줄줄 흘러내리는 황도 통조림만이 덩그러니 남는 순간 담당의사로부터 아주 심각하게 "노력은 해봤지만 어쩔 수가 없소"라든가 "당신네 둘은 말이야 현대의학의 궁지에 몰린 셈이야" 혹은 "좀더 기다려보는 게 좋겠어, 그러나 각오는 해두는 것이 좋겠지" 따위의 진부한 대사를 들은 것은 아니었다. 의료기관이 내어주는 공인된 판정이라면 나도 친구도 단 한번 받아본 적이 없었다. 그렇다고 우리를 "좋아, 불치병에 걸리고 말았단 말이지"라 내뱉고는 정오부터 그늘진 양화대교 아래서 팩 소주나 들이켜는 그런 부류로 생각하지는 말아줬으면 좋겠다. 최소한 나와 친구는 어린 나이에도 불구하고 자신의 병을 확실히 진단해낸, 흔한 말로 '내 병은 내가 잘 안다'는 식의 현명한 청년이었으니까.

겉으로 드러나는 증상이라면 친구와 나는 그다지 다르지 않았다. 창백한 얼굴과 좀처럼 늘지 않는 식욕. 덕분에 다른 사

람들과 어울리는 것을 무척 꺼린다는 것. 증상은 그렇게 같았
다. 그렇다고 해서 우리의 대인관계라는 것이 도무지 벌어지
지 않는 낡아빠진 자물쇠마냥 꽉 닫혀 있었다는 뜻은 또 아니
다. 우리와 절친하다고 생각되는 사람들의 모임 같은 것을 만
든다면 모임장소로는 올림픽공원 체조경기장쯤 고려해야 할
테니까. 그러니까 우리로 말하자면 타인과의 관계를 적절히
조절할 수 있는 능력을 가졌으면서도 그저 그 능력을 활용하
지 않은 케이스라고나 할까. 우리가 사람들을 잘 만나려 하지
않았던 것은 앞서 말한 불치병 때문이었다.

　증상은 그리 대단치 않았다. 하지만 그 결과를 상상하고 있
노라면 증상과는 달라서 뭐랄까 심각하기가 짝이 없었다. 사
실 내가 무서웠던 것은 그 결과였다. 내 경우 생명활동에 치명
적인 상처를 줄 정도는 아니었지만 친구는 언제나 당장이라도
죽어버릴 것만 같아서였다. 녀석은 늘 그런 죽을 것만 같은 표
정으로 걸어다녔다. 녀석의 그런 표정을 보고 있노라면 검은
줄을 두른 녀석의 사진을 들고 장례행렬을 이끄는 내 모습을
쉽게 떠올릴 수 있었다. 그런 상상을 하고 있노라면 온몸에 소
름이 돋았다. 그러니 그런 의미에서 결국 내 결과도 끔찍하기
는 마찬가지였다. 기껏 어렵사리 사귄 친구가 죽어버린다면
그건 너무나 가혹한 일일 테니 내게 있어서도 그것은 최악의
경우인 셈이었다.

　하지만 그것은 정말이지 최악의 경우이므로 실제 거기까지
생각이 미치는 경우는 극히 드물었다. 실은 장점도 있어서 최

악의 경우를 떠올리는 것은 잠깐일 때가 많았다. 증상과 관련해 우리는 그 누구보다도 혼자 시간을 보내는 일에 능숙했다. 도서와 음반수집, 비디오 감상, 컴퓨터 채팅, 인터넷 접속이거나 낙서 따위. 그 다양한 종류의 일들을 우리는 썩 잘했다. 누구나 다 하는 일들이라 말하는 사람이 많겠지만 믿어도 좋고 믿지 않아도 좋다. 어찌됐든 그 방면에서는 우리가 최고였다. 사실 얼마 전까지만 해도 우리말고는 그런 것들을 즐기는 사람이 흔치 않았다. 뻔한 일처럼 느껴지는 것은 우리처럼 생활하는 사람들이 자꾸 늘었기 때문이지 않을까. 아마도 혼자 시간을 보내는 혹은 보내려고 하는 사람들이 많아진 까닭이겠지. 혼자 동시에 얼마나 많은 것들을 한방에 할 수 있느냐에 매달려서 말이야. 아니면 우리처럼 아픈 사람들이 많아졌거나. 아무렴.

누가 뭐래도 우리는 그런 일들을 가장 재미있어했다. 그렇지만 그렇다고 해서 또 좋아하는 일만 하고 살 수는 없는 법이니 그래선지 어쩐지는 잘 모르겠지만 어쨌든 우리에게는 그것 말고도 해야 할 일이 많았다. 그것은 고르고 말고 할 것도 없는 성질의 것이었다. 다들 그것이 우리의 일이라 하니 따르는 수밖에 도리가 없었다. 시끄러워지거나 이것저것 따지고 드는 건 또 질색이어서 우리는 묵묵히 우리에게 주어진 그 일을 했다. 아니 그 일만 했다. 대부분의 시간을 껌처럼 책상에 들러붙은 채 미분이나 적분 또는 영어로 된 원소를 노트 위에 적어 쪼개고 합치는 일이 우리의 몫이었다. 아아, 정말이지 하나같이 부질없는 일이었지만 우리는 대부분의 시간을 그 일로 허비해야만 했다. 다시 말하지만 시끄러워지는 건 질색이었으니까.

그런데 그러고 있노라면 진짜로 껌이 되어버린 느낌이 든다는 것을 다들 아는지 모르겠다. 달콤한 기운이 몸 밖으로 빠져나가는 느낌. 이후에 느껴지는 무의미함 또는 건조함. 정말 껌처럼 몸이 딱딱해져서 누군가 다가와 떼어주기 전에는 꼼짝도 할 수 없던 적이 실제로 있기도 했다.

"누군가 와서 좀 씹어줬으면 좋겠어!"

그랬다. 친구와 나는 고교 동창이었다.


돌이켜보니 그때였다. 나는 녀석을 대수롭지 않게 여기던 터였다. "자식, 얼굴이 하얀 걸 보니 변비구만." 그 이상의 생각은 하지 않았다. 애초에 시작이 그랬다. 녀석과 나는 다른 부류라는 것이 단박에 느껴진 것이었다. 물론 지금도 나는 녀석과 내가 같은 부류라고는 생각하지 않는다.

그때는, 지독히 무더운 여름날이었다. 체육시간이었는데 홀수 번호와 짝수 번호로 편을 나눠 야구시합을 했다. 운동장 면적관계로 약식 야구를 할 수밖에 없었는데 당시 난 투수였다. 그건 지금 돌이켜봐도 놀라운 일이다. 그러니까 그날은 정말 여러모로 특별한 날이었단 것이다. 이제 나는 사람마다 보이지 않는 실을 하나씩 달고 있어 하늘의 신들이 그 끈을 잡고 장난친다는 어느 추운 나라의 운명과 관련된 신화를 그 인연을 굳게 믿는다. 왜냐하면 더운 여름날에 고교 삼년반이 체육 시간을 지켜 정상적으로 수업을 강행한다는 것 자체가 흔치 않은 일인데 게다가 종목을 야구로 선택하다니 더더욱 드문 일인 까닭에서다. 것뿐인가. 아이들 모두가 저마다 투수를 하겠노라 설쳐대는 통에 회마다 돌아가며 공을 던지는 룰을 택했는데 그럼에도 불구하고 내 차례에 녀석이 타석에 서게 된 것이니 분명 누군가 내 끈과 녀석의 끈을 잡고 장난친 것이 틀림없지 않나. 그렇지 않고서는 도무지 벌어질 수 없는 일이었다. 어찌됐든 약식 야구였음에도 정식으로 공을 던지고 만 나는 공이 손바닥을 떠난 시원스런 순간 나 스스로 만들어낸 가공할 만한 스피드를 지탱하기 위해 허리를 잔뜩 굽혀야만 했다. 그래서 나는 당시 녀석의 표정을 기억하지 못한다. 정말이지 나이스 피칭이었으니까. 때문에 녀석이 통통한 야구공을 얼굴로 쳐낸 후 주저앉아 잠깐 동안 코피를 쏟다 장난삼아 부러뜨린 성냥개비처럼 툭 하고 어이없이 바닥에 쓰러진 것을 한참 후에야 알 수 있었다. 녀석은 이미 피를 흘리다 쓰러진 직후였다. 아무튼 규정은 지켜야 한다. 그렇지 않으면 사고가 생기는 법이니까.

담임이던 체육선생은 등나무 아래 벤치 위에 모자를 푹 눌러쓴 채 드러누운 지 오래였다. 때문에 많은 아이들은 한참을 허리를 꺾어가면서 깔깔댈 수 있었다. 대부분 사태의 심각성을 모르는 모양이었다. 내 강속구의 위력을 누구보다도 잘 아는 나는 순간 어떤 운명적인 위험 같은 것을 느꼈다. 녀석의 피를 밟고 녀석 앞에 무릎을 꿇은 나는 녀석을 부축한 다음 수 돗가로 향했다. 그런 다음에는 수도의 물을 틀었고 흐르는 피를 물로 씻어줬다. 그렇게 끝나야 했다. 고만고만한 십팔세의 남학생이라면, 그렇게 삼분쯤 흐르는 물로 코를 닦고 고개를 젖힌 다음 이분 가량 만져주면 멎는 것이 코피다. 코피란 그렇게 치료하면 낫는 상처다. 그런데 녀석의 피는 멈출 줄 몰랐다. 시간이 지나자 되레 보란 듯 더 거세게 흐르는 듯했다. 녀석의 코에 피를 담아두는 누구도 모르는 댐이 하나 있는데 내가 그 둑을 무너뜨리기라도 한 모양이었다. 아니면 녀석이 나를 더더욱 송구스럽게 만들기 위해 부러 콧구멍 안쪽 댐의 모든 수문을 열어놓았든지. 그렇지 않고서야 그렇게 많은 피를 흘릴 수 있을까. 슬슬 초조해지지 않을 수 없었다. 사실 나는 당황하고 있었다. 고백하자면 그렇게 무시무시하게 흘러내리는 피는 난생 처음이었다. 영화 「살아난 시체들의 밤」보다도 더 생생하던 그 장면은 정말이지 공포영화 그 자체였다. 누군가의 대사처럼. 호러. 호러. 호러.

머리칼이 쭈뼛 서는 냉기가 몸 전체를 휘돌았다. 나는 두려움이라는 구멍에 빠진 듯한 기분이 됐다. 코뼈가 부러진 상황일 수도 있다는 생각이 들자 그 구멍에서 빠져나오기가 힘들었다. 그래서인지 나는 녀석에게 신경질을 부리고 말았다.

"뭐야? 왜 이렇게 멈추지 않아?"

"어, 괘, 괜찮아. 원래 그런 체질이야. 상처가 잘 아물지 않아."

가까스로 눈을 뜬 녀석의 대답은 그렇듯 침착했다. 그렇게 말하고, 그렇게 징그럽게 순진하고 차분하게 말하고는 입을 다시 다물었다. 뭐랄까, 그것은 새벽 세시의 안개 같은 느낌이었다. 그런 다음 녀석은 다시 그 자리에 픽 쓰러졌다.

"씨발, 성냥개비 또 부러졌다!"

그날도 여성잡지를 감탄해가며 읽고 있다 달려나왔을 것이 뻔한 양호선생은 내게 과다출혈이라 말해줬다. 그 말을 해주지 않았다면 나는 살인누명을 쓴 사람이라도 된 양 눈물을 흘리다 문득 정신을 차려 애써 보따리를 꾸린 다음 어디론가 도망쳤을지도 몰랐다. 담임이던 체육선생은 덮고 자던 모자로 내 얼굴을 두드려대며 잠이 덜 깬 지독히도 컬컬한 목소리로 화를 냈다.

"약식으로 하라고 했잖아, 이 새끼야. 약식. 약식 몰라? 선생이 뭔 말을 하면 들어 처먹어야지!"

그러나 선생의 말에 나는 미소지었다. 녀석이 죽지 않았다는 사실만으로도 충분히 즐거웠던 나로선 그깟 모자 따위 어찌됐든 알 바 아니었다. 잠이 덜 깬 상태에서도 호통을 칠 수 있다는 것이 조금 신기하기는 했지만 성냥개비가 다시 붙었는데 어찌됐든 기뻤다. 아마도 그때, 나는 절대로 야구선수는 하지 않겠다고 다짐했던 것 같다.

내게 안심해도 좋다는 말을 남기고 곧바로 병원으로 실려간 녀석은 과다출혈한 날로부터 구일이 지나서야 다시 학교로 돌아왔다. 미안한 마음에 나는 녀석의 옆자리에 앉기 시작했고 한동안 학교에서 녀석은 '과다출혈'로, 나는 '데스피칭'으로 통했다.

학교로 돌아온 후에도 녀석은 종종 수업을 빼먹곤 했다. 이유는 언제나 같았다. 과다출혈. 아무래도 꽤 중증인 모양이었다. 그런데 그것은 또 내게 있어 참을 수 없는 고문이기도 했다. 잊을 만하면 그렇듯 지난 일을 일러주는 꼴이어서 그랬다. 그렇게 되면 나는 또 영락없이 가해자가 되고 말았으니 다시금 죄책감에 시달려야 할 수밖에 도리가 없었다.

나 데스피칭이 과다출혈의 집을 방문하기로 한 것은 다시금 죄를 진 것 같은 그 기분 때문이었다. 계집애도 아니고 병문안을 가는데 뭘 사가야 할지 막막해서 나는 '눈먼 믿음'이라는 밴드의 음반을 샀다. 당시에 나는 그런 음악들을 아주 좋아했다. 물론 지금이야 구질구질한 것 같아서 잘 듣지 않는 편이지만 아무튼 그때는 늘상 그런 촌스런 신시사이저의 울음소리와 박력없는 드럼소리만을 연거푸 들었다. 에릭 클랩튼이 기타의 신이니 어쩌고 하는 얘긴 다 영국 애들 말이고 내 경우 몸이 껌처럼 딱딱해지는 것을 방지하기 위해 그런 음악이 아주 효과적이었던 것 같다. 나한테 그 음반을 선물받은 사람이 한 백명쯤 되니까, 참 많이도 샀다. 한데 그걸 또 샀단 말이지.

다행히 모두가 그랬듯 앨범 재킷을 훑어보면서 녀석 역시 아주 만족스러운 표정을 지어줬다. 그 당시 백개 이상 구입했음에도 지금 절판되어버린 걸 보면 그 음반은 모조리 내가 다 사버린 모양이다. 것도 선물로. 아무튼 그런 생각을 하고 있노라면 지금까지도 어쩐지 좀 외롭단 느낌이 들기는 한다.

　녀석의 집은 꽤 컸다. 녀석의 방이 지하에 놓인 이유를 좀처럼 알 수 없을 만큼 컸다. 방이 아홉 개는 될 듯한 집인데, 녀석의 말에 의하면 차고였던 걸 개조해서 세를 내어주다가 그곳에 살고 있던, 그러니까 말을 제대로 하지 못하는 중년부부가 나간 이후로 다시 세를 놓기도 그렇다고 차고로 쓰기도 뭐해서 녀석 스스로가 짐을 싸서 직접 내려왔단다.

　"폼나잖아."

　그 방의 이력을 녀석은 그렇듯 제법 꼼꼼하게 말해줬다.

　"굉장했어, 그 중년부부. 남편이란 사람이 암 판정을 받았는데 두달 만에 움직이지도 못하더라."

　"그래서?"

　"죽었어. 콱."

　"콱?"

　"콱. 처음 이 방에 들어왔을 때 사방에 노끈이 매달려 있었거든. 잡아당기면 방문이 열리는 줄, 불이 꺼지는 줄, 텔레비전이 켜지는 줄, 보일러 스위치가 돌아가는 줄. 그리고 포도봉봉 캔이 열일곱 개. 그 안에 오줌이 가득 들어 있었지. 정말 굉장하지?"

　"줄을 화장실에 매달아 힘껏 당길 생각은 없었나봐."

　나는 농담이랍시고 그렇게 대꾸했다.

　암이란 병은 참 신기하지 않나. 엄청난 병인 것 같은데 왜 그리도 주위에 걸린 사람이 많은지. 어떨 때는 감기환자만큼

흔하다는 생각도 든다. 한번 손을 꼽아보라. 주위에 한명은 걸려들 테니. 아무튼 그때 나는 무슨 일이 있어도 암 따윈 걸리지 않겠노라 다짐한 것 같다. 하지만 그게 뭐 내 뜻대로 되는 일은 아닐 테고 어쨌든 녀석의 이야기를 꽤나 진지하게 들었던 것만은 사실이다. 화장실 당기기 대목에서 녀석은 큰 소리로 깔깔거리며 웃어줬다.

그날 이후로도 나는 녀석의 집에 꽤 많이 갔다. 그렇지만 늘 그 지하에만 있어서 실제로 집은 어떻게 생겨먹었고 가족들의 얼굴이 어떤지에 대해서는 지금까지도 알지 못한다. 그러니까 "녀석의 방에 놀러 갔다"라는 표현이 아주 정확할 것이다. 가끔 녀석의 어머니가 크래커나 탄산음료 따위를 갖고 내려온 적은 있었지만 늘 "여기다 놓고 간다"는 한마디뿐 다른 이야기를 꺼내는 법은 없었다. "어디 사니?" "이름이 뭐니?" 따위의 뻔한 질문이 없어서 편하기는 했지만 괜히 주눅이 든 것은 사실이었다. 마치 은행원이 건네는 "백이십삼번 손님!" 하는 느낌이어서 그랬다. 아무튼 녀석의 어머니는 그런 다음 만화에 나오는 마녀처럼 스윽 사라졌다. 그런 이유로 녀석과 헤어질 때면 감방에 들렀다 면회를 마치고 나오는 기분이 되곤 했다.

녀석이 촌스런 신시사이저와 박력없는 드럼소리, 우는 듯한 보컬의 노랫소리에 맞춰 손가락을 톡톡 두드려대다 노래를 따라 부르기 시작했다. 나라도 뭔가 말을 꺼내야 할 것 같은 분위기였지만 딱히 할말이 없었다. 그렇다고 노래를 따라 부르기도 뭐하고 해서 나는 주머니에서 담배를 꺼내물었다. 그러자 녀석은 눈을 동그랗게 뜨며 내게 물었다.

"담배 펴? 너 공부 잘하잖아."

"병신. 답답한 소리는. 머리 좋은 사람이 피우는 거야."

"담배?"

"그렇지. 상륙작전 같은 거 아무나 하는 줄 알아?"

"음, 맥아더…… 나도 하나 줄래?"

놀랐다. 녀석의 그 징그럽게 순진하고 차분한 목소리 때문이었다. 녀석이 담배를 달라 할 줄은 정말이지 몰랐다. 나는 무심코 한개비를 꺼내다가 다시 집어넣어야 했다. 또 어떤 사태가 벌어질지 모르니 그만두는 것이 현명한 일이었다. 내가 녀석에게 차분하게 설명할 차례였다.

"담배 한갑에 스무 개비가 든 이유가 나이 때문이거든. 스무 살이 되어야 피우는 거야. 난 학교를 좀 늦게 들어왔어."

"한개빈데 뭐. 돌잔치 치른 지는 십팔년도 넘어."

녀석도 제법이었다. 하지만 녀석의 병은 상처가 잘 아물지 않는다는 데 있었다. 만약 내가 무심코 건넨 한개비가 타들어가다 녀석 폐의 섬모를, 그 보들보들한 털을 몇개라도 죽인다면 지난번 코피가 그랬듯 녀석의 상처는 꽤 오랫동안 아물지 않을 것이 뻔할 터였다. 그럼 녀석 폐의 공기통로에는 점액들이 생겨날 테고 그 점액들은 폐포 내 공기주머니로 흘러들어가지 않겠나. 그럼 녀석은 꼼짝없이 선 채로 익사하거나 십구세부터 만성천식을 앓아 텔레비전 쇼 같은 데 나올 테고 난 텔레비전을 볼 때마다 머리털을 쥐어뜯어야 하겠지. 한사람을 익사시키거나 평생 기침을 하게 만들었다는 자책에 시달린 나머지 따라 익사하거나 평생을 녀석의 호스피스 같은 일로 소비해야 할지도 몰라. 그건 상상만으로도 충분히 끔찍했다.

"……알겠지? 평생 호스피스 같은 걸 하고 살아갈 순 없잖아. 아무래도 내가 니 형인데."

우리는 얼굴을 마주한 채 처음으로 큰 소리를 내 웃었다. 내가 녀석에게 언제부터 이런 증상이 있었느냐고 묻자 녀석은 잘 모르겠다 대꾸했다. 나는 녀석에게 선천성 질병은 아닌 것 같다 말해줬다. 곰곰이 생각해보니 선천성일 경우 지금도 배꼽에서 피를 철철 흘리고 있어야 할 것 같아서였다.

지하실이라 그런지 으슬으슬 몸이 떨려왔다. 습기 가득한 방은 그래서 더 고요하게 느껴졌다. 눈에 보이지는 않았지만 어딘가 물이 새고 있는 듯한 느낌이었다.

"어딘가 물이 새는 것 같아. 곰팡이 필 텐데."

"어쩌면. 신선할 필요는 없잖아. 축축하니까, 조만간 곰팡이가 생기겠지. 상관없어. 어차피 우린 생선이야."

그렇게 대답하곤 녀석은 다시 웃었다. 나도 웃었다. 녀석의 웃음은 녀석의 방처럼 묘한 매력을 갖고 있었다. 나는 녀석의 그런 웃음이 녀석의 방만큼 좋았다. 하지만 생선 대목은 알아들을 수가 없었다. 내 물음에 녀석은 "잘 생각해보면 우리 모두가 생선이란 걸 금방 알 수 있다"고 짧게 말했다.

다시 집으로 돌아가기 위해 방을 나설 즈음 녀석은 자신이 직접 썼다는 소설 「신선한 생선 사나이」의 일부를 내게 건넸다. 버스 안에서 나는 그 생선이 되어버린 우리들의 이야기를 퍽 흥미롭게 읽었다. 다 읽고 보니 생선이라면 전적으로 동감하는 바였다. 어쩐지 비린내가 나는 느낌이 들어 나는 버스 뒷 좌석의 조그만 창문을 열었다.

'데스피칭' 사건 이후 유명해진 우리는 학교에서도 꽤나 독특한 커플로 통하기 시작했다. 우리 탓에 변한 것이 꽤 있기 때문이었다. 늘 뒷짐을 지고 걸어다니던 교장선생의 표현을 빌리자면 그 '불미스러운 사건' 때문에 우리는 졸업할 때까지 체육수업을 받지 않게 됐고 담임이던 체육선생은 때문에 수업 시간마다 교탁에 엎드려 자야 했으므로 늘 허리를 만지작거리게 된 것이었다. 투덜대면서 자습이나 하라는 말을 몇번쯤 들었던가. 녀석의 피는 우리의 졸업 무렵에서야 완전히 멎게 됐다.

부부가 닮는 이치로 친구도 시간이 지나면 닮게 마련이다. 놀라운 일은 아니지만 가끔씩 "어? 너도?" 하는 식의 감탄이 종종 생겨난다는 것. 나는 지금도 그런 것이 진짜 우정이라 생각한다.

그렇게 우리는 서로 조금씩 닮아갔다.

가을이 끝날 무렵 녀석에게 새로운 증상이 생겨났다. 녀석이 지독하게 추위를 타기 시작한 것이었다. 대입고사 당일에는 겹겹이 옷을 껴입고 그 위를 머플러로 친친 동여맨 채로 고사장에 나타나 얼마나 웃었는지 모른다. 꼭 미쉐린 타이어의 마스코트가 살아 움직이는 것 같아서였다.

"추위에 강해야 좋은 대학 간다니까."

나는 오리털점퍼의 지퍼를 목까지 올리며 그렇게 말했다. 실제 춥기도 추웠다. 살갗을 갈라놓을 만큼의 기세로 매서운 바람이 몰아치던 겨울날이었다. 녀석은 추위 때문에 시험을 제대로 치르지 못했노라 풀죽은 채 말했다. 아무튼 녀석은 그렇게 성적이 조금 떨어진 관계로, 나는 추위에 단련된 관계로, 원하던 바에 의해 우리는 같은 대학에 입학하게 됐다. 녀석은 나보다 성적이 좋았지만 문제될 것은 없었다. 어차피 어느 대학 무슨 과 같은 것. 우리에겐 그다지 신경쓰이는 일이 아닌 까닭에서였다. 나란 이름의 흔하디흔한 생선은 어디에 놓아두어도 팔려나갈 것이 뻔했다. 그러니까 영등포에 있든 노량진에 있든 아무런 상관이 없다는 뜻이다. 팔리지 않는다면 겉모양이 부실하든가 몸 어딘가가 썩었거나 하는 문제겠지 수산시장의 문제는 아니란 말씀이지. 그것이 고교시절부터 이어온 내 생각이었다. 그런데 많은 사람들은 그런 내 생각을 이해하지 못하는 모양이었다. 아무렴.

그때, 내게도 이해할 수 없는 일이 벌어졌다. 녀석이 대학에 붙기를 간절히 기도했던 녀석의 어머니가 정작 녀석이 대학생이 된 그 추운 겨울 어디론가 사라져버린 것이다. 우리에게 비스킷을 내어줄 때처럼 녀석의 어머니는 그렇게 마녀의 요술처럼 사라졌다.

"더이상 도시락 쌀 일은 없을 테니까. 예상했던 바야."

물론 그날도 녀석은 예의 덤덤한 목소리로 말문을 열었다.

하지만 그날만큼은 녀석도 끝내 울음을 터뜨렸다. 나로서는 무척 난감한 순간이었다. 녀석의 입술이 눈이 시릴 만큼의 새파란색으로 변했기 때문이다. 나는 도무지 어찌할 줄 몰라 한참을 허둥대기만 했다. 모형 항공기 모터라도 매단 양 부들부들 떨리는 녀석의 어깨를 바로 볼 수가 없어 나는 괜스레 손톱만 물어뜯었다. 녀석은 내게 몹시 춥다 말하며 끝내 신경질까지 부렸다. 녀석의 어머니 문제 때문이 아니라 그 추위에 떨어대는 녀석의 모습이 너무나 슬퍼 나 역시 왈칵 울음을 쏟을 뻔한 것이 사실이었다. 그래서 나는 녀석을 방으로 데려가 꼭 껴안은 다음 장미 무늬가 어지럽게 그려진 붉은 담요를 겹겹이 세 장이나 덮어줬다. 비로소 녀석은 잠이 들었고 내 봄은 온통 땀으로 범벅이 됐다. 녀석의 아버지는 늘 그랬듯 그날도 녀석의 곁을 지켜주지 못했다.

아는 얼굴이 녀석뿐이므로 대학에 진학하고 나서도 우리 커플은 여전했다. 달라졌다면 우리의 이름이 불렸다는 것 정도일까. 더이상 우리를 과다출혈이나 데스피칭으로 기억하는 사람이 없었다. 궤짝에 담겨오다 툭 내던져진 꼴이라니. 캠퍼스 여기저기서도 진동하는 비린내는 여전했다.

그런 이유로 학교생활은 딱 한달 만에 지긋지긋해지고 말았다. 전혀 신선할 것이 없었다. 신입생 여러분 환영합니다. 여러분의 꿈을 펼치시기 바랍니다. 자유와 지성을 키우는 곳. 넓은 세계를 확인하세요. 현수막은 곳곳에 걸려 있었지만 사실 우리는 넓은 세계에 있다 더욱 좁은 곳으로 떠밀려온 것이 아니었을까. 내가 매일매일 여름날의 약식 야구를 그리워한 것은 그 때문이었다.

"우리 왜 이따위 걸 배우고 있는 거지? 넌 마음에 들어?"

생각했던 것과는 많이 다른 시간들은 계속됐다. 하지만 그럭저럭 견딜 만했다. 고교생활을 지냈으니 견디는 것이라면 누구에게도 지지 않을 자신이 있었다. 어쩌면 우리가 견디기 위해 부단히 노력한 결과인지도 몰랐다. 대학생활의 시작과 함께 녀석은 몸 추스르는 일을 시작했고 나는 호스피스처럼 녀석을 도왔다. 강의는 유치했고 강의를 듣는 아이들은 더욱 유치했으니 우리에게 달리 할일이 있을 리 없었다. 풍선껌이거나 아니면 생선들. 언젠가 학교에 바라는 점을 써달라는 무기명 설문지의 괄호 안을 나는 "교수의 뇌를 반만이라도 교체해주세요. 제발, 부탁합니다"라고 채웠으며 녀석은 "여기에 무엇을 쓰든 쓰지 않든 결과는 같다"라 채웠다. 녀석은 그 아래 이름까지 적은 모양이었다. 그런 일들이야 뭐 얼마든지. 우린 불만이 없었다. 그러니까 역시 견딜 만했단 뜻이다. 강조컨대 우린 사람들과 어울리는 일을 좋아하지 않았으니까.

시험을 치르고 난 뒤 녀석은 어깨를 긁으며 말했다.

"가려워."

"어디가?"

"제길. 그냥, 가려워."

최근 들어 녀석은 몸 여기저기가 가렵다고 종종 말해온 터였다. 그런 다음에는 감기에라도 걸린 것처럼 온몸을 부르르 떨어댔다. 몹시 춥다고. 왜 이렇게 춥냐고. 그렇게 중얼거리며 덧붙이는 것을 잊지 않은 채로 녀석은 투정을 부렸다.

"이제 뭘 하지?"

"뭘 할까?"

새로 산 에어컨의 바람처럼 맑고 상쾌한 공기가 사방으로 떠다니기 시작하면서부터 녀석의 몸에는 푸른 반점들이 돋아나기 시작했다. 오월이 되자 녀석의 증세는 눈에 도드라질 만큼 심각해졌다. 창백한 녀석의 새하얀 피부 위로 돋아난 푸른 반점들은 맑은 시월 하늘에 떠 있는 구름처럼 보이기도 했고 소다수에 떨어뜨린 청색 잉크 방울 같기도 했다. 사실대로 말하자면 나는 그 반점이 무서웠다. 반점들의 위치가 하나같이 녀석이 늘 가려워하던 부분과 정확하게 일치한 까닭에서였다.

"대체 이게 다 뭐야? 넘어졌어?"

"모르겠어. 요즘엔 옛날 상처들이 다시 살아나는 것 같아. 최근엔 다친 기억이 없는데 자꾸 이래. 가만히 생각해보니까, 기억이 나. 예전에 다친 상처들이야. 그게 다시 이렇게 살아나는 거지. 신경쓰지 마. 이제 깨끗이 나으려 그러나봐. 병원에서는 잘 모르겠다 그러는데. 하지만 꾸준히 다니고는 있어. 걱정하지 않아도 돼."

"정말 병원에는 가본 거야?"

"갔다니까."

그건 분명 불길했다. 내 물음에 녀석은 고개를 저으며 화끈거리거나 쑤시지는 않는다 강조했다. 오히려 춥다고만 했다.

혼자 있노라면 입김이 나기도 한다 했다. 저러다 온몸이 퍼렇게 되는 건 아닌가 싶어 나는 줄곧 인상만 썼다. 녀석의 담당 의사는 "조금 더 지켜보자"라 말했다 하는데 대체 그 의사는 녀석의 병을 무어라 진단했을까. 대체 녀석의 몸에는 무슨 일이 벌어지고 있는 것일까. 나로서는 알 수 없었지만 의사가 괜찮다면 괜찮은 것이겠지. 나는 그렇게 여기기로 했다. 녀석의 표정을 보고 있노라니 더이상 잔소리를 해댈 수는 없을 것 같아서였다. 나는 무엇보다 "몸을 따뜻하게 하고 되도록 긁지 않는 것이 좋을 것"이라 짧게 충고하고는 입을 다물었다.

그러는 사이 어느덧 축제 씨즌이 됐다. 무수한 생선들이 자신들의 불행을 잊은 채 팔딱거리는 이른바 수산시장 축제. 어쩐지 그런 생각이 들었다. 그날, 오월 하늘은 푸르렀지만 아름답다는 느낌은 들지 않았다. 날씨조차도 그럭저럭 견딜 만한 것일 뿐이라고. 내게는 그런 생각뿐이었다. 나는 축제가 싫었다.

한데 녀석은 달랐다. 놀랍게도 녀석은 내게 꼭 끼고 싶다는 의사를 밝혔다.

"축제?"

"응, 재밌을 것 같아."

하긴 즐길 것이라곤 실망뿐이니 실망을 즐기는 일에도 쏠쏠한 재미가 있지 않을까. 그렇듯 녀석의 말에는 일리가 있었고 그래서 나는 고개를 끄덕였다. 아주 실망스러운 일을 자주 겪게 되다보면 그렇듯 고개가 끄덕여질 때도 있는 법이다. 어쩌면 매우 익숙해진 탓이었는지도 몰랐다. 나란히 앉아 나는 맥주를 녀석은 프랑스산 생수를 마셨다. 물을 마시는 녀석과 함께 맥주를 마신다는 것은 알겠지만 대단히 김빠지는 일이다. 그렇지만 녀석이 술을 마시지 못하도록 하는 것이 내 할일이었으므로 역시나 어쩔 수 없는 노릇이었다.

맥주와 물을 서로 반쯤 비웠을 때 여학생 둘이 다가와 다짜고짜 우리 맞은편에 앉았다. 한눈에 딱 들어오는 타입. 그런 부류의 애들이라면 딱 질색이었다. 지나친 호기심 때문에 사람 성질을 돋워야만 성격을 파악해내는 그런 타입일 것이 뻔했다. 이즈음이면 올 여름에는 겨드랑이 털을 깎을지 그냥 놔둘지에 대해 하루종일 고민할 것이 뻔한 타입. 한쪽은 머리가 길었고 한쪽은 짧았다. 그외는 서로 달라 보이는 것이 하나도 없었다. 바비인형처럼 머리카락의 길이와 옷만 달랐다. 프랑스산 생수를 마시고 있던 녀석 역시 심드렁하게 대꾸하기는 마찬가지였다.

"신입생들 맞죠? 그러니까 프레시맨."

그네들은 그렇게 말하고는 까르르 웃었다.

"응."

나는 그렇게 대답했으나 녀석은 "네"라 대답했다. 여전히 징그럽게 순진하고 차분한 목소리였다.

"우린 이학년인데."

"그래?"

나는 그렇게 되물었으나 녀석은 "아아, 그렇군요?"라 물었다.

머리가 긴 쪽은 트럼펫 스커트에 학교 뱃지를 달고 있었고 머리가 짧은 쪽은 카디건 스타일의 재킷을, 손에는 팬케이크 모양의 백을 들고 있었다. 대단히 흥미로운 백이어서 나는 그 것을 세심히 살폈다. 그냥 그렇게 있었다면 기분이 꽤 좋아질 수도 있었다. 한데 그때 머리가 짧은 쪽이 긴 쪽에게 뭐라 이야기했다. 아무래도 우리 얼굴에 관한 이야기를 하는 모양이었다. 또 한번 실망할 수밖에 없었다. 뻔한 이야기. 이런 애들이라면 같이 잘 때도 김빠지게, 죽어라 뚫어지게 얼굴만 쳐다보겠지. 나는 맥주병을 손으로 만지작거리다 부러 기침을 했다. 물론 녀석과 내 얼굴이 좀 닮았다는 점에 대해서라면 인정한다.

여학생 둘은 모두 꽤 취한 상태였다.

"둘다 얼굴이 하얀 게 귀엽네?"

"불치병 때문이야."

"불치병?"

"있어. 그런 게."

"전 상처가 잘 낫지 않아요."

의외로 녀석이 먼저 대꾸했다. 그러자 이후의 대화는 예정된 순서대로, 늘 그래왔던 대로, 착착 돌아갔다. 여학생들의 안타까운 함성소리. 연민에 찬 듯하지만 상대방의 뭔가 신비스러운 구석을 엿보고 말겠다는 몸짓. 호기심 가득 품은 눈동자의 동공축소. 그 눈동자들이 일제히 내 쪽을 향했다. 늘 먼저 말을 꺼내는 것은 머리가 긴 쪽이었다.

"그럼, 그쪽은요?"

"일종의 변비."

이번에도 순서에 맞게 착착 돌아갔다. 까르르 웃는 소리. 자신에 찬 듯, 하지만 농담도 잘한다는 몸짓. 다음 농담을 기다리는 눈동자의 동공확대. 그럴 때마다 난 늘 곤란해했다. 자꾸만 제자리로 돌아오는 듯한 뻔한 상황의 반복들. 내게 더이상 이야기할 기회를 주지 않는 상황은 언제나 곤혹스러울 따름이었다.

잘 들어주길 바랍니다. 뱃속에는 팔 미터의 대장이 있는데 이 놀랄 만큼 기다란 대장이 수분을 뽑아 혈액으로 되돌려보내요. 수분이 추출되어야 찌꺼기가 남는 건데, 그러니까 그건 개인에 따라 다르지 않거든요. 그런데 그 과정이 말이죠, 보통 열두 시간에서 열네 시간 정도가 소요되거든요. 그건 사람마다 차이가 있어요. 나 같은 사람은 그게 좀 더딘 거죠. 근심 걱정이 많거나 좋지 않은 음식을 먹을 때도 그런 일이 벌어진다더군요. 맞는 거 같아요. 경험에 의하면. 농담이 아니라 난 진짜 이 병을 앓고 있는 거예요.

누군가 그렇게 말할 기회를 좀 줬으면 좋겠다. 그러니 다음부터는 에이즈라 대답하든가 해야지 원. 그럼 무슨 일이 벌어질까.

머리가 긴 여학생은 자기도 상처가 잘 낫지 않는다 대꾸했다. 아무래도 장난삼아 말하는 듯 보였지만 본인이 그렇다니 고개를 끄덕여줄 수밖에. 그러더니 그럴 땐 어떻게 해야 하는지 묻기까지 했다. 나는 귀찮았다. 그렇지만 녀석은 "오랜 시간이 지나면 상처를 들여다보는 일이 즐거워지기도 한다"고 제법 성의있게 대답해줬다. 말을 하는 내내 녀석은 무척 진지했다. 하마터면 녀석이 술을 마실 뻔한 순간도 있었지만 취중임에도 필사적으로 말린 내 아우성 덕에 새벽녘까지 이어진 우리의 맥주 마시기는 별문제 없이 끝날 수 있었다. 녀석은 프랑스산 생수만 다섯 병을 마신 채였다.

각자 집으로 돌아가기 위해 옷가지며 소지품 따위를 정리할 즈음, 느닷없이 짧은 쪽도 입을 열었다. 그녀는 반쯤 남은 맥주잔을 움켜쥐고 당당하게 녀석을 향해 말했다.

"한잔 받아. 안 그럼 무척 서운할 거야."

그 아이의 눈빛이 하도 간절해서 나조차도 그만 방심하고 말았다. 그건 정말이지 엄청난 실수였다. 그깟 반 잔도 채 되지 않는, 한시간 이전에 김이 다 빠져버렸을 맥주 정도야 뭐 어떻겠느냐는 생각. 그러나 곧 나는 절망하고 말았다. 그녀의 잔을 받아들고 단숨에 들이켠 녀석은 전기톱에 베인 오래된 고목처럼 그대로 쓰러지고 말았다. 마치 일부러 그러는 것처럼, 어찌나 쉽게 쓰러지던지 우리 셋은 녀석을 가운데 두고 한참을 멍하니 서 있기만 했다. 정말이지 거짓말 같은 일이었다.

"씨발, 성냥개비 또 부러졌잖아!"

그래서 나는 짧은 쪽에게 신경질을 부렸다. 왜 그렇게 말을 못 알아듣느냐고. 꽤 오랫동안 마구 욕설을 퍼부은 것 같다. 그녀는 소리내 울기 시작했고 긴 쪽은 나를 진정시키느라 곧

욕을 치렀다. 짧은 쪽은 주저앉아 쓰러진 녀석을 두 팔로 안은 다음 말했다.

"일어나! 이제 막 니가 좋아졌단 말이야."

물론 나 역시 개인적으로는 짧은 쪽이 마음에 들었지만 사태가 그렇게 된 이상, 게다가 긴 쪽이 엉겨붙는 바람에 어쩔 수가 없었다. 우리는 불치병 덕에 애인을 얻게 됐다.

그러나 우리 넷의 관계는 오래가지 못했다. 녀석이 학교를 나오지 않게 되면서부터 관계는 소원해지기 시작했다. 물론 그간 우리 역시 또래의 아이들처럼 시간을 보내려 무던히 노력한 것은 사실이었다. 틈나는 대로 극장에 다녔고, 닭으로 만든 버거를 먹었고, 만난 날짜 셈하다가 잔치를 열어 반지를 나눠 끼었으며, 고궁 연못에 앉아 잉어를 향해 돌을 던졌다. 그러나 그 일을 계속할 수 없었다. 녀석이 학교를 나오지 않을 때마다 나는 감방에 면회를 가야 했다. 그러한 일들에 슬슬 게을러지기 시작하자 긴 쪽도 짧은 쪽도 우리를 멀리하기 시작한 것이었다. 언젠가 머리가 긴 내 애인이 이렇게 말했다.

"나이도 어리고 후배잖아. 근데 왜 늘 반말해?"

"학교를 늦게 들어갔다니까. 그런 애들은 얼마든지 있어. 게다가 넌 나보다 잘하는 것도 없잖아."

그런 다음 우리는 다시는 만나지 않게 됐다. 대뜸 반말이라니. 긴 쪽은 무엇보다 그간 그 점이 꽤나 거슬린 모양이었다. 그러나 분명 나는 고교 삼학년 때 이미 대학 일년생이었다. 생활도 말투도 다르지 않았다고 생각한다. 어쩌다 학교를 늦게 들어간 케이스라고 설명해줬지만 그 아이는 좀처럼 믿으려 들지 않았다. 그러더니 이젠 다 끝났다,고 말했다. 나로선 도통 뭘 시작한 것인지도 모른 채였다. 그래도 끝났다면 끝난 것이 겠지. 그래서 나는 그 아이를 붙잡지 않았다.

반면 머리가 짧은 쪽은 아무래도 녀석의 애인이고 보니 쉽게 포기할 수가 없었다. 난 그 아이를 몇번이고 잡아보려 애썼다. 이따금 만나기도 했는데, 그렇대도 힘든 일이기는 마찬가지였다. 끝내 나는 그녀도 설득하지 못했다. 긴 쪽이라면 하나도 아쉽지 않았지만 짧은 쪽은 조금 안타까웠다. 말을 하지는 않았지만 녀석도 꽤 슬퍼하는 눈치였다. 내가 아쉬워한 것은 어쩌면 그 때문인지도 몰랐다.

"보지 않으면 마음도 사라져. 춥다고 덜덜 떨기만 하는데. 내가 무슨 나이팅게일쯤 되는 줄 알아? 게다가 미친놈이야."

그새 짧은 쪽은 다른 녀석을 만나기 시작한 것 같았다. 친구에게는 차마 그 얘기를 할 수 없었다. 그저 "만나고 싶지 않대" 나는 그렇게만 말했다. 녀석은 풀이 죽었고 상처가 또 생겼다며 팔뚝 언저리를 긁어댔다. 이어 미칠 듯이 춥다 말하면서 어깨를 감싸안았다. 녀석의 이가 부딪히며 딱딱 소리를 내기 시작했다.

언제부턴가 나는 녀석의 그런 모습만 보게 됐다. 내가 무턱대고 짧은 쪽을 찾아나선 것은 녀석의 그런 모습을 보는 것이 견디기 어려워서였다. 그녀에게 무슨 말이든 해봐야겠다는 각오였다. 그러나 그렇듯 기운차게 밖으로 나설 때마다 나는 번번이 기관총이 달려 있는 전자오락만 하고 돌아왔다. 대충 어림잡아본다면 보병만 팔백이십명 정도 죽인 것 같다. 그 일은 생각보다 훨씬 재미있었다. 기관총을 난사하며 나는 생각했다. 나도 하기 싫은 호스피스를 그쪽에게 해달라 부탁하는 것은 아무래도 무리지. 그러나 녀석이 상심에 빠져 있던 시기에 탱크와 프로펠러가 여섯 달린 수송기와 벙커 따위를 부수고만 있었다는 것은 지금 생각해보아도 좀 미안스러운 일이다. 그래서 나는 녀석에게 솔직히 고백했다.

"솔직히 벙커 따위만 부수고 왔어. 대단치 않잖아. 그냥 넘기자. 이런 상처는 피 한방울 나지 않아."

"그래, 자국이 남지 않는 것만 해도 다행이겠지. 쉽게 생각하면 쉽게 끝나."

그 이상 어떤 설명이 필요한 것인지는 나부터도 몰랐다. 다행히 방학이 시작됐고 그럭저럭 우리는 한학기를 마칠 수 있었다.

방학이 시작되자마자 나는 주차장과 수송차량, 건물과 작업복까지도 새빨간색으로 칠해진 대형마트에 일자리를 얻었다. 녀석도 같이 하고 싶다 했지만 한 이틀 다녀보니 아무래도 녀석에게는 무리인 듯싶어 안된다 말했다. 그것은 단순했지만 꽤 힘든 일이었다.

나는 'A-1'이라는 코너에서 계산일을 했다. 아침 일곱시에 출근해서 친절히! 부지런히! 열심히!라는 구호를 외친 다음 박수를 세 번 치고 A-1으로 가면 되는 일이었다. 그렇듯 간단했지만 이어 숨쉴 틈조차 주지 않고 썰물처럼 사람들이 밀려들었으니 힘들었다. 그렇게 누군가 내 앞에 한바탕 쏟아내면 나는 그것들을 하나하나 품목별로 바코드 인식기에 통과시켰다. 그 모든 가격을 합산한 후 거스름돈과 영수증을 돌려주면 끝이었다. 고단한 일이었지만 무엇보다 간단하다는 점만큼은 퍽 마음에 들었다. 아무래도 그곳은 수산시장과는 차원이 다른 것 같았다. 그래서 나는 좀더 많은 것들을 보고 배울 수 있었다. 수많은 사람들과 이야기를 단 한마디씩이라도 나눠볼 수 있다면 더 좋을 것 같았지만 현실이란 모두들 바쁜지라 안녕, 하는 인사 한마디조차 주고받기 힘들었다. 해결책은 하나뿐이었다. 나 역시 바빠지는 수밖에.

일을 시작한 이후로 녀석의 방을 방문하려면 일요일말고는 시간이 나지 않았다. 물론 전화통화는 수시로 했다. 하지만 그것은 녀석의 건강을 체크하기 위한 일이어서 대단히 사무적일 수밖에 없었다. 녀석의 상태는 나아지지도 더 나빠지지도 않은 채였다. 언제부터인가 녀석의 목소리가 더욱 차분해진 것 같았다. 언제고 녀석은 힘없는 목소리로 별일없으면 그만 끊자,고 말했다. 그만 끊자,는 말만 삼일째 듣다보니 무언가 거절당한 것 같은 느낌이 들었다. 실은 무엇보다 불안한 마음이 먼저였다. 주차되어 있는 자동차에 스치기만 해도 한달을 앓는 녀석이었다. 오래된 책을 꺼내다 책장 모서리에 부딪치거나 텔레비전의 먼지를 닦아내다 감전되거나 컴퓨터와 연결된 전화선에 발목이 걸려 넘어진 것은 아닐까. 흔하지만 위험한 일들은 주위에 얼마든지 있었다. 그렇지 않다면 녀석이 그리 의기소침해할 이유가 없었다. 분명히 어디가 아픈 거야. 다시 돌아온 일요일 아침 그래서 나는 녀석의 방을 찾았다.

"대체 이게 다 뭐야?"

"모기 때문에."

녀석의 방은 어두웠다. 녀석의 눈동자가 어느 곳을 향하고 있는지 도무지 알 수 없을 지경이었다. 이중으로 된 창은 모두 닫혀 있었고 게다가 두꺼운 커튼마저 내려져 있었으니 마치 성프란체스코회의 오래된 수도원에 들어온 것만 같은 기분이었다. 간단한 성가라도 한곡 불러야 하지 않을까, 하는 생각마저 들었다.

사방으로 늘어뜨린 푸른 모기장 때문인지 방안의 분위기는 무척 기묘했다. 침대 옆 스탠드 위에 놓인 접시에는 반쯤 타들어간 모기향이 놓여 있었다. 그 옆에는 스프레이식 살충제도 놓여 있었다. 녀석은 다짜고짜 셔츠의 어깨를 내려 몇군데 모기 물린 자국을 내게 들이밀었다. 너무 어두워 한동안은 아무것도 분간해낼 수 없었지만 눈동자는 이내 어둠에 익숙해져갔다. 어둠 때문인지 녀석의 팔 여기저기에 돋아난 붉은 반점이 지나치게 도드라져 보였다. 꽤 커다란 놈이 문 모양으로 완치되려면 오랜 시간이 걸릴 듯싶었다. 대학 신입생의 첫 방학이 이런 꼴일 줄 진작 알았더라면 우리는 과연 껌처럼 붙어앉아 그렇게 삼년을 허비했을까. 왈칵 울음이 쏟아져나올 것만 같은 기분이었다.

"하고 있는 아르바이트 있잖아. 한달 채우면 우리 어디든 가자. 그 일도 슬슬 지겨워지는 참이야."

내 말에 녀석은 말없이 고개를 끄덕였다. 이리저리 살펴 녀석의 상처를 꼼꼼히 확인해보고 싶었지만 눈에 들어오는 것이라고는 녀석의 실루엣뿐이었다. 원체 어두웠고 게다가 녀석은 침대 구석에서 몸을 웅크린 채 움직일 줄 몰랐으니까.

"대체 무슨 일이야. 불 좀 켜자. 아침엔 모기 없잖아. 피가 나거나 뭐 그런 건 아니지?"

"그래! 피는 없어!"

그러자 녀석이 버럭 소리를 질렀다.

"제발 신경쓰지 않고 살 수 없니? 내 상처고, 나아져도 내가 낫는 거야. 그게 그렇게 신기하니? 넌 내가 어떻게 됐으면 좋겠지? 그런 일은 절대 없어. 가서 계산이나 계속하란 말이야!"

녀석의 목소리는 날카로웠다. 무언가 공포에 질렸을 때 내지르는 그러한 느낌이었다. 그 때문이었을까. 그간의 외로움. 마치 주렁주렁 매달듯 지니고 다녔던 녀석의 외로움이 순간 어둠속에서 희미하게 모습을 드러내는 것만 같았다. 새벽 세시의 안개처럼 차갑고 무언가 노려보는 듯한 기운들. 연기처럼 피어올라 녀석을 옭아매고 있는 그것이 끝내 눈앞에 선명히 모습을 드러낸 것이었다.

"그럼 아버지한테 연락해볼까? 그 편이……"

"그만둬. 어차피 오지 않으니까."

녀석의 단호한 말투와 온통 창백한 몸 그리고 주위를 죄어오는 어둠. 때문에 나는 녀석을 바로 쳐다볼 수 없었다. 그동안 녀석과 나는 무엇을 했을까. 차라리 암이었으면. 순간 녀석은 그런 말이라면 더이상 하지 말라는 투로 고개를 숙였다. 끝내 나는 상처를 모두 확인할 수 없었다. 대신 나는 녀석을 위해 책 대여점으로 가 흥미진진한 만화책 몇권을 빌려 전해주고는 그곳을, 평소 감옥 같다 생각했지만 오늘은 어쩐지 수도원 같았던 그곳을 황급히 빠져나왔다.

아르바이트 마지막날 계산대 앞에서 그녀를 만났다. 짧은 쪽 말이다. A-1 계산대 앞에서.

그녀는 컵이 딸린 인스턴트커피 쎄트와 바닥용 세제, 감자칩 따위를 우르르 내 앞에 쏟아냈다. 나는 삑삑 소리를 내가며 물건들을 일회용 비닐봉지에 담았다.

"잠깐 얘기할 수 있을까?"

내가 말을 건넸을 때 그동안 제법 머리칼이 자란 그녀는 "바빠, 잠깐밖에 되지 않을 거야" 하고 무뚝뚝하게 대꾸했다.

빨간 벽돌로 된 주차장 화단에 앉아 담배에 불을 긋고 나서 나는 그녀에게 몇가지 녀석에 관한 이야기를 들려줬다. 할 이야기는 많았지만 그녀가 시간이 없다 했으므로 되도록 간략하게 말해야 했다. 녀석의 푸릇푸릇한 살갗과 창백한 얼굴, 대부분은 그런 것들이었다. 요지는 녀석을 한번만 만나달라는 간절한 애원이었다.

"당연한 거 아냐? 제 몸에 칼질이나 해대는 그런 미친놈을 만날 이유가 없어. 걘 그렇다 치고 넌 또 뭐니? 넌 무섭지도 않아? 친구면 말려야 할 거 아냐?"

한동안 나는 그녀의 말을 이해하지 못했다. 녀석을 그렇게까지 생각하고 있다면 더이상 부탁할 필요도 없는 것 같았다. 화를 내고 싶었지만 참아야 했다. 간곡히 부탁한 뒤에 그녀의 바뀐 전화번호를 얻어낼 수는 있었지만 그것이 전부였다. 더이상의 이야기는 나눌 수가 없었다.

그런 다음 정확하게 삼일 후 나는 점장으로부터 한달치 보수를 받았다. 돈을 손에 쥐자마자 나는 푸른 바다를 떠올렸다. 어차피 돈의 절반은 녀석의 몫이었다. 함께 여행계획이나 세우자고 녀석에게 전화를 걸었을 때 나는 계속해서 반복되는 신호음만을 들어야 했다.

아무도 받지 않는 발신음처럼 간단히 일은 그렇게 끝이 났다.


2


장례식날에도 녀석의 아버지는 나타나지 않았다. 아버지뿐 아니라 찾아오는 사람이 아예 없었다. 나 역시 녀석의 죽음을 누구에게도 알리고 싶지 않은 터였다.

눈처럼 흰 녀석의 뼛가루가 빛나고 있었다. 나는 작은 얼음 알갱이를 떠올렸다. 반짝반짝 빛나는 뼛가루를 보고 있자니 목 언저리에 소름이 돋았다. 예의 추위가 느껴진 것이었다. 숨을 내쉴 때마다 입김이 새어나올 지경이었다.

이 추위를 뼛속 깊숙이 파묻고 살았던 모양이다.

녀석이 그토록 추위를 탔던 이유를 비로소 알 수 있을 것만
같았다.

욕실은 온통 푸른빛이었다. 타일이고 천장이고 세면대, 욕
조까지 모두 새파랬다. 보통 욕실은 푸른색이지 않나. 하지만
적어도 그곳만큼은 녀석으로 인해 푸른색으로 변한 듯한 느낌
이 들었다. 욕조 끝 모퉁이에는 약간의 물이 침묵하듯 고여 있
었다. 미처 흐르지 못한 물방울들이 모인 그곳에서 녀석을 볼
수 있었다. 나는 그곳에 서 있는 녀석의 뒷모습을 한참 동안
바라보다 욕조에 물을 받았다. 푸른 수돗물. 삼분의 이쯤 채우
기까지 콸콸콸 흘러넘치는 물소리를 듣다 끝내 울음을 터뜨리
고 말았다.

어째서 그것만 몰랐던 것일까. 녀석을 놓아줘야 했다. 더이
상 녀석을 붙잡고 있을 수만은 없는 노릇이었다. 그래서 나는
힘겹게 욕조 바닥의 마개를 뽑아냈다. 수돗물과 섞인 녀석의
뼛가루가 재빠르게 휘돌아 배수구 너머 파이프 속으로 빨려들
어갔다. 저 음습한 곳. 어두운 곳. 하수구 파이프를 따라 녀석
이 한마리 물고기처럼 꼬리를 흔들며 사라져갔다.

언제인가 녀석은 내게 상처를 들여다보는 일이 즐겁다 말했
다. 오랜 상처를 들여다보고 있으면 즐거워진다고. 예전의 상
처들, 되살아난 상처들을 보고 있으면 사람들이, 과거의 사람

들이 마치 사진처럼 떠오른다 했다. 그래서 상처는 녀석의 추억이라 말했다. 재미있었던 일, 즐거웠던 일들이 그 속에 있다고. 순간 나는 그 모든 말들을 생생하게 기억해낸 것이었다.

"예전에, 글쎄, 언제가 처음인지는 모르겠지만 네살 땐가 그랬을 거야. 넘어져서 무릎에 피가 송골송골 맺혔어. 피만 보면 무섭고 슬퍼졌던 그런 나이니까. 그 순간 앙 하고 울음을 터뜨렸거든. 그때 화닥 놀랐던 엄마, 아빠 얼굴이 기억나. 어쩔 줄 몰라하면서 업어주고 입으로 피를 빨아주고 했던 거. 무동을 타고 약국에 갔는데, 거기서 밴드를 붙였는데, 사탕도 장난감도 사줬었는데…… 그 얼굴이 생각나. 그땐 얼마나 좋았던지."

그렇게 홀로 제 몸에 상처를 낸 모양이다.

담배에 불을 붙이자 이내 목구멍이 답답해졌다. 누군가 목덜미를 있는 힘껏 움켜쥔 것 같은 느낌이 들었다. 목구멍 저 아래로부터 쓰린 기운이 스멀스멀 기어올라오는 것만 같았다. 이제 녀석이 원한다면 마음 편히 건네줄 수도 있을 텐데. 축축했다. 이곳은 사방이 다 축축하다. 어깨가 다시 떨려오기 시작했다. 대체 물방울들은 어디에서 오는 것일까.

나는 그 대답을 듣기 위해 다시 녀석의 소설 「신선한 생선 사나이」를 읽는다. 문득 욕조에서 무언가 퍼덕이는 소리가 들린다.

쎄일즈맨의 하루는

창신동 반지하에서,


　꿈으로 시작된다. 그는 꿈꾼다. 어둑하기만 한 방안, 위로는 축 처진 천장의 벽지, 아래 어린애 붓장난처럼 마구 그어진 녹물 자국, 사이로 날벌레처럼 날아다니는 먼지, 가운데 술내와 담뱃내 가득한 방안에서. 그는 꿈꾼다. 그녀의 배를 사랑스럽게 어루만지며 배꼽에 입맞추는 꿈. 보송한 털을 뺨으로 문지르다 시월 하늘 닮은 어떤 소리를 듣고야 마는 그런 꿈을 꾼다. 만약 그녀가, 당신 닮은 아들이었으면 좋겠어,라고 한다면 그냥 소리없이 웃어주고 싶다. 당신 닮은 딸도 좋지 않겠느냐고.
　그는 꿈꾼다. 책을 읽고, 또 읽고 읽어 아이에게 많은 것을 가르쳐주는 꿈. 그녀가 무언가 먹고 싶은 것이 있다면, 담배

하나 빼어물고 휘파람 불며 슬리퍼 꿰어 나서는 길, 총총한 별 아래 골목길을 즐겁게 걷고 싶은, 그런 꿈을 꾼다. 만약 그녀가, 당신처럼 뭐든 잘 먹어서 건강했으면 좋겠어,라 말한다면 그냥 소리없이 웃어주고 싶다. 당신 닮아 시디신 과일만 좋아해도 나쁘지 않을 거라고.

그는 꿈꾼다. 그녀가 당신 사랑해요,라고 말끝 흐리며 내밀었던 새카만 비닐봉지 속 금붕어 두 마리 꿈. 봉지를 헤집어보기 전에는 결코 안을 확인할 수 없는 꿈을.

"하난 자기고, 하난 나야."

조그만 어항 하나, 주리지 않게 내리 떨어지는 모이 가루와 밝은 햇살. 그 이상 바라고 싶은 것도 없어서, 동화 속 세 가지 소원을, 그는 떠올려본다. 순간 그녀가 말한다.

"살길이 없어. 수술비쯤은 내가 마련할 수 있으니까 걱정하지 말아."

아버지 빚을 청산하고 남은 것이라곤 감당하기 어려운 책뭉치뿐. 그나마 어지럽게 널려 있다. 그녀는 이내 아무렇지 않게 돌아선다. 홀로 남은 그는 혼자서 감당하기 어려운 소주 한병 주문한다. 결국엔 그런 꿈이다. 두 잔 반 만에 눈물나는 꿈. 아, 왜 우리는 세상 모든 아버지를 미워하게 된 것일까. 그럼에도 그는 아버지이고 싶다. 어이없게도 그의 꿈은 아버지가 되는 것이다. 그렇지만 아이는 세상 빛과 마주침과 동시에 어둠과 만날 모양이다. 멀리 그의 어머니가 보이는데, 대체 어디로 가는 것이냐고 묻고 있다. 침묵. 그는 대답하지 못한다. 손을 뻗어보지만 잡지 못한다.

"아버진 벌받은 거예요. 사고도 아니고, 착실히 일하다 배신 당한 것도 아니잖아요. 욕심이 지나쳤어. 뭐가 슬프다는 거예요. 어머니, 저도 어딜 가는지 알 수 없어요."

그렇게 신경질적으로 대꾸하면 그의 몸은 급속히 작아져 손바닥만한 태아로 변한다. 시커먼 색으로 변하고 만다. 이윽고 서늘한 빛 뿜는 금속 튜브 안으로 빨려들어간다. 그래서일까. 어쩐지 그는 헤엄치고 싶다. 헤엄쳐 달아나고만 싶다. …… 그는 언제나 그런 꿈을 꾼다.

청년 김은 늘 같은 꿈을 꿨다. 처음에는 소스라치듯 놀라 일어나곤 했다. 그때마다 요 바닥에는 보기 흉한 얼룩이 졌다. 하지만 계속되고 보니 그것은 그에게 더이상 악몽이지 않았다. 덤덤해진 것이다. 손에 잡힌다면 더이상 꿈일 수는 없다는 생각. 그런 것쯤이야 그저 길을 잃는, 식상하기 이를 데 없는 꿈일 뿐이라고. 어느덧 그는 그렇게 가슴을 가라앉히게 되었다. 이러한 일로 죽음을 택하는 사람들도 있다지만, 실제 그런 사람을 몇 보았지만, 그는 다시 태어나기로 했다. 주저앉지 않겠다고 다짐했다.

왜냐하면, 그는 이제, 누가 뭐래도 쎄일즈맨이기 때문이다.


손에 잡히는 꿈, 21세기 프런티어 S전자에서, 아홉시를 알려드립니다.

어제는 근교 호수에 다녀왔어요. 날씨가 흐리긴 해도, 가을이 성큼 다가온, 그런 느낌. 알 수 있더군요. 그리운 사람들 얼굴 떠오르는, 그런 하늘과 바람 말이죠. 자, 이럴 땐 잠시 일을 접어두고 따뜻한 까페라떼 한잔. 그 부드러운 향 맡아보는 건 어떨까요. 아, 재스민 차도 좋겠군요. 출근하시는 분들은, 정체로 짜증나시더라도, 잠시 핸들에서 손을 떼고 눈 한번 감는 겁니다. 해보세요. 가을이 느껴지지 않나요. 자, 저와 함께 가을여행 떠나시죠. 첫곡 「오텀 리브즈」입니다.

나긋나긋한 목소리가 마치 잔디 위로 흩어지는 물방울 같았다. 조그만 거울 앞에 선 청년 김은 침 뱉은 왼손바닥으로 연신 오른쪽 가르마를 누르고 있었다. 그는 어제도 하루종일 지하철을 타고 다녔다. 때문에 가을이 대체 어디만큼 다가온 것인지 그로선 알 도리가 없었다. 사실 별 관심도 없었다. 양쪽 가르마가 보기 좋게 균형을 이루자 뒤돌아 라디오를 끌 뿐. 자가용 운전자도 아니고, 그리운 사람도 없으며, 재스민 차라면 구경도 못해본 그로선 당연했다.

프림 두 봉 사면 끼워주는 머그잔에 그나마 얼마 남지 않은 설탕을 넣었다. 프림을 탈탈 털어 한주먹 됨직 넣고 물을 부었다. 아침식사 대신 마시는 커피였다. 목이 조금 컬컬했기 때문에 눈물이 찔끔 맺히는 것도 마다 않고 벌컥벌컥 들이켰다. 목구멍이 뜨겁게 달아오르자 한결 나았다.

다시 거울 앞에 선 청년 김은 에에 아아, 하고 목청을 다듬었다. 그에게 가을의 시작은 이와 다름없었다. 가을. 그에겐 꼬박꼬박 걸리는 환절기 감기나 조심해야 할 그런 시기가 되어버린 지 오래었다. 그는 우스꽝스런 표정으로 이를 드러낸 채 이리저리 살펴보았다. 그럴 때마다 입술 사이로는 스스 하는 소리가 새어나왔다. 그는 거울을 보며 무언가 외우는 사람마냥 끊임없이 중얼거렸다.

살의라도 숨긴 듯한 무표정한 얼굴이었다. 청년 김은 방을 나서기 위해 열쇠를 찾아보았다. 늘 그렇듯 열쇠는 케이크 상자만한 어항 위에 놓여 있었다. 어항 위를 손으로 쓸다 그는 물위로 떠오른 붕어 두 마리를 발견했다. 허연 배가 물위로 드러나 있었다. 금붕어는 눈을 감지 못하는가. 쓰레기통에 버릴까 했지만 혹 냄새가 날지도 모른다는 생각이 들었다. 창밖으로 던져버렸다. 여전히 무표정한 얼굴로. 쎄일즈맨에게 금붕어 따윈 필요없는 까닭이었다. 아무렇지도 않게 던졌다. 건조한 동작이었다. 창밖으로 날아간 금붕어는 어디로 떨어졌는지, 아니 어디쯤 떨어지고 있는지. 어떤 소리도 들리지 않았다. 추락은 언제나 손쉬웠다. 그는 손끝을 코로 가져가 냄새를 맡아보았다.

마지막으로 방안을 둘러보았다. 국물이 반쯤 담긴 즉석라면과 이쑤시개로 사용한 부러진 나무젓가락, 제각기 흩어진 타월과, 구겨진, 게다가 얼룩까지 진 요가 어지러웠다. 포탄 맞은 베트남 마을 같은 느낌이다, 변함없이. 숱한 책들은 비닐테이프로 묶여 구석에 내동댕이쳐진 듯 버려져 있었다. 그는 책

더미들을 바라보다 손을 바지춤에 쓱쓱 문질렀다. 아무래도 뭔가 빠뜨린 것 같은 느낌이 지워지지 않았지만 그냥 걷기로 했다.

그는, 무뚝뚝한 표정으로 사무실을 향해 걷기 시작했다.

도화동 반지하 사무실의,

조그만 거울 앞에 서 있던 정씨는 시계를 올려보다 무료한 듯 왼손으로 괜히 오른쪽 어깨를 쓸어보았다. 정씨는 청년 김을 기다리고 있었다. 재차 시계를 보았다. 그렇다고 해서 달라질 것은 없었다. 시간은 여전히 제 속도로 흘렀다. 체념한 듯 정씨는 가지고 온 커다란 담배상자에 쎌로판테이프를 감기 시작했다. 이내 손잡이도 만들어 달았다. 파이지 않도록 모서리 부분은 더욱 신경써 둘둘 말았다. 능숙한 손놀림으로, 얼마 지나지 않아 꽤 튼튼해 보이는 가방 하나가 모습을 드러냈다. 윙윙 날아다니며 신경을 거스르던 모기도 한마리 잡았다. 도시의 모기는 철을 가리지 않았다.

"어이, 왔는가?"

정씨는 막 사무실 문을 열고 들어선 청년 김을 반겼다. 그는 손바닥 위에 짓이겨진, 형체를 알아볼 수 없는 모기를 바지춤에 쓱쓱 닦아냈다. 청년 김은 박스를 보자마자 아, 하고 낮은 소리로 말했다.

"어쩐지, 뭔가 빼먹은 거 같더니만. 아저씨 줄 가방, 그걸 놓고 왔네요."

그의 손에 아무것도 들려 있지 않은 것을 확인한 정씨는 조금 낙담했지만 그렇다고 그를 나무라지는 않았다.

"자네가 지금 그런 거 신경쓸 처진가. 나중에 해. 거의 다 만들어가네. 이게 난 사실 더 편해. 이걸로 일주일은 버텨."

정씨는 자신이 만든 상자를 텅텅 소리나게 두드리며 대꾸했다.

"어쩌죠. 제가 요새 이래요. 죄송해요. 그나저나 왜 혼자세요? 다들 어디 가고. 혼자만 안 나가고 기다리셨어요?"

"다들 나갔지. 지금 시간이 몇신데. 아니 뭐, 꼭 그게 아니고 서두. 나야 일찍 나가봐야 뭐 있나. 건 그렇고. 그래, 괜찮은 거야? 거, 여자를, 만나는 봤나?"

정씨는 조심스럽게 물었지만 청년 김은 애써 다른 곳을 바라보았다.

"아뇨, 그냥 집에 있었어요. 몸도 안 좋고 해서. 부장은 자리에 없나봐요?"

"요새 우리 사무실이 워낙에 잘나가다보니까. 유성통상 쪽 사람들은 거, 물건 안 팔려서 죽을똥을 싼다더만. 부장은 일 있어 늦는다는 거여. 도둑놈 잡는다고 눈에 불을 켜고 있으니까 또 그 일이겠지. 건 그렇고 자네 술 했나. 눈가에 떡 써 있네. 잘한 겨. 만나봐야 뭐 하겠냐는 거여. 여자란 아니다 싶으면 어서 빨리 잊는 게 국가적으로다 좋은 일인 겨."

그렇게 말하긴 했지만 사실 정씨는 청년 김의 눈치를 살피고 있었다. 조금 미안하다는 생각에서였다. 정씨라고 해서 사랑했던 여인과 헤어진 일이 왜 없겠는가. 그렇대도 들썩인 정씨의 어깨는 사실이 그런 걸 어떻게 하겠냐는 투였다.

"아주머닌 어때요?"

"나야 뭐, 거 뭐여, 똑같지. 뭔 일 있으면 더 이상한 인생 아닌가. 자네 어디로 갈란가? 나는 까치산 쪽으로 갈까 싶은데. 그만 나가볼라네."

정씨의 말에 청년 김은 문득 금붕어 이야기를 꺼냈다.

"금붕어는…… 죽었어요. 그냥 내던지고 오는 길이에요."

아무렇지도 않게 툭 내뱉은 말에 정씨는 조금 놀란 눈치였다. 잠시 고개를 숙였다가, 끄응 소리를 내며 박스를 들고 문을 여는 것으로 정씨는 대답을 대신했다. 그것말고는 달리 무슨 말이나 행동을 해야 할지 잘 몰랐던 까닭이다. 정씨는 지난달 일을 돌이켜보았다. 청년 김이 자신에게 했던 말들을 더듬는 것이었다. 그날, 청년 김이 처음 쎄일즈맨이 되기로 한 날이었다.

사실, 오늘이 제 생일이에요. 아버지요? 자살했습니다. 여자가 애를 지우겠답니다. 그러니까 차인 거나 다름없죠. 내 생일도 잊은 모양이에요. 금붕어는, 요샌 금붕어밥도 잘 주지 못해요. 화가 나서 그랬겠죠? 화가 나서 그랬을 거예요. 절 얼마나 사랑하는데요. 예, 맞습니다. 저도 사랑해요. 그래서 미안한건지도 모르겠어요. 전 아직 잘 모르겠어요. 예, 사랑하는가봐요. 요 붕어 두 마리 헤엄치고 있는 걸 보면요, 참 행복해 보입니다. 그걸 보고 있으면 언젠가 그 친구 다시 올 것만 같아요. 예전처럼, 사랑하는데, 왜 미안해야 하는지 모르겠어요. 사랑하는데, 돈이야 벌면 되잖아요. 까짓 돈이야 벌면 되잖아요. 시팔.

그날 청년 김이 아무렇지도 않게 그런 얘기를 정씨에게 꺼내지 않았더라면 둘의 사이가 이렇게까지 가까워지지는 않았을 터였다.

문앞에서 머뭇거리는 정씨에게 청년 김은 말했다.

"아저씨, 생일 축하해요. 점심이나 같이 해요. 가방은 내일 꼭 갖다드릴게요."

정씨는 언제나 청년 김을 볼 때마다 자신의 젊은날을 돌이켰다. 자서전을 읽거나 전기 영화를 보는 기분으로 말이다. 청년 김은 정씨에게 그런 존재였다. 자신의 생일을 까맣게 잊고 있던 정씨는 뒤돌아 그를 향해 미소지었다.

"그래, 그래. 거, 마흔셋이네 벌써…… 뭐 했나 몰라 이거여."

정씨는 뒷머리를 긁적이며 사무실을 빠져나갔다.

형광등 하나뿐인 창고에서,

청년 김은 물건을 정리하고 있었다. 이번 것은 테이프 리코더였다. 가방에 잔뜩 부려놓은 참이었다.

모서리를 다듬고 지퍼를 올렸다. 최씨가 사무실로 들어선 것도 바로 그때였다. 부스스한 차림으로 비틀거리며, 옮기는 걸음은 꽤 위태로웠다. 불안정한 움직임은 당장에라도 고꾸라질 기세였다. 최씨가 늘 쓰고 다니던 모자는 비틀어져 있었다. 두 눈은 고춧가루라도 쏟아부은 듯 벌겋게 충혈되어 있었다. 오른쪽 신발 밑창은 뜯어져 악어처럼 아가리를 쩍 벌린 채였다. 왼쪽은 아예 맨발이었다. 놀란 청년 김은 물건을 모두 내팽개치고 그에게 달려들었다. 최씨는 청년 김의 가슴팍에 안기며 주저앉고 말았다. 단추가 모조리 뜯겨나간 최씨의 셔츠 자락은 숨을 몰아쉴 때마다 마지막 숨을 토해내는 생선처럼 위태롭게 꿈틀거렸다.

"왜, 이래요. 어디서 이런 거예요?"

다급히 물었지만 최씨는 대답하지 않은 채 숨만 몰아쉬었다. 간간이 밭은기침을 해대며 미간을 찡그릴 뿐이었다. 청년 김은 그를 철제책상 위로 대충 누인 뒤 정수기 물을 한컵 받아왔다. 물을 건네고 타월로 그의 얼굴을 닦아주었다. 낡은 모자를 벗긴 후 머리 언저리를 닦아내자 검붉은 피가 묻어나왔다.

"이거, 피잖아. 괜찮아요? 어디 좀 봐요."

청년 김은 최씨의 뒤통수를 이리저리 살펴보기 시작했다. 새카맣게 탄 냄비 바닥처럼, 피딱지는 뒤통수에 엉겨 있었다. 타월로 그 언저리를 닦아내자 최씨는 앗, 앗 하고 외마디 소리를 냈다. 청년 김은 최씨의 머리칼을 쓸어주고 팔다리를 주물러주었다. 그동안 최씨는 천천히 물 한컵을 비웠다. 어억, 어

억 소리낸 후 머리를 흔들더니 힘겨이 몸을 일으켰다. 최씨는
길게 한숨 내쉰 후 청년 김을 바라보았다.

"돼, 됐어. 이제 조, 좀 살겠네. 고마우이. 누, 누가 따, 따라
왔는지 좀 봐줘."

기껏 한다는 소리가 그랬다. 맥이 풀렸지만 청년 김은 사무
실 문을 조금 열고 복도를 훑어보았다. 기계 돌아가는 저음만
텅텅 울리고 있을 뿐 복도 어디에도 사람은 보이지 않았다.

"아무도 없어요. 이번엔 또 무슨 일이에요? 이제 어떻게든
정리를 해야잖아요."

청년 김의 물음에 최씨는 대꾸하지 않았다. 최씨의 눈은 겁
에 질려 있었다.

"그제가 이자 넣는 날이니까……"

"그래서, 그래서요, 아저씨. 매달 이러실 거예요? 형님한테
전화한다면서요. 안되겠어요. 이제, 제가 한다구요! 번호
가…… 예? 왜 그래요 정말. 아님 신고라도 해야죠."

청년 김은 어쩐지 신경질을 부리고 있었다.

"됐어. 벌써 만났어. 나 같은 동생 둔 적은…… 없다는데 무
슨."

그러곤 최씨는 소리없이 울기 시작했다. 청년 김은 그가 눈
물을 흘리는 동안 말없이 곁에 서 있을 수밖에 없었다. 천장에
매달린 형광등은 처량히 끔벅이고 있었다. 당신도 내 아버지
와 다를 바가 없어. 바보같이, 이게 뭐 하는 꼴이야. 그러나 청
년 김은 목구멍까지 치오른 그 말을 하지 못했다.

팽 하니 코를 풀고 난 최씨는 이내 낡은 모자를 쓰더니 주먹으로 눈물을 훔쳤고 바지춤에 쓱쓱 닦아냈다.

"인제 난 됐어. 일나가봐."

"모자에 피가 많이 묻었어요, 아저씨. 어떻게……"

"알아, 알아. 일나가봐. 됐어. 자꾸 그럼 내가 너무 미안하잖아. 그냥 나가봐."

"아저씨, 사실 저는요……"

"그래 알아. 자꾸 그러지 말아. 나한테 너무 잘해주려 하지 말아. 그럼 내가 너무 미안해. 너무 미안하잖아. 나한테 잘해주려 하지 말아."

그 순간, 천상에 매달린 형광등 불빛이 칫 소리내며 어둠속으로 침잠했다. 그나마 남아 있던 흐릿한 빛마저 사라진 셈이었다. 둘은 눅신한 어둠속 잡다한 상품들과 뒤섞여 흐려졌다. 창고에 가득한 물건과 그들을 구별해내기란 힘든 일이었다.

"갈아끼우면 그만 아닌가. 내가 할 테니까 그냥 나가봐. 많이 늦었네. 미안허이."

최씨는 입술 꼬리를 설핏 올리며 실소하듯 말했다. 청년 김은 꽤 오랫동안 갑갑하단 표정으로 그를 바라보다 문을 나섰다. 복도에는 여전히 기계 돌아가는 저음이 텅텅 울릴 뿐.

건물 밖으로 나서려 할 즈음 청년 김은 자신의 손바닥에 최씨의 검붉은 피딱지가 묻어 있다는 것을 알게 되었다. 때문에 그는 다시 최씨와 비슷한 처지로 자살한 아버지 얼굴을 싫지만 떠올려야 했다. 그 말라붙은 검붉은 피딱지가 마치 아버지처럼 느껴졌다. 싫었다. 바지춤에 쓱쓱 털어내야 했다.

멀리 창고 문틈으로는 어느덧 빛이 새어나왔다. 최씨가 그새 형광등을 갈아끼운 모양이었다.

지하철 5량 칸 안(2호선 왕십리역)에서,

자, 여기, 바쁘신 길 가시는데 불편 드리게 되어 대단히 죄송스럽고 송구스러울 따름이지만서도. 자 여기, 승객 여러분께 좋은 상품 하나 소개시켜드릴까 싶어 나왔으니, 모쪼록 넓은 양해 바라면서도. 자, 여기 여러분들 집에 가시면, 이십일세기는 글로발 시대. 생활영어 익히시는 아버지, 남편, 오빠이하 쌜러리맨들. 공부하는 대학생, 고등학생, 중학생, 초등학생 이하 유치원 다니는 아들, 딸, 조카, 손주 기타 기타 등등등. 휴대용 카세트 하나 필요하게 마련인데. 자, 여기 여러분들 양판점, 가판점, 백화점, 전자상가 이하 대리점 가면 일이십만원 하는 가격 때문에 선뜻 사기 어려운 물건. 자, 여기, 청취기능, 녹음기능, 반복재생 기능으로 학습효과 있구요. 여기보시면 일시멈춤 기능. 자, 여기 안테나 죽 뽑아주셔서. 에이엠, 에프엠 라디오 수신기능, 스테레오 싸운드, 써라운드, 잡음제거 기능 물론 있구요. 예예, 거기 사장님, 잠시만 기다려주시구요. 자, 여기 이렇게 열어주시면 일점오 볼트 건전지가 두 개. 열여섯 시간 반복재생 가능하구요. 아담하고 슬림한 포켓 싸이즈에다가. 이쪽 보이시죠. 외장 스피커 장착되어 있어

이어폰 스피커 동시 청취 가능. 이 모든 기능에 가격이 얼마냐. 공장부지 이전상 재고 마진 없이 처분하는데요. 운송비까지 빼고 원가에 드리는데. 자, 여러분들 양판점, 가판점, 백화점, 전자상가 이하 대리점 가면 일이십만원 하는 것을 단돈 만원. 예예, 거기 사모님, 잠시만요. 만원짜리 지폐 한장에 모시고 있습니다. 예예, 만원입니다. 자, 여기 여러분들 흔한 기회 아니구요. 제가 지나갈 때 물건 한번씩 구경하시구요.

청년 김의 말투는 완전히 바뀌어 있었다. 정씨가 일러준 대로 매일 아침 거울 앞에서 연습한 그였다. 문제는 사람들의 무관심이었다. 사람들은 무관심했다. 일정하게, 한결같이, 같은 모습으로, 무관심했다. 학생들은 모두들 귀에 이어폰을 꽂고 있었고, 정장 차림의 사내들은 색색의 신문을 읽고 있었다. 몇몇은 졸고, 몇몇은 부루퉁한 표정으로 아무것도 보이지 않는 시커먼 창을, 마치 임종을 기다리는 노인처럼 바라보고 있었다. 그 어디에도 청년 김을 부르는 승객은 없었다: 그럼에도 짐짓 설명 중간 예 알겠습니다, 기다리세요,란 말을 끼워가며 열중했던 그는 주문처럼 술술 쏟아져나왔던 자신의 말들에 서글픔을 느껴야만 했다.

그렇지만 사실, 솔직하게 말하면, 그는, 중국산 싸구려 테이프 리코더 기능을 설명하는 내내 연결통로의 문을 바라보고 있었다. 석달이 지났음에도 여전히 웃는 낯으로 사람들의 표정을 바라보는 데 자신이 없었기 때문이다. 유쾌하지 않았지만 유쾌해야 하는 일도 마찬가지였다.

다시 한번 용기를 낸 청년 김은 웃는 낯으로 가방을 텅텅 소리내 두드려보았다. 그제야 사람들은 그의 왼손에 들린 중국산 싸구려 테이프 리코더를 바라보았다. 그렇다 해도 그뿐, 사람들은 여전히 동요하지 않았다. 그들의 눈빛은 여전히 무심했다. 싼 물건을 향한 의심의 눈초리들. 그 서늘한 눈초리들을 얼굴 전체로 느끼며 청년 김은 자신의 운명이 참으로 위태롭다는 생각까지 하게 되었다. 쎄일즈맨의 운명이란 본래 위태롭다고, 이율배반적이며 때문에 희극의 주인공이 되어야만 한다던 정씨의 말을 청년 김은 오늘도 지키지 못할 모양이었다. 불안했다.

청년 김은 다시 연결통로의, 위태롭게 흔들리는 문을 바라보았다. 반쯤 열려 있는 문이 꼭 비상구 같다는 생각을 하게 되었다. 저 문밖에는 무엇이 있을까. 나는 저 통로 어디쯤 놓여 있는 것일까. 그런 생각을 하는 동안에도 지하터널에 매달린 형광등 빛은 그의 볼을 쓰다듬으며 지나치는 것을 잊지 않았다.

전철에 몸을 실을 때마다 청년 김은 늘 갑갑했다. 혹 손으로 열 수 있는 문이 없는 까닭일까. 그렇게 자문해보았지만 그는 다시 한번 고개를 숙일 뿐. 저 문밖에는 지금 이 칸과 조금도 다르지 않은 또 한 칸이 있을 뿐이고, 그나마 열 수 있는 저 통로의 문을 연다 해도 건너편에는 전혀 다르지 않은 무심한 사람들이 서 있거나 앉아 있을 뿐이며, 설사 그것이 조금 두렵다

하더라도 참아야 한다는 것을, 청년 김은 이미 알고 있었다.

건너편 칸으로부터 또다른 사내가 종이박스를 들고 허적허적 걸어왔다. 누군가 싶어 눈을 크게 떠보았더니 같은 사무실에서 일하는 직원이었다. 지쳐 보이는 표정의 박씨였다. 그보다는 사년 이상 선배였다. 청년 김은 그를 향해 어색하게 눈인사를 한 후 급히 물건을 챙겨 가방에 집어넣었다. 조심스레 출입구 자동문 앞에 바짝 다가섰다. 오히려 잘된 일이었다.

쎄일즈맨은 절대로 타인의 구역을 침범하지 않는다.

차안에 남은 박씨는 조금 미안하다는 표정으로 청년 김을 바라보았고 청년 김은 상관없다는 의미로 밝게 웃어 보였다. 문앞에 서서 자리잡은 박씨는 이내 옆구리에 끼고 있던 플라스틱 파일을 펼쳐들었다. 오십팔개들이 일회용 밴드가 일렬로 붙어 있었다. 박씨는 활기찬 표정으로 입을 열었다. 얼굴 가득 웃음을 머금고 있어 꽤 유쾌해 보였다. 그것은 청년 김이 배워야 할 유쾌함이었다.


거어 참, 보시라. 보거라. 이 말이지. 거어 참, 이것이 무엇이냐. 거어 참, 약국 가면 밴드가 얼마나 하는지 아는 사람 다 안다아 그런 말이지. 거어 참, 천원짜리 사봐야 열 장 들어 있는데. 그러니까 뭣이냐 참, 이것은 또 뭣이더어냐. 그 말이지.


그렇대도 청년 김은 유쾌하지 않았다. 박씨의 표정이나 말투도 실은 전혀 유쾌하지 않은 것임을 알고 있는 까닭이었다.

청년 김은 흔들리는 전철이 어디든 어서 빨리 당도해 문이 열리기만을 기다렸다.

지하철이 멈춰서자 문이 열리고 이내 문이 닫혔다. 박씨의 목소리는 더이상 들리지 않았다. 박씨가 웃는 얼굴로 밴드통을 꺼내 사람들 사이를 휘저으며 흔드는 모습만큼은 출입문의 조그만 창 사이로 비쳤다. 아주 짧은 순간이었다. 지하철은 괴물처럼 아가리를 쩍 벌리고 있는 짙은 어둠속으로 다시 사라졌고 청년 김은 거기까지밖에 볼 수 없었다. 하지만 박씨의 웃음소리는 여전히 청년 김의 귓가에 남아 있었다. 아주 짧은 순간, 그 웃음소리 속에서 청년 김은 언젠가 아들에게 맞았다며 폭음하던 박씨를 보았다. 치매 들린 박씨의 노모와, 사진으로만 보았던 박씨의 가출한 딸아이도 어렴풋이 보았다. 손끝에선 다시 비린내가 풍겨왔고. 때문에 청년 김은 걸음을 재촉해야만 했다.

순간 휴대폰 벨이 요란하게 울렸다. 청년 김의 표정은 돌변했다. 손이 떨리기 시작한 것이었다. 휴대폰에는 이미 수신된 메씨지가 네 통이나 들어 있었다. 청년 김은 그것이 요금을 독촉하는 통신사 직원의 목소리란 것을 잘 알고 있었다. 신경쓰지 않아도 좋았다. 가는 데까지 가보자는 심산이었다. 궁지에 몰려 넉달 이상 요금을 내지 않더라도 기껏 신용불량자나 될 뿐 별반 상관없는 것이었다. 그가 손을 떠는 것은 그런 전화 때문이 아니었다. 지금의 그에게 휴대폰은 누가 봐도 사치스런 것이었지만 그가 끈질기게 휴대폰을 갖고 다니는 것은 혹

걸려올지도 모르는 그녀의 전화 때문이었다.

그러나 수화기 너머로부터 쏟아진 것은 정씨의 목소리였다.

"뭐라구요? 알았어요. 이쪽은 제가 찾아볼게요. 아저씬 그냥 거기 있어요."

전화기를 주머니에 욱여넣기가 무섭게 청년 김은 짐짝 같은 커다란 가방을 족쇄처럼 질질 끌며 정신없이 달리기 시작했다. 가방에 달린 바퀴는 지하철처럼 일정 간격으로 덜컹덜컹하는 소리를 냈다. 거짓말처럼 그녀에 대한 생각들도 소리 맞춰 쉽게 사라졌다. 그는 다급하게 달릴 뿐이었다. 일이 또 터진 것이다.

지하철 환승통로(2호선 시청역) 앞으로,

전철 한대 지나치고 있었다. 정씨는 나무의자에 앉자마자 담배를 꺼내 불 붙였다. 막 전철에서 내린 열 명 남짓 사람들은 정씨를 마뜩찮은 표정으로 바라보며 전철처럼 웅크린 채 지나쳤다. 청년 김은 헐떡이고 있었다. 정씨의 연락을 받자마자 전철과 각 역사무실을 헤집고 다니느라 꽤 지친 터였다. 바쁘게 뛰어다닌 탓인지 가쁜 호흡도 아직 고르지 못했다. 담배 연기는 정씨 머리 언저리를 맴돌다 전철과 사람들이 지나친 쪽으로 빠르게 빨려들어갔다. 연기가 사라지자 환승통로 사방이 텅 비어버렸다.

"암만 찾아봐도 없어요. 역무실에도 들렀는데 신고 들어온 것도, 분실물도 없대요. 커피라도 한잔 뽑아올까요?"

"냅둬. 앉아 좀 쉬어. 나 땜에 고생했네."

분이 풀리지 않았는지 정씨는 담배를 뻑뻑 소리나게 빨아 댔다.

"씨바랄 새끼. 선풍기 카바 팔십장 가져가서 뭐 하겠다는 거여? 아니 팔십두장이여. 염병할 날이여. 어휴, 개새끼. 다리 아프지? 땀 좀 닦아. 나까지 이런 일을 당할 줄은."

"이게 벌써 몇번짼지 몰라요. 별 희한한 사람들이 다 있다니까. 경찰에 신고할까요?"

"뭐라 신고를 해. 잠든 내가 미친놈이지, 신고는. 그럴 처지나 되나. 그나저나 영락없이 그 돈 내가 물 판이네. 개새끼. 에이, 개새끼. 씨바랄."

"그나마 선풍기 커버가 낫죠. 아저씨, 어제까지만 해도 저처럼 카세트 들고 다녔잖아요."

"그래. 시팔, 그렇게 생각하자고. 에이그, 일할 수도 없고, 일할 마음도 싹 가신다아. 자넨 좀 팔았는가?"

"대체 누가 그런 짓을 할까요?"

얼마나 팔았느냐는 질문에 청년 김은 그렇게 되물었다.

이십여일 전부터 부쩍 잦아진 분실사건이었다. 두세 건 벌어질 때만 해도 사람들은 자신의 소홀함을 탓하며 스스로들 사건을 해결했다. 하지만 상황은 금세 달라졌다. 분실사건이 멈추지 않는 것이다. 네다섯 건으로 늘어나자 원인에 대한 직원들 해석도 분분해지기 시작했다. 재미삼아 학생놈들이 하는 짓이다, 유성통상 쪽 놈들이 우리를 해코지하는 것이다, 세상이 흉흉해서 그렇다, 운운, 내용은 참으로 많았다. 아무리 생각해보아도 어처구니없는 일인 까닭에 주장도 그만큼 다양한 것이었다. 그중 가장 그럴듯해 보임과 동시에 간담을 서늘하게까지 하는 의견을 내놓은 것은 박씨였다. 지하철 단속 귀찮은 공익놈들이 아예 들고 가분지는 거여. 글 갖고는 우리가 찾으러 오길 기둘리는 거제. 긍께 덫을 쳐놓는 거여. 대학생이 공익 많이 된다드만 겁나 쏭악해. 그렇게 해서 껀수 올리겠다 이거제. 시펄. 사람들은 박씨의 말에 한결같이 고개를 끄덕였다. 하지만 그도 사실은 아니었다. 박씨가 실제로 가방을 잃어버리던 날 사실이 아님이 밝혀졌다. 공익요원 둘은 툴툴거리며 초소를 찾은 박씨를 살갑게 맞았다. 만화책 읽고 있던 젊은 공익요원 둘은 오히려 눈을 동그랗게 떴다. 세상에 그런 일이 다 있느냐며 젊은 녀석 둘은 발벗고 분실신고까지 마쳐주었다. 저희가 아저씨들 단속이야 하지만, 맘이 어디 그런가요. 이건 꼭 찾아드려야죠. 기다리세요. 연락드릴게요. 젊은 공익요원 둘은 합창하듯 말하곤 고개를 꾸벅 숙여 정중히 인사까지 한 후 다시 만화책에 코를 박았던 것이다. 일이 이렇고 보니 박씨의 주장도 설득력을 잃었고, 결국 남은 것은 부장의 중대발표였다.

"에, 참, 분실사건이 자꾸만 일어나다보니까 숭얼숭얼 그걸 갖고다가 회사 차원으로다 보상해달라는 목소리들이 있는 거 같은데, 그게 말이나 된다고 생각들을 하십니까? 경제가 어렵단 이 말이다 이것이지요. 참, 우리 동네 시장판서 생선 파는 아주머니 쏘가리도 돌라가는 세상이라 이거지요. 경제가 어려우면 돌라가는 놈들 늘게 마련입니다. 저로선 돌라간 물건 배상을 받아야 하는 처지란 것이지요. 그러니까 어영부영하지 마시고 돈 물어내기 싫으면 단속을 잘하란 말이지요. 단속을 말이지요. 졸거나 그러지 말고요. 허어, 별 이상한…… 그렇다고 내가, 회사 차원으로다가 팔짱 턱 끼고 가만히 있지는 않습지요. 나는, 그러니까, 목숨 다 바쳐 그 도둑놈 새끼를 잡을 테다 이 말이지요."

그렇게 잠잠해진 것이 불과 사흘 전이었다. 그런데 오늘, 다시 물건은 감쪽같이 사라졌다. 정씨는 그간 나름대로 꼼꼼히 단속을 해온 터라 자신에게마저 이런 일이 생기고 말았다는 것에 대해 더더욱 잔뜩 불만을 품은 모양이었다.

"가요, 아저씨."

금붕어 탓인지 청년 김 기분 역시 좋지 않은 터였다. 이 같은 기분이라면 그다지 물건을 많이 팔 수 없을 것도 뻔했다. 아니, 어차피 오늘은 일찍 정씨를 만나보려던 참이었다. 이 일을 시작하고 나서 곁에서 늘 도움을 줘온 정씨였는데, 그에게 고맙다는 인사 한번 제대로 한 기억이 없었다. 청년 김으로선 그간 너무 많은 일들을 한꺼번에 겪은 까닭인지도 몰랐다. 아버지와 어머니, 게다가 믿었던 그녀까지. 그래서인지 정씨의 생일만큼은 꼭 챙겨주고 싶었다.

"어디로?"

"저기요."

청년 김은 시커먼 터널의 중앙을 손가락으로 가리켰다.

구민의 쉼터(을지로3가역)에,

도착한 청년 김은 정씨를 가장 따뜻한 의자에 앉혀놓았다. 여기서 조금만 기다리라고 말한 후 지하상가 끝에 위치한 제과점으로 향했다. 손가락으로 케이크 하나를 지목했을 때는 새삼스레 놀라야 했다. 그간 적어도 일년에 두세 번은 족히 구입했을 케이크 가격이 그를 놀래킨 것이었다. 먹음직스런 케이크 하나 선뜻 사지 못하는 자신이 조금 못마땅하게 느껴졌다. 케이크 가격은 꽤 비쌌다. 청년 김은 괜스레 곁눈질하다 조각 케이크를 선택했다. 조각마다 초콜릿 무스가 잔뜩 발려 있는 것이었다.

"혹시 양초는 줄 수 없습니까? 마흔셋인데요."

말을 뱉고 나서 청년 김은 스스로 괜한 말을 했다고 생각했다. 여점원은 기가 막히다는 표정을 지었다. 대답 역시 쌀쌀맞았다.

"조각 케이크엔 초를 주지 않아요."

청년 김은 입을 닫은 채 포장도 해주지 않는 조그만 케이크를 양손으로 조심스레 받친 후 천천히 걸음을 옮겨야 했다. 그러나 청년 김은 자판기 앞에 멈춰서서 정씨 몫으로 여왕의 향기 맥스웰 커피를, 자신 몫으로는 엔조이 코카콜라를 뽑았다.

구민의 쉼터에 어느덧 조촐한 상이 마련됐다.

"생일 축하해요, 아저씨. 제과점에 초가 없다네요."

"낫살 먹은 게 뭐이 자랑이라고. 이것도 정말 좋네. 비쌀 텐데 뭐 하러 이런 걸 사. 자네한테 생일상을 다 받고 염치가 없구만."

그 순간만큼은, 정씨는 잃어버린 물건을 잊을 수 있었다. 함박 웃음지었다. 청년 김이 연신 권하자 정씨는 마지못한 투로 초콜릿 무스 케이크를 한입 덥석 베어물었다. 달콤함이 혀를 타고 전해들었고 청년 김과 정씨는 한동안 그 달콤함을 천천히 음미했다. 때마침 그들을 몇걸음 사이에 둔 안내표지판 앞쪽에서는 말끔히 차려입은 연인이 승강이를 벌이고 있었는데, 아이라인을 두툼히 그려 마치 성난 것처럼 보이는 여인이 남자를 향해 무언가 재촉하는 중이었다.

"조카 줄 건데 저런 게 낫지 않아? 아직 어린앤데."

"저런 거 사갖고 가면 형수가 뭐라 하겠어? 늘 말했잖아. 티도 나지 않는 선물은 하지 않느니만 못해."

"그런 게 어딨어? 자긴 은근히 그런 거 있더라. 좋지 않은 버릇이야. 저런 사람들 물건도 팔아줘야 하는 거라구."

"툭하면 고장날 거고, 써비스도 받지 못해. 야, 차라리 몇푼 더 보태서. 으이구 고집도. 참 못 말린다니까."

승강이는 여인의 승리로 쉽게 끝났다. 이내 여인은 청년 김과 정씨 앞까지 바싹 다가와 있었다.

"아저씨, 이거 얼마죠?"

여인의 물음에 청년 김은 잠시 정씨를 바라봤다. 정씨가 고개를 끄덕이자 청년 김은 천천히 입을 열었다.

"지금은 팔지 않아요. 몇푼 더 보태서 좋은 거 사요. 우리 지금 쉬고 있어요."

"아저씨, 안 들려요? 내가 이거 살려구 그런다구요."

여인의 목소리가 날카로워졌다.

"아가씨, 안 들려요? 내가 이거 안 판다구요. 툭하면 고장나고 써비스도 없어요."

청년 김이 그렇게 대꾸하자 정씨는 피식 웃었다. 그 바람에 빵가루가 옷섶으로 후둑 떨어져내렸다. 하지만 정씨는 귀찮다는 듯 손바닥으로 툭툭 털어낼 뿐이었다.

"별 웃기는 사람이 다 있어."

여인의 말에 남자도 끼여들었다.

"이 사람아, 장사를 하려면 똑바로 해."

남자까지 끼여들자 참지 못하겠던지 정씨도 한마디 거들었다.

"이 양반아, 물건을 사려면 똑바로 사, 좋은 걸로."

"뭐야? 당신들 뭐 하자는 거야?"

"자기야, 참아. 그냥 가자, 응? 그냥 가자. 내가 잘못했어."

"꼬옥 꼭, 좋은 거 사슈."

청년 김과 정씨는 웃어댔다.

그러나 웃음은 쉽게 사라졌다. 연인은 투덜거리며 계단 쪽으로 사라졌고 둘의 웃음도 연기처럼 슬며시 가라앉은 것이었다. 한동안 멍하니 지하철 선로를 바라보던 정씨와 청년 김은 서로 무슨 말을 해야 할지 몰랐다.

먼저 입을 연 것은 정씨였다. 청년 김을 향한 충고였다.

"쎄일즈맨은 물건을 팔아야 해."

"저 혼자 팔면 뭐 해요."

"기분이다. 술 한잔 하자. 생일 턱으로 낼 테니까. 힘들다, 힘들어. 하루 지내기가 이렇게 힘들어서야."

정씨는 엉덩이를 툭툭 털며 자리에서 일어났다.


을지로입구 전철역 사거리 앞에는,


노오란 불빛으로 가득한 포장마차들이 일렬로 늘어서 있었지만 정씨와 청년 김은 어느 천막 안으로 들어가야 할지 쉽게 결정내리지 못했다. 정씨는 아무 곳이나 내키는 대로 가자 했지만 청년 김은 이왕이면 맛이 좋은 집을 고르고 싶었다. 어쨌거나 생일파티인 까닭이었다.

갑작스레 휴대폰 벨소리가 다시 울린 것은 청년 김과 정씨가 '이모네'라는 이름의 포장마차로 막 들어서려던 순간이었다. 청년 김과 정씨는 알전구 아래서 잠시 주춤해야 했다. 여보세요. 청년 김은 천천히 입을 열었다. 그러나 이번에도 수화기 너머로 들리는 목소리는 그녀가 아니었다. 다급한 목소리의 주인공은 박씨였다.

"거 뭣이냐, 자네 어딨나 지금. 지금, 거기 정씨랑 같이 있나 말이시? 거 뭣이냐. 지금, 난리가 났네. 난리가 났어. 거 뭣이냐. 거, 도, 도둑놈을 잡았다니까. 잘됐네. 코앞이네, 코앞. 광화문 사거리지. 얼릉 오라고."

두서없이 말하는 박씨의 말을 청년 김은 바로 알아들을 수 없었다. 잠시 당황한 청년 김이 자리에 앉지 못하고 서 있자 궁금한 듯 정씨가 바싹 다가와 물었다.

"뭐여. 무슨 전환데? 일단 앉자고. 슬슬 추운데."

"아저씨 물건…… 찾은 모양인데요?"

"그래? 어디서?"

엉덩이를 낮추던 정씨는 다시 몸을 일으켰다. 청년 김은 사거리 왼편을 손가락으로 가리킨 후 정씨의 손목을 끌었다. 둘의 발걸음은 빨라지기 시작했다.

광화문 지하보도 입구에는 이미 여러 사람들이 모여 있었다. 계단 아래에는 널찍한 가판대가 있었다. 청년 김은 사람들 어깨 너머로 불쑥 드러난 박씨의 얼굴을 찾아냈다. 정씨와 청년 김을 알아본 박씨는 눈을 동그랗게 뜨곤 급히 그들 곁으로 다가왔다. 박씨는 재차 손목을 흔들어대며 말했다.

"거 뭣이냐, 여기를 지나다 말이시, 아무리 봐도 회사 물건 같아, 내가 여기 딱하니 섰어. 기다리자. 거 뭣이냐, 그래 기다리자 하고 말이시. 이눔이 필시 도둑놈인갑다 했지. 오냐 잘 만났다 싶어, 훔친 물건 팔 생각 다 하니 이런 맹랑한 놈 또 어딨냐 싶어서리. 근데 암만 기다려도 오지를 않는 거라, 암만 기다려도. 도둑놈은 보이질 않고 사람들만 왔다갔다하더란 말이시."

"무슨 말이에요?"

"누가 그러더만. 사람이 차에 치였다고. 이것은 또 뭐인지 알겠나?"

박씨가 내놓은 것, 그것은 최씨의 낡은 모자였다. 호크 부근에는 여전히 피딱지가 엉겨 있었다.

청년 김은 잠시 고개를 숙였다가 다시 가판대를 봤다. 캠핑용 돗자리를 두 장 겹쳐 만든 널찍한 가판대였다. 위로는 볼품없는 물건들이 어지러웠다. 박씨의 싸구려 밴드통이 쌓여 있었다. 홍씨의 알람시계 박스가 흩어져 있었다. 김씨 아주머니의 열두가지 색 싸인펜 쎄트가 있었고, 이씨 아주머니의 옷걸이도 있었다. 선우씨의 다리미 커버도 몇장 보였다. 민씨가 물건 없어 팔지 못할 판이라며 투덜거렸던 흘러간 팝송 선집도 물론 몇개 남아 있었다. 모두가 잃어버렸던 물건들이 여봐란듯 한자리에 모여 있었다. 최씨는 이곳에 앉아 물건을 팔고 있었단 말인가. 청년 김은 무언가 울컥 치밀어오르는 것을 느꼈다. 청년 김은 제자리에 우뚝 섰다. 움직일 수 없었다. 입을 다문 채 거친 숨만 들이쉬고 내쉬었다. 청년 김은 낡은 종이박스 위에 씌어진 최씨의 글씨를 보았다.

'오늘 하루만 더 싸게 800원에 팝니다.'

청년 김의 곁에 서 있던 정씨도 아무 말 하지 않기는 마찬가지였다.

답답했던지, 둘의 옷소매를 번갈아 잡아당기던 박씨가 먼저 입을 열었다.

"사무실에 전화는 했다만, 이제 거 뭐냐, 어떻게 해야 하는 거여? 말 좀 해봐."

"어떻게 하죠?"

청년 김도 한숨을 내쉬듯 정씨에게 물었다.

"신고를 해야 하나?"

박씨가 다시 물었다.

"염병. 내 선풍기 카바 팔십장은 없네. 다 팔았나보이. 나머지 물건이나 챙기지."

정씨는 짧게 대답했다.

광화문 사거리, 사방으로 펼쳐진 씨티비전에는 아름다운 한국을 방문해달라는 대통령 메씨지가 떠오르는 중이었다. 2500씨씨 뉴 쎄단 자가용 한대가 소리없이 질주하는 중이었다. 미래를 약속한다는 국민연금 홍보 자막과 정치공방 계속이라는 짧은 뉴스 한토막도 지나치는 중이었다.


창신동 반지하에,


청년 김은 누워 있었다. 사위는 이미 짙은 어둠에 감겨 있었고. 청년 김은 다시 꿈을 꾸기 위해 눈을 감았다. 하루는 그렇게 지나가고 있었다. 청년 김은 문득, 할 수만 있다면, 자신의 하루를, 바지춤에 쓱쓱 닦아내고 싶다는 생각을 했다. 눈을 감자 마치 형광등처럼 희미한 불빛 하나 드러났고, 일순 흐릿해졌다. 너무 피로한 탓인가. 눈물 한방울 떨어져내리며, 그의 하루가, 다시, 꿈으로, 끝나는 참이었다.

　가만히 누운 채로 청년 김은 최씨를 떠올리고 있었다.


　이봐 김군, 내가 보험 하나 들까 하는데, 저축보단 보험이 낫지 않을까 싶어서. 나 같은 사람도 할 수 있는 건가? 그게 돈이 많이 드나? 나, 그거 하면 안되나? 어떻게 하면 되나?


　청년 김은 언젠가 최씨가 자신에게 건넸던 말을 기억해내곤 눈을 감았다. 순간, 머릿속 금붕어 두 마리가 기다렸다는 듯 지느러미를 펼치며 헤엄치기 시작했다.

그녀의 아름다운 목소리

나는 발을 동동 굴렀다. 그야말로 애가 탄 것이었다.

상냥한 목소리의 아가씨가 "신규 메씨지 한개가 녹음되어 있습니다"
고 하길래 비밀번호 네 자리를 가르쳐줬다. 그랬더니 아가씨
는 "잘못 누르셨습니다" 하고는 숨돌릴 틈도 없이 대꾸했다.
나는 미간을 잔뜩 찌푸렸다. "저 진짜 기억이 잘 나지 않아
서 그러는데, 혹시 뭘까요?" 마음 같아서는 그렇게 묻고 싶었
지만 그럴 수는 없는 노릇이었다. 아가씨는 여전히 묵묵부답.
어쩔 수 없이 나는 좀더 침착하게 생각에 생각을 거듭한 다음
다른 비밀번호 네 자리를 기억해냈다.

그제야 상냥한 목소리의 아가씨는 "메씨지를 듣고 싶어 죽겠으면
일번을 누르세요"라고 말했다. 휴, 한숨을 돌리고 나는 가만히 생

각해봤다.

'이 목소리, 상냥하다기보다는 어딘지 모르게 이상한 구석이 있는 것 같아. 마치 여러 명의 목소리를 포개놓은 것만 같잖아. 신음이거나 비명인 것처럼. 그나저나 어떻게 한다?'

전화기를 들고 다니다보니 언제부터인가 이렇게 되고 말았다. 신경을 쓰고 싶지 않아도 그럴 수가 없었다. 누군가 꼭 하나쯤은 일러주는 이가 있었다. "이봐, 전화 온 것 같은데" "여어, 좀 받아보지" "아까부터 삑삑거리던걸" "넌 왜 전화기를 꺼놓고 다니고 지랄이야!" 뭐 대충 그런 식이었다.

식당에 가도 숟가락, 젓가락, 그 옆에는 전화기를 놓아두어야 했다. 마치 까페에 들른 카우보이가 권총을 꺼내놓는 것처럼.

현관을 나서는 나를 향해 언제부턴가 어머니도 "빨간 불은 건너는 게 아니란다"라는 말 대신 "전화기는 챙겼니? 으이그, 이렇다니까"라는 말을 하기 시작했다. 그러니까 전화기와 나는 쎄트가 되어버린 셈이었다.

내 것은 구형이라 빨간 불이 점멸하는 방식이었다.

미리 꺼두었어야 했다. 전철을 타고 있었던 나는 역시나 주변 사람들의 눈치 때문에 하는 수 없이 전화기를 가방에서 꺼내야 했다. 막 받으려 하는데 하필 끊어지고 말았다. 참 지랄맞다. 사람들의 눈초리가 더욱 매서워진 듯한 느낌이었다.

전동차는 마침 속도를 줄이는 참이었다.

"이번 정차 역은 시청, 시청역입니다. 내리실 문은 왼쪽입니다."

그러곤 영어로 한번 더. 역시 그 아가씨였다. 아니, 이 아가씨는 영어도 잘한다.


다시 전동차는 서울역을 향해 속도를 내기 시작했다.

나는 전화기의 플립을 열고 일번 버튼을 눌렀다. 어찌됐든 외면할 수는 없는 까닭에서였다. 순간 늘 그랬듯 저편에서 또 다른 아가씨의 앙칼진 목소리가 쏟아져내렸다. 마치 내 옆에 서서 말하는 듯한 투였지만 그렇대도 여러 명의 목소리를 포개어놓은 듯한 느낌만큼은 그대로였다.


너 어디야? 또 전철 타고 있어? 지금 어디 가는데? 니가 가면 어딜 갈 건데? 지금 당장 오지 않으면 끝장인 줄 알아. 나 어제 거기 있어. 전화고 뭐고 필요없으니까 빨랑 오란 말이야. 안 그럼 확 다른 남자랑 자버릴 거야.


나는 다시 미간을 찌푸리고 말았다.

전화번호를 바꾸든가 해야겠다. 왜 이렇게 잘못 걸려오는 전화가 많은지 이제는 경이로울 지경이다.


나는 애써 침착해보려고 손가락으로 이마를 꾹꾹 누른 다음 마음을 다잡았다. 한두 번도 아니고 최근 며칠 사이 심정 같아선 딱 미쳐버릴 수도 있겠다 싶어서였다.

'하지만 이 아가씨가 정말로 확 다른 남자랑 자버리면 어쩌지?'

생각이 거기에 이르자 또 발을 동동 구를 수밖에 없었다.

결국 나는 발신지를 되짚어 거꾸로 전화를 걸었다.

조금 전 앙칼진 목소리의 그 아가씨는 어찌된 일인지 받지 않았다. 그래서 나도 메씨지를 남기기로 했다. 사람들로 가득한 퇴근길 전철 안에서 무슨 꼴이람 싶었지만 딱히 다른 도리가 없었다. 나는 목소리를 최대한 낮췄다.

죄송합니다. 전화를 잘못 받았습니다. 제가 아니거든요. 제 번호는 공일일 구칠오팔에 이팔○○입니다. 일단은 확 자버리지 마시고 기다리세요. 메씨지 들으시면 남자친구한테 다시 거세요.

그렇게 우물 정자(字)를 누르고 나니 한결 마음이 놓였다.

나는 느긋한 마음으로 한강이나 바라봐야겠다고 마음을 먹었다.

그랬는데, 얼마 지나지 않아 다시 빨간 불이 점멸했다. 규칙적인 삐삐 소리를 내면서. 정말이지 짜증이 났다.

이번에는 문자 메씨지였다.

> 똑바로살아새끼야
> 병신같은게 -_-;

그때였다.

그때, 나는 여태 내게로 온 수많은 목소리와 글자들이 잘못온 것이 아닐 수도 있겠다는 생각을 했다. 정확한 이유는 잘 모르겠지만 어찌됐든 순간 발끝이 싸한 게 몸이 얼어붙는 듯한 느낌이 들었다. 결국 나는 다른 사람이 되어버렸다. 아니 그런 기분이었다. 실제로 그렇다면 그것은 정말로 섬뜩한 일이지 않을 수 없어서 나는 머리를 흔들고 말았다.

내게는 우선 전철에서 빨리 내려야겠다는 생각뿐이었다.

자동문을 빠져나오자마자 나는 용산역을 거쳐 대로변까지 빠른 걸음으로 내달았다.

전자상가들로 가득한 역전에서 수많은 아가씨들이 허리를 흔들며 내 것과는 비교도 되지 않는 전화기들을 늘어놓고 춤을 추고 있었다. 이런.

어쩐지 욕지기가 나올 것만 같아 나는 대로변 한가운데에다 전화기를 내던져버렸다.

그런 다음 오른 버스였는데. 젠장, 또 그 아가씨가 내게 말하는 것이 아닌가.

"카드를 다시 대주세요."

누군가 또 내리려는지 버스 안에는 빨간 불이 가득했다. 끝내 나는 완전히 다른 사람이 되고 말았다.

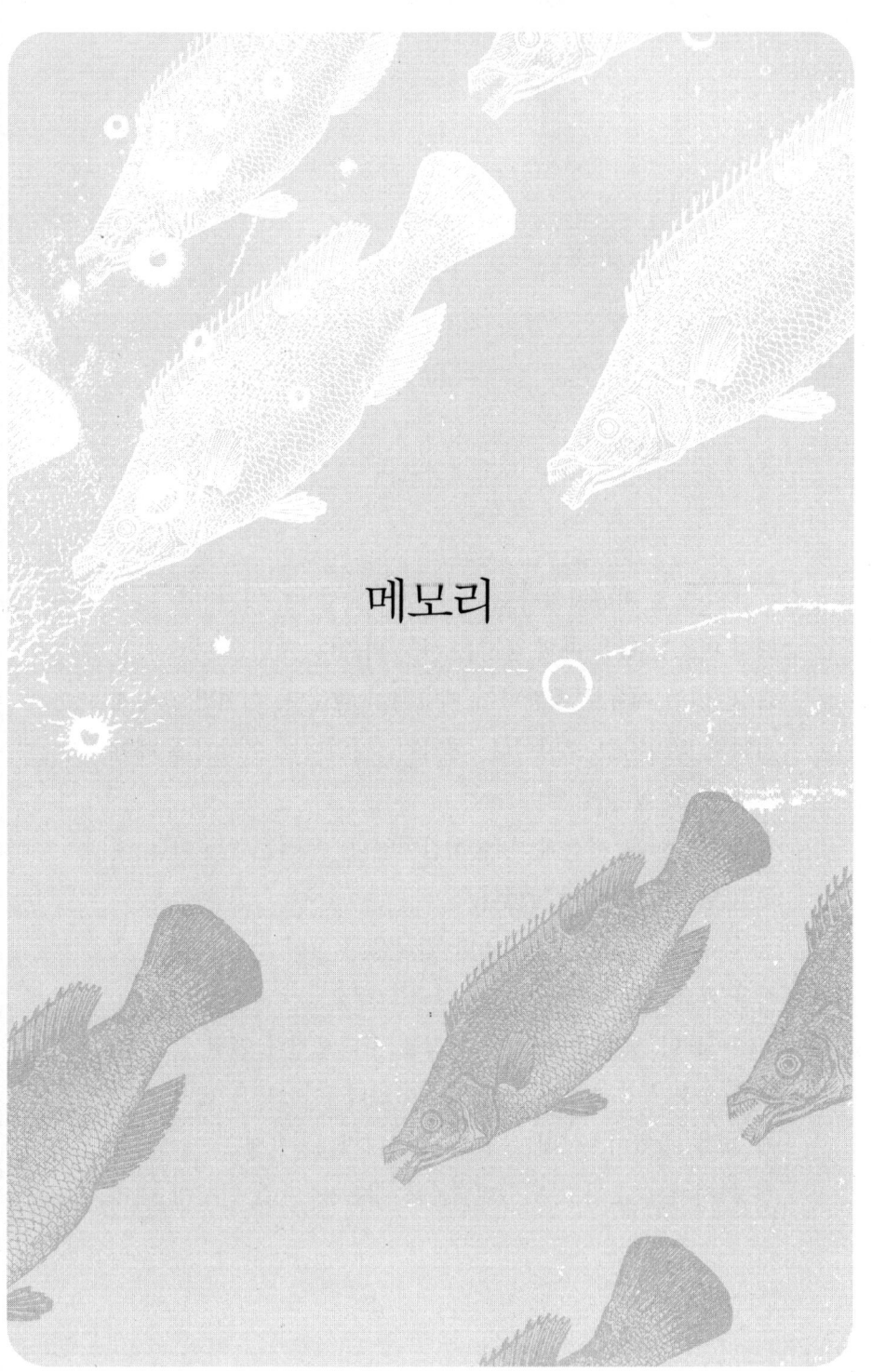

메모리

같은 곳을 지나치더라도 걸을 때와 달릴 때, 자전거를 탔을 때와 버스를 탔을 때의 풍경은 사뭇 다르다. 시간은 다르게 흐르고, 그런 이유로 공간마저 왜곡되기 일쑤다. 어쩌면 그렇게 기억도 달라지는 모양이다. 한가지, 기억나는 이야기를 해야겠다. 듣고 싶다면. 얼마든지.

내 초등학교 시절에. 미술시간이었다. 우리는 인물화를 배우고 있었다. 선생이 말했다.

"이젠 다들 눈을 감고. 엄마 얼굴을 떠올려보세요. 엄마 생각을 해요. 얼굴이 떠오르죠? 그걸 그려요."

아이들이 생각에 잠겼다. 천장을 쳐다보거나 연필 끝을 이마에 톡톡 두드려대거나 하는 식이었다. 아이들은 금세 책상에 코를 박았다. 이내 무언가 그려나갔다. 선생은 아이들의 책상 사이를 오가고 있었다. 문득 걸음을 멈춘 선생이 내게 물었다.

"왜 아무것도 그리지 않지?"

"엄마 얼굴. 생각 안 나요."

엄마가 생각나지 않아서 나는 손바닥 여덟 대를 맞았다. 손바닥 위로 선명한 붉은 줄이 그어졌다. 하지만 참을 수 있었다. 나는 그림 그리는 것이 좋았다. 손가락 사이에서 풍기는 알싸한 크레용 향내가 매우 좋았다. 그래서 참을 수 있었다.

내 중학시절에. 미술시간이었다. 우리는 추상화를 배우고 있었다. 선생이 말했다.

"눈을 감아라. 그래 아무것도 없다 생각해보자. 태초의 어둠, 그걸 기억하는 거다. 아무것도 없음을 떠올리는 거다. 결코 쉬운 일은 아니지. 눈을 감고 우주가 탄생되기 직전의 순간을 상상하는 일이다. 자, 이제 눈을 뜨고. 그걸 그리는 거다."

졸음에 겨운 아이들이 눈을 비벼댔다. 언제부터인가 지루하기 짝이 없어진 미술시간. 여드름을 손톱으로 터뜨리거나 볼펜 끝을 담배처럼 물고 뻐끔거리거나. 그런 식으로 아이들은 지루함을 견뎌내고 있었다. 하지만 대부분 아이들은 이내 선생의 뜻을 따랐다. 모두들 약속이라도 한 듯, 또 한편으로는 귀찮다는 듯, 대부분 새하얀 백지 위에 검은 물감을 통째 들이붓기 시작했다. 선생은 책상 사이를 오가고 있었다. 문득 내 자리 앞에서 걸음을 멈춘 선생이 나를 향해 이렇게 물었다.

"이게 뭔가?"

"네트 위에서 딱 멈춰버린 배구공입니다. 아무것도 없다 생각해도 자꾸만 이게 떠올라요."

생각나는 것이 있어서 나는 종이 울릴 때까지 엎드려뻗치기를 했다. 종이 울리자 선생은 내게 일어서라 말했지만 무릎이 쉽게 움직이지 않았다. 참아야 했다. 그림 그리는 것이라면 여전히 좋았으니까. 과연 어둠은 검은빛일까. 그때 나는 그런 생각에 빠져 있었다. 물감과 물이 만나는 곳, 또 색과 또 다른 색이 맞닿은 곳 사이의 모호함. 그 어지럼증이 무척 좋았다. 그러니 까짓 참을 수 있었다.

내 고교시절에. 역시, 미술시간이었다. 어쩐 일인지 그녀는 소설에 대해 이야기했다. 그녀가 말했다.

"전 가끔씩 눈을 감곤 하는데, 정신을 한곳으로 집중시키면, 그럼 상상력이 솟아나거든요. 아니면 무엇이든 뚫어지게 쳐다보기도 하는데, 잃었던 기억을 되살리는 것처럼. 같은 방법이에요. 아무튼 제 수업, 오늘이 마지막이네요. 그간 즐거웠어요. 잊지 못할 거예요."

그때 그녀의 새하얀 속살은 숨을 쉬고 있었다. 그녀가 숨을 내쉴 때마다 블라우스 단추 새로 눈부신 속살이 눈을 깜박이듯 드러났다 사라졌다. 아! 아이들은 그 들숨과 날숨에 맞춰 낮은 탄성을 내지르던 참이었다. 그녀가 무슨 말을 하고 있는지 따위 아이들로서는 아무려나 상관없는 듯 보였다. 그때 누군가 '우리 모두는 교생선생님을 사랑해요'라 써넣은 도화지를 흔들기 시작했다. 비로소 아이들은 더이상 참지 못하겠다는 투로 우르르 교탁을 향해 몰려나갔다. 아이들은 분주했다. 조악한 꽃다발을 건네느라. 싸구려 리본을 매단 레코드판을 건네느라. 그녀의 작별인사에 아이들은 오히려 환호했다. 평소보다 더욱 가까운 위치에서 그녀의 머리칼과 가슴을 향해 코를 벌름거릴 수 있다는 사실에 아이들은 드러난 웃음을 감추지 못했다. 그래서 아이들은 기뻤다. 녀석이 노린 것은 그 북새통이었다. 불쑥 그녀의 스커트 아래로 꿈틀대던 거울 매단 슬리퍼. 물론 그녀는 아무것도 모르는 채였다. 나는 비로소 자리에서 일어났다. 책상을 성큼성큼 밟고 나아가 교탁으로 향했다. 그런 다음 꿈틀거리던 슬리퍼의 주인을 찾아 녀석의 머리통을 걷어찼다. 시팔! 이거 뭐야. 무언가 작은 구슬 같은 것이 튀어올라 칠판에 부딪혔고 툭 소리를 내고는 바닥으로 떨어졌다. 녀석은 쉽게 고꾸라졌다. 그녀는 지금 무슨 생각을 하고 있을까. 그때 내게는 그 생각뿐이었다. 하지만 녀석의 배를 깔고 앉은 내 엉덩이까지 그런 생각을 할 리 없었다. 엉덩이에는 더욱 힘이 들어갔고 주먹은 여전히 녀석의 코언저리를 후리고 있을 뿐이었다. 끝내 주먹에까지 핏방울이 튀고 말았다. 이마에는 땀이 맺혔다. 순간 그녀는 정말이지 부드럽게 내 팔목을 잡았다. 그제야 나는 그녀의 눈동자와 마주할 수 있었다. 그녀와 만난 첫날에 봤던 무언가 한마디 건네는 듯한 그녀의 눈빛은 여전히 맑고 투명했다. 그래서 나는 어지러웠다.

"그만 해요. 내가, 괜찮으니까."

이내 슬리퍼는 학생주임의 우격다짐에 이끌려 교실을 나섰다. 수업이 끝나자 슬리퍼는 나를 끌고 나섰다. 그녀를 사랑한 이유로 나는 슬리퍼 일당에게 죽지 않을 만큼 맞았다. 일당 중 하나가 형광등으로 어깨를 내려쳤을 때 나는 끝내 무릎을 꿇어야 했다. 이어 다른 녀석은 왁스를 제대로 먹인 나무 배트로 내 뒤통수를 후렸다.

"미친놈."

녀석은 그렇게 내뱉었고 나는 정신을 잃었다.

그래서 다음날 나는 목에 붕대를 감은 채 그녀를 만나야 했다. 먼저 입을 연 것은 그녀였다.

"왜 그랬어요? 그런 일쯤이야 다 예상하고 들어오는걸. 머린 괜찮은 거야?"

"사랑해요."

목을 움직일 수가 없어서 그렇게 말했다. 그야말로 차려자세로 나는 그녀에게 고백했다. 그녀 역시 실습기간 내내 우리들을 향해 무언가 끊임없이 고백하곤 했다. 아직 처음이라 많이 부족하다는. 게다가 수줍음도 많아 우린 서로 같이 배워야 할 것이라는. 솔직히 난 그림을 잘 그리지 못한다는. 마지막으로 여러분 모두를 사랑한다는. 나는 그녀의 고백을 잊지 않고 있던 터였다.

―발길질을 한 이유는…… 그건……

차마 말을 꺼낼 수가 없어서 그랬다. 그래서 나도 그녀처럼 고백만 한 것이었다. 빳빳한 자세를 유지한 채로 나는 그녀에게 두 장의 그림을 건넸다. 그러자 그녀는 내게 소설책 한권을 건넸다. 그것은 『걸리버 여행기』였다. 아무 말도 하지 않은 채 우리는 그렇게 스파이처럼 물건만 교환했다. 그녀는 도망치듯 다방 문을 나섰고 나는 엽차를 마셨다. 그녀가 떠난 빈 자리를 따뜻한 엽차로 채운 셈이었다. 목을 움직일 수가 없어서 그녀의 마지막 뒷모습도 나는 뻣뻣한 자세로 봐야만 했다. 그녀가 떠난 다방 안에 남은 것은 멋대가리없는 전영록의 노래뿐이었다. 하지만 나는 아무렇지 않았다. 그 어떤 편지보다도 내가 건넨 두 장의 그림이 내 사랑을 전달해주리라 믿은 까닭에서였다. 나는 그녀로부터 곧 답장이 올 것이라 생각했다. 하지만 졸업식이 먼저였다. 『걸리버 여행기』라면 하도 읽어 대사까지 기억할 지경이었지만 기다렸던 그녀의 답장은 올 줄 몰랐다. '뼛속에 가득 차 있는 결체질의 물질로 만든 잉크를 사용해 여러 명제와 증명을 얇은 과자 위에 쓰면 학생은 그것을 먹어 배를 채웠다. 소화가 되는 정도에 따라 뼛속에 들어 있는 결체질의 물질은 명제와 증명을 가진 채 머리 위로 올라갔다. 하나 이 방법은 성공을 거두지 못했다. 그 양이나 성분에서 일어난 약간의 착오와 배우는 학생들의 올바르지 못한 태도 때문이었다. 이러한 공부방식이 학생들에게는 상당히 구역질나는 것이었기 때문에 대개 그들은 몰래 빠져나가 몸속에서 미처 흡수되기도 전에 토해버렸던 것이다.' 정말이지 멋진 문장이었다. 나는 무엇이든 잘 외웠다.

한참이 지난 후에야 그녀의 답장을 받을 수 있었다. 나는 하릴없이 당구대 위에 누워 뒹굴고 있었다. 그녀의 답장은 짧았다. 편지의 내용인즉 두 장의 그림을 그녀 자신은 이해할 수 없다는 것이었다. 학생의 감정은 누구나 다 한번쯤 갖는 어쩌고, 나 역시 여고시절에 국어선생을 좋아했었는데 저쩌고, 하는 식이었다. 그런 말을 했다는 것은 분명 그녀가 내 그림을 이해했다는 뜻이기도 했다. 한데 또하나 분명한 것이 그녀가 나를 거절했다는 것이었다. 그렇게 나는 그녀의 마지막 고백까지도 잊지 않고 기억하고 있다.

─그동안 즐거웠어요. 좋은 추억으로 간직할게요.

그리하여 나는 그림과 사랑을 동시에 포기하게 됐다.

그러고 보니 그때까지 나는 걸리버였던 셈이다. 모든 것은 아주 먼 게다가 기묘하기까지 한 여행과도 같았다.

이후 그녀로부터 편지를 받은 기억은 없다. 나는 지금도 종종 스파이처럼 사라진 그녀를 기억한다. 그녀의 물건을 기억한다. 지금쯤 그녀는 무슨 생각을 하고 있을까. 그런 상념에 빠지는 것인데. 사람이 그렇게 훌쩍 사라져버릴 수 있다는 것은 놀라운 일이지 뭔가. 어쩌됐든 나는 그녀로 인해 그것을 터득할 수 있었다는 것.

이것이 내 과거의 전부다. 다른 것들은 기억나지 않는다. 기억이란, 게다가 잘 기억나지 않는 기억이란 곧잘 전설이 되곤할 뿐. 물론 지금보다 조금만 더 신경쓴다면 몇가지 더 끄집어낼 수 있을지도 모른다. 그럼 몇가지를 더 이야기할 수 있을지도 모른다. 그러나 그것은 대부분 거짓이 더해진 그야말로 무용담이 될 것이 뻔하다.

그래서 나는 다른 것은 이야기하지 않기로 했다. 그것이 전부라고, 그런 다음 입을 다물었다.

　그럼에도 그는 내 침묵을 용납할 줄 몰랐다. 가까스로 말을 꺼내면 막아버렸고 그래 아무 말도 하지 않으면 또 다그쳤다. 그래서 나는 꽤 오랫동안 그의 이 같은 방식에 적응하지 못했다. 그는 정말이지 괴팍한 성격의 소유자인 것 같았다. 어려서 많이 맞고 자랐든가 아니면 다락방이나 이층침대 같은 곳에서 떨어진 경험이 있는 모양이었다. 그런 생각이 들었다. 그렇지 않고서야 저렇게 꽉 막힐 수는 없는 노릇일 테니까. 지금의 내 꼴이란. 어쩐지 예전의 상황과 비슷해진 것 같은 느낌이 들어 문득 피식 웃음이 새어나왔다.

　"그런 건 내 알 바 없고 묻는 거라도 대답 좀 해요. 계속 말을 안하고 있잖아요. 지금."

　"그런데, 혹시 머리에 상처 같은 게 있나요?"

　내 질문에 그 역시 어이없다는 투로 웃기만 했다. 그러더니 또 상관없다고 계속하라 손짓을 보냈다. 그를 괴롭히고 싶은 마음은 없었다. 하지만 나로서도 어쩔 수 없었다. 나는 이야기를 잘하지 못하는 편이었다. 하지만 용기를 내야 했다. 그는 내가 용기를 내기를 바라는 모양이었다. 듣고 싶다면 얼마든지. 할 수 있다고. 나는 그렇게 다짐했다.

　이제 알겠지만 그래도 한번 더 말할 필요가 있겠다 싶어 다시 내 이름은 조영익이라는 것부터 시작하기로 했다. 나는 그에게 성스러운 또는 하늘을 뜻하는 '영'자와 날개를 뜻하는

'익'자를 쓴다고 그러니까 곧 '성스러운 날개'라는 훌륭한 이름이 된다고 설명했다. 그런데도 그는 잘 알아듣지 못했다. 그래서 나는 그다지 어렵지 않은 '영'자를 한자로 써서 '靈'이라그에게 일러줬다. 그랬더니 그는 담배를 꺼내물었다. 담배 태워요?라고 내게는 묻지도 않았다. 요컨대 예절이 뭔지 모르는 사람이었다. 나는 그가 머리에 심한 상처를 입었을 것이라 확신하게 됐다. 문득 홀로 담배를 태우는 그가 측은하게 느껴졌지만 그런 말을 꺼낼 수는 없었다. 그렇다면 그에게 두 장의 그림을 그려주는 것은 어떨까. 그러나 역시 그만둬야 했다. 그가 버럭 소리를 지르며 거절했기 때문이다. 싫다면 얼마든지. 솔직히 나 역시 썩 내킨 것은 아니었다. 아무래도 그는 이제 내 눈치를 살피기 시작한 것 같았다.

"그런 건 필요없으니 대답 좀 해요. 묻는 말에만. 이건 짧게 짧게 하는 거예요."

그래서 나는 짧은 한숨을 쉬었다. 그림과 사랑을 포기했더니 더이상 해야 할 일이 없었다. 매일같이 크레용 냄새를 맡았고 때때로 수채화를 그리기도 했지만, 또 그녀가 건넨 『걸리버 여행기』 이후로 숱한 소설책들을 읽었지만, 그런 일말고는 딱히 할 만한 일이 없어서였다. 그래서 나는 알짝지근한 크레용 냄새를 맡으면서 또 염료와 물이 만나는 순간의 흐늘거림을 떠올리면서 눈을 감고는 정신을 한곳으로 집중하는 일만을 반복했다. 그러고 있노라면 상상력은 연기처럼 피어올라 방안을 가득 채우곤 했다. 그때마다 나는 걸리버가 됐다. 나는 작은 사람들과 큰 사람들을 만났고 괴물들과 치열한 싸움을 벌이기도 했다. 연기가 사라져 눈을 뜨면 나는 피로에 지친 여행자처럼 스러지듯 잠들곤 했다. 내 삶이란 그러한 일들의 반복이었다.

그는 머리를 긁어댔다. 그는 얼마 되지 않는 머리칼을 손으로 쓸어올리는 일을 몇번이고 반복했다. 그럴 때마다 그의 얼굴 가득한 주름이 옴찔거렸다. 나는 그의 머리칼이 빠져버리는 것은 아닌가 싶어 조급했다. 그는 내게 부모가 있느냐 물었다. 짧게. 나는 그가 원하는 대로 있다,라 대답했다. 짧게. 그는 양친 다?라고 물었다. 짧게. 정말이지 짧게 말하는 것을 굉장히 좋아하는 사람이었다. 그래서 나는 다시 아버지만,이라 대답했다. 짧게. 그러자 그는 내 눈을 무섭게 쏘아보기 시작했다.

"음, 어머닌 돌아가셨구만."

"돌아가신 게 아니라 바로 가셨어요."

"뭐요?"

"바로."

"………"

"그런데 그게 무슨 상관이죠?"

"됐어. 그거면."

아주 자연스럽게 그는 이제, 반말을 쓰기 시작했다. 하지만 지금도 꽉 막혀 있을 그의 머리 상처 아래 혈관을 떠올리며 그냥 참아주기로 했다. 한편으로 그가 자세히 묻지 않은 것이 오히려 내게는 좋은 일일지도 모른다는 생각이 들었기 때문이다. 그가 만약 어머니는 어떻게 된 일이냐,라 물었다면 나는 또 긴 시간을 이야기하는 데 소비해야 했을 것이 뻔했고 그렇다면 짧게 이야기하는 것을 좋아하는 그는 또 한번 짜증을 부렸을 터이다.

어머니는 살해됐다. 언제고 터져버릴 일이 실제 벌어지면 되레 마음은 편안해지는 법인가. 그래서 그때 나는 안도의 한숨을 내쉴 수 있었다. 경기도 안산 어디쯤이라 했다. 시체는 주차된 자동차의 번호판까지 착실하게 가려주는 써비스 만점의 모텔에서 발견됐다. 어머니는 그곳에서 아버지보다 족히 열살은 어려 보이는 청년의 가슴팍을 문지르다 칼을 맞았다. 칼을 쥔 손은 아버지의 것이라 했다. 아버지는 얼굴에 상처만 주려고 했다던데 그만 손에 힘이 너무 들어가고 말았다 했다. 말도 안되는 핑계 같았지만 한편으로는 또 그럴 법하기도 했다. 어찌됐든 얼굴을 찔렀으니, 그러니까 어머니는 돌아갈 수 있는 상황이지 않았다. 바로 갔다 할 수밖에. 그 점을 나는 이해했다. 물론 어머니도 이해했을 것이다. 아버지 역시 이해했을 터였다. 그래서 참을 수 있었던 것이다. 그런 장면이라면 어려서부터 족히 봐왔다. 터져서는 안될 아버지의 분노는 그 화산 같던 분노는 또 예정된 폭발이기도 했다. 마음이 여린 아버지는 그 길로 곧장 자수했다. 아버지 편지가 끊기는 데에는 그리 오랜 시간이 걸리지 않았다. 이러한 일을 어떻게 짧게, 그리고 무덤하게 설명할 수 있을까. 아무튼 그는 어머니에 대해 묻지 않았고 그래서 나는 그가 썩 나쁜 사람만은 아닌 것 같다는 생각을 했다.

그날 이후 외가와 친가 어른들은 나를 두고 배구시합을 벌였다. '귀찮아 죽겠다'라는 이름의 그물을 사이에 두고 나를 이리 넘겼다 저리 넘겼다 한 것이 그 게임의 지켜야 할 룰의 전부였다. 그 당시 나는 배구공이었다. 큰아버지가 써브를 넣으면 둘째이모가 멋지게 받았다. 고모가 멋지게 토스를 넘겼을 때는 외삼촌이 시간차 공격을 가했다. 한데 그 엄청난 위력의 스파이크를 내 막내삼촌은 받아내지 못했고 그래서 막내삼촌은 끝내 무릎을 꿇고 만 것이었다. 친지들이 환호성을 지를 때 막내삼촌은 더없이 아쉬워했다. 자신을 응원해준 사람이 없기 때문이라며 투덜거린 것이었다. 그렇게 결혼을 하지 않았다는 이유로 막내삼촌은 나를 떠맡게 됐다. 집을 팔고 그럭저럭 남은 돈이 삼촌에게 전해졌지만 삼촌은 그다지 달가워하는 눈치가 아니었다.

"널 키우려면 이 돈으론 어림없잖아."

쓰리쿠숀 빌리아드 숍. 삼촌의 당구장 이름이다. 그 이름을 사람들은 한사코 부끄러워했다. 내 아버지를 포함해서 삼촌의 형제들은 하나같이 내게 공부를 잘하지 못하는 사람의 인생이란 저런 꼴일 수밖에 없다고 늘 입버릇처럼 말했다. 기억력이 부족한 삼촌. 유독 공부를 못한 삼촌. 그를 위해 형제들이 차려준 것이었지만 그것은 늘 못난 인생의 박물관처럼 때로는 표본처럼 전시되어 있었다. 당구장 내부도 그랬다. 그 안은 딱 형제들의 성의만큼 초라했다. 당구장은 삼층에 위치해 있었다. 출입문 유리에는 상처에 덧댄 반창고처럼 비닐테이프가 이백개쯤 붙어 있었다. 출입문에서는 여닫을 때마다 여자 비명소리가 났다. 그래선지 당구장은 정말이지 아파 보였다. 입구에 들어서면 사람들을 맞이하는 것이 코를 찌르는 중국음식 냄새가 고작이었다. 카운터 위 천장에는 거미가 하나, 둘, 셋, 넷. 그러니까 총 여덟 마리가 당구공처럼 모였다 흩어지기를 반복하며 함께 살고 있었다. 카운터 옆에는 침실로 사용할 수 있는 쪽방이 있었다. 그렇다고 참말 침실인 것은 아니었다. 영업을 마치면 일당들은——간판집 주인, 아이스크림 도매상 사장, 통닭집 주인, 대충 그런 구성원들인 사람들은——그곳에 모여 삼촌과 함께 카드를 했다. 침실이 아니라 카드게임실이었다. 그들은 당구를 치는 법이 없었다. 요점이라면, 그렇게 나는 온종일 담배연기 속에서 생활해야 했다는 사실이다. 당구를 치는 사람들은 하나같이 룰을 지키는 양 모두 담배를 태웠다. 그 담배연기는 영업이 끝나도 사라질 줄 몰랐다. 게다가 삼촌 일당들도 모이면 촛불을 켜놓고 밤새 뻐끔거렸으니 쓰리쿠숀 빌리아드 숍은 늘 담배연기로 가득했던 것이다.

아침에 일어나 당구장의 출입문을 열고 밖으로 나서면 그래서 꼭 안개 속을 헤치고 나온 듯한 기분이 들었다. 그래서 나는 아침마다 휘청거리곤 했다. 문득문득 머리가 어지러워 견딜 수 없던 적도 많았다. 간밤의 소리들이 머릿속을 채 떠나지 않아서였다. 삐요 삐요 울려대는 전자음과 사람들의 욕설, 웃음소리, 늘 켜져 있는 소방차나 이선희의 노랫소리, 그러한 소리들을 견디는 것은 정말이지 힘든 일이었다. 그래서 나는 그 소리들에 적응하기로 했다. 당구장을 닮기로 한 것이었다. 내게는 그곳에 적응할 필요가 있었다. 그 결과는 놀랍고도 엉뚱했다. 그렇게 마음먹고 나자 동네 언더그라운드 건달들의 이름을 모조리 외울 수 있게 됐다. 예컨대 누군가 전화를 걸어 거기 빵꾸 있어?라든가 껍데기 형님 계신지요?라고 물어도 당황하지 않을 수 있게 된 것이었다. 어느덧 누군가 자장면 그릇을 바닥에 떨어뜨려도, 혹은 요구르트를 쏟아도, 청소년 선도위원이 들이닥쳐 당구를 치고 있던 한 무리의 고교생과 머리칼을 다잡고 승강이를 벌여도, 거친 사내들이 몰려들어 다짜고짜 수 다방 미정 누나의 가슴을 주물러대도, 돈이 없으니 맘대로 하라고 으름장을 놓는 아저씨들이 나타나도, 큐를 부러뜨리고 휘둘러대며 싸움질을 벌이는 대학생들까지도 이런 것쯤이야, 하면서 견딜 수 있게 된 것이었다. 아니, 오히려 내게는 그런 일들이 아름답게 보이게 됐다. 그야말로 그곳은 진짜 남자들의 세상이었으니까.

당구장에는 또 그 모든 것들을 견디게 해줄 만한 매력적인 것들도 많았다. 점액으로 만들어낸 실 위에서 몽긋거리는 여덟 마리의 거미랄지, 나직나직하게 들려오는 낡은 냉장고 소리랄지, 위태롭게 끄먹거리는 형광등 불빛이랄지, 두 벌이나 있는 상아로 된 당구공 쎄트 같은 것. 무엇보다 그 당구공이 굴러가는 광경을 보고 있노라면 유연한 인도산 수컷 코끼리가 살근거리며 걷는 모습까지도 떠올릴 수 있었다. 그렇게 어쩐지 사내의 체취가 느껴지는 위태로운 광경과 위태로운 소음들. 그중 내가 가장 사랑한 것은 당구대를 덮은 초록 우단이었다. 그 푹신한 우단에 뺨을 대고 있으면 바람소리를 들을 수 있었다. 이제는 좀 쉬라는 목소리가 들려왔다. 아주 보드라운 잔디에 누워 있는 것처럼 푸근하기 짝이 없었다. 그래서 나는 종종 우단 위에 누워 잠들었다. 담요를 덮지 않아도 충분히 따뜻한 바람이 불어왔으니 좋았다. 어쩌다 일당들이 모이지 않는 날이면 삼촌은 그렇게 드러누운 내 곁에 다가와 말했다. 카운터 위 종이액자 속에서 흐듯한 미소를 머금고 있는 한 여자의 이야기였다.

"손을 잡을 순 있지만 입을 맞출 순 없는 여자에게는 숙연해야 한다. 이런 곳은 어울리지 않지만. 그래, 삼촌은 있지 사는 게 아냐. 기다리는 거지."

"그치만, 삼촌, 난 여기가 좋아요."

내가 그렇게 대꾸하면 삼촌은 낡은 스테레오를 꺼내 음악을 틀었다. '티삼스'라는 밴드의 노래였다. 나는 그 노래가 싫었지만 삼촌은 한결같았다. 삼촌이 여인의 사진 앞에 서서 손을 모으고 기도를 시작하면 나는 당구장의 벽을 따라 걸어다녔다. 삼촌은 노랫가사처럼 그 여인을 기다리는 모양이었다. 비가 내리는 이 밤도 매일매일. 삼촌이 그 짜랑짜랑한 노랫가락에 취하고 나면 나는 벽에 걸려 있는 금발여인들의 몸뚱이를 손가락으로 짚곤 했다. 반쯤 감은 눈에 입술을 내밀고 큐를 다리 사이에 낀 금발머리를, 머리통만한 가슴과 반짝거리는 목덜미를 뚫어지게 바라봤다. 아무에게나 드러내는 금발여인의 눈빛은 내게 낯설지 않았다. 나는 질끈 눈을 감고 그녀를 떠올렸다. 『걸리버 여행기』에도 나와 있었다. 자신이 갇혀 있다 생각하고 정을 통할 사람을 찾는, 그리하여 결국에는 보석을 갖고 도망치는 숱한 여자들. 그날 나는 삼촌을 위해 두 장의 그림을 그리기로 마음먹었다. 당구대의 우단 위에 그야말로 오랜만에 켄트지를 펴고 붓을 움직였다. 그림을 완성시키고 문득 고개를 돌렸을 때 나는 비로소 여인의 눈을 바로 볼 수 있었다. 종이액자 속 여인의 무언가 말하려는 눈빛. 그것은 분명 불길한 것이었다. 그녀의 흐뭇한 미소에 깜짝 놀란 나는 그만 물을 담아두었던 바가지를 엎고 말았다. 알겠지만 우단에 물을 쏟는 것은 치명적이다. 말릴 수도 없고 물이 묻은 부분만 따로 덧씌울 수도 없다. 통째 갈아끼워야 하는 것이다. 미안한 마음이 들어 나는 삼촌에게 집을 팔고 남은 돈으로 당구장을 수리하자 말했다. 삼촌은 네 아버지가 나오면 돌려드려야 한다며 내 제안을 단박에 거절했다. 나는 그것이 내 돈인 줄만 알았다. 내가 그린 그림은 물에 젖었고 염료는 아릿거리며 부유하기 시작했다. 한동안 그림을 보던 삼촌이 내게 말했다.

"당구대 위에서는 그리지 마라."

삼촌의 말을 거역할 수는 없는 노릇이었다. 너즈러진 물감의 염료는 곧 퀜트지를 가득 채웠고 서서히 맴돌기 시작했다.

그가 건넨 종이컵 속에서 채 녹지 않은 인스턴트커피 알갱이도 맴돌고 있었다. 그는 유자차를 마셨다. 나는 종이컵 속을 바라보고 있었다. 그가 버럭 소리를 내지르는 통에 나는 하마터면 커피를 쏟을 뻔했다. 그의 신경이 곤두선 순간이었다.

"왜 또 아무 말이 없어? 직업이 뭐냐구!"

"참치 배달이요."

"그럼 도매업이네?"

"운송업입니다."

"내, 참."

어이없다는 듯 그는 나를 힐끔 쏘아봤다. 그는 운송업에 동그라미를 그렸다.

동그란 전조등. 동그란 바퀴. 그리고 동그란 핸들.

언젠가 삼촌도 내게 그런 말을 한 적이 있었다. 하지만 삼촌은 그것을 직업이라 칭하지 않았다. 삼촌은 내게 그것을 꿈이라 말했다. 네 꿈은 뭐냐고. 삼촌, 내 꿈은 날개 달린 자동차를 갖는 거야. 그러니까 멋진 자동차를 타는 것. 그게 내 꿈이야. 이를테면 포르셰 구일일 카레라 같은 것. 실린더만 여섯에 삼천육백 씨씨고 이백칠십오까지 밟을 수 있어. 만약에 정말 만약에 내가 그걸 탈 수 있다면 그림을 그리지 않고도 차창으로 지나치는 풍경만으로 말야 물과 물감이 만나는 그 어지럼증을 느낄 수 있을 거야. 어쩌면 나는 내 주위 모든 사람들에게 그 느낌을 전해주고 싶었던 것인지 몰랐다. 그렇게만 된다면.

나는 빠른 속력으로 질주할 테다. 엔진 회전수가 증가하는 날카롭고 동시에 경쾌한 소리를 들을 테다. 그럼 바퀴는 으르렁대듯 덜컥거리기 시작하겠지. 차체는 날아오르려 할 거야. 급기야 리얼 스포일러까지 작동하고. 하지만 날고 싶지만 참자. 주변 사람들이 웅성거리기 시작한다면 말이지.

그랬다. 나는 그렇게 사람들이 어깨를 움츠리며 내 곁을 피해가는 광경을 보고 싶었다.

자동 변속장치를 풀고 속도를 더 내보는 건 어떨까. 그럼 몸이 뜨거워지는 것이 느껴지겠지. 서서히 밟으면, 차체마저 가열된다. 양쪽 백미러에, 그리고 우람한 차체에, 끝내 와이퍼에까지 번져 솟아오르는 불길. 붉고 노란 유령들이 내게 손짓하면 다 말해줄 테다. 빛을 뚫고, 어둠을 뚫고, 나와 맞닥뜨린다면 말해줄 테다. 눈부신 기묘한 밝음. 발광체다.

언젠가 불타는 당구장을 본 적이 있었다. 그래, 기억났다. 쓰리쿠숀 빌리아드 숍. 당구공이 딱딱 부딪치는 소리가 여기저기서 들려왔다. 딱딱 소리를 내며 목조건물이 타들어가는 참이었다. 타닥. 탁. 딱. 딱. 삽시간에 불길이 삼층에까지 이르렀다. 장관이었다. 상아로 된 당구공도 불에 탈까. 거미들은 탈출했을까. 그때 나는 놀라지 않았다. 그런 생각들을 했을 뿐이었다.

십오분 만에 엉성하기 짝이 없는 폴리스 라인이 그어졌다.

빨랫줄로 된 그것은 이미 아무 짝에도 쓸모가 없었다. 남은 것은 그다지 많지 않았다. 그 아래 기도하듯 무릎꿇은 삼촌이 보였다. 액자 속 여인처럼 눈을 깜박이지 않던 삼촌. 삼촌은 울지 않았다. 오히려 눈물을 흘린 것은 모서리가 그을린 종이액자를 들고 있던 삼촌의 왼손이었다. 삼촌이 기다려 마지않던 여인. 나는 그 여인에게도 남자가 있을 것이라 믿고 있었다. 어쩌면 불을 지른 범인은 그 남자이지 않을까. 그것은 질투였을까.

"그 남자가 한 짓이 틀림없어요. 그러니까 삼촌! 참기만 하면 안되는 거야."

삼촌은 내 뺨을 후렸다.

"그만 해라! 성모 마리아 사진까지 태울 수는 없는 거다."

물론 나 역시도 울고 싶은 심정이었다. 멀리 삼촌의 모습을 보며 실은 나도 울고 싶었다. 수첩을 든 경찰관의 질문에 삼촌은 연신 고개만 끄덕였다. 소방차가 뿜어댔던 거센 물줄기는 불길만 없앤 것이 아니라 당구장 건물의 외벽마저 모두 없애버렸다. 뼈만 남은 건물은 황량하기 짝이 없었다.

"남은 거라곤 저런 것들뿐이다. 그러니 당분간 너도 일을 해야 할 거다. 그 편이 빠르다. 이 나이에 삼촌은 취직하기도 힘들어. 박사장이 도와줄 거다. 네가 좀 나아질 수도 있겠지. 제발 그랬으면 한다. 우선 참치에 대해 알아둬라."

통닭집 박사장이 소개해준 곳이 참치도매상이었다. 살점이 발린 참치가 작은 캔 안에 빼곡히 박혀 있겠지. 애초에 나는 그 이상 생각할 수 없었다. 하지만 삼촌이 시키는 대로 나는 이것저것 알아둘 필요가 있었다. 도매상 주인은 건장한 체격이었다.

"이런 일 해봤어? 네 얘기는 삼촌한테 들어서 알고 있다만, 대충 아는 거라도 있니?"

"다랑업니다. 육지에서 떨어져 살고 해류의 움직임에 따라 이동합니다. 고등어처럼 살이 찌고 보통 이삼 미터에 사백 킬로그램까지 나갑니다. 등 쪽은 바닷물 색과 같고 배 쪽은 짙은 회백색입니다. 살은 암적색이고 겨울에 먹어야 제맛입니다. 다랑어에 면실유를 넣고 야채즙과 양념을 넣으면 통조림이 됩니다. 유통기한은 보통 이삼년인데, 그깟 날짜쯤이야 여기서 고치기 나름이겠죠."

나는 외운 대로 말했다. 주인은 혀를 내둘렀다. 기특하다는 표정으로 다가와 내 어깨를 두어 번 두드렸다.

"오호, 대단한데? 좋아. 운전은? 할 수 있겠어?"

"타고났습니다."

이번에는 나 대신 삼촌이 대꾸했다. 주인은 삼촌의 대답을 듣자마자 내게 광택이 나는 푸른색 점퍼를 건넸다. 점퍼의 등에는 커다란 참치가 멋진 지느러미를 뽐내고 있는 그림이 그려져 있었다. 그 아래는 영문으로 '돌고래를 살리자'라는 문구까지 적혀 있었다. 정말이지 마음에 쏙 드는 점퍼였다. 내 참치캔 나르는 일은 그렇게 시작된 것이었다.

나는 그 일이 좋았다. 일단 서울의 도매상을 빠져나오면 무엇이든 내 뜻대로 할 수 있는 까닭에서였다. 그날 배달량만 마친다면 무슨 일을 해도 좋았다. 그 어떤 일이든.

이번에 그는 내 건강상태를 물었다. 여전히 짧은 말만 골라내는 솜씨가 여간이 아니었다. 그는 묻는 것도 많았다. 시시콜콜한 질문 하나에까지 내 대답을 요구했다. 조금 짜증이 났지만 아직 견딜 수 있었다.

그의 짧은 말투는 거침없이 계속됐다. 재산 및 월수입은? 종교는? 병역은? 정당이나 사회단체에 가입한 적은? 건강상태는? 나는 건강상태 대목에서 약간 망설였다. 하지만 이내 정신을 차리고 또박또박 대꾸했다. 그는 마지막 질문이라며 내게 말했다.

"사고 경위. 그러니까 있었던 일을 처음부터 차근차근 말해봐. 또 엉뚱한 소리 하지 말고!"

기억을 다시 돌이킨다는 것은 내겐 이미 두려운 일이었다. 그래서 나는 마른침을 삼켰다.

—그런데 삼촌은 언제쯤 올까.

미끄러지듯 카레라의 바퀴가 멈추자 그르렁거렸던 소리가 이내 운전석에까지 전해졌다. 톨게이트의 아가씨는 무료한 표정으로 나를 바라보고 있었다. 저 정도라면. 딱 좋아. 내가 먼저 말했다.

"너무 좁아 보이는데?"

"뭐요?"

"그 안에 있으면 답답하지 않나 말이지."

"이게 일인데요."

"젠장, 나랑 비슷한 꼴이군. 어때, 타지 않겠어?"

내 말에 그녀가 안경을 벗었다. 이어 동여매고 있던 머리끈을 풀었다. 그녀가 고개를 까닥이자 머리칼은 폭포처럼 쏟아져내렸다.

"좋아요, 까짓 거. 그런데 어디로 가죠?"

"어디든. 하지만 부탁인데 나를 그런 눈으로 보지는 말아줘. 출발할까?"

"누군진 모르지만. 고마워요."

그리고 카레라는 달리기 시작했다.

소설에서, 이런 일은 곧잘 벌어지곤 했다. 아가씨는 조용한 모텔로 나를 안내할지도 몰라. 북극곰만한 거울이 달린 모텔방에 투숙객은 우리뿐이겠지. 그럼 얼마든지 소리를 질러도 좋을 거야. 삼백육십도 돌아가는 붉은 시트의 하트 침대도 좋지. 무슨 속셈인지는 알겠지만. 아서라. 말도 되지 않잖아.

나는 믿지 않았다. 실제 내 자동차가 내세울 만한 것이라곤 연료와 세금 따위가 절약된다는 것뿐이었다. 내 차는 작은 엘피지 승합차에 불과했다. 카레라가 엘피지 승합차로 바뀌는 순간, 나는 참치캔이 흔들리지 않도록 뒷좌석을 점검하고 있었다. 톨게이트의 아가씨는 안경을 낀 채 잡지를 뒤적이며 껌을 씹고 있을 뿐이었다. 안녕히 가세요. 그녀의 성의없는 딱딱

한 말을 뒤로 하고 참치캔을 가득 실은 내 승합차는 여느 때와 같이 다시금 이어지는 사십육번 국도를 향해 달려나갔을 뿐이었다.

국도변 휴게소 식당에 참치 두 박스를 부리는 것을 끝으로 나는 그날의 일을 마쳤다. 사위는 어둑어둑해지고 있었지만 아직 여유가 있었다. 그러니까 평소보다 조금 일찍 일을 끝낸 셈이었다. 그 이후로는 무엇을 했는지 잘 기억나지 않았다. 나는 최소한 정상인이라면 하루의 일을 모조리 기억하지 못하는 것이 그야말로 정상이라 생각한다. 거짓을 보태 무용담을 만드는 일이라면 정말이지 하고 싶지 않았다. 그래서 나는 그가 강요하지 말기를 바랐다. 그 이후로는. 아마도 다시 서울의 도매상으로 돌아오는 길이었을 테지. 나는 정상적으로 운전중이었고 그러니까 과속은 하지 않았다는 뜻이다. 어차피 과속은 꿈도 꿀 수 없는 자동차긴 하지만. 무인카메라가 설치된 지점에 이르면 속도를 더욱 낮추는 것도 잊지 않으면서 나는 여느 때와 다름없이 차를 몰고 있었을 뿐이다.

얼마쯤 달렸을까. 굽은 도로가 나타났다. 나처럼 타고난 운전사는 결코 실력을 과신하는 법이 없다. 뽐내지 않고 코너에서는 속력을 낮추는 것이다. 순찰차가 끼여든 것은 바로 그때였다. 내가 잠시 당황한 것도 실은 그 때문이었다. 순찰차는 중앙선을 넘어 무리한 추월을 시도했고 마침내 내 승합차는 흔들리기 시작했다.

그때 나는 봤다. 노란 중앙선을 밟고 서 있는 누군가를. 거기 꿈처럼 누군가 서 있었다. 얼굴을 가린 어머니였다. 아니 뒤돌아선 그녀였다. 삼촌의 종이액자 속 여인이었고. 어쩌면 톨게이트의 아가씨였나. 그래서 나는 급하게 핸들을 돌렸다. 대체 어쩌자고. 저 여자들이 지금 무슨 일을 벌이고 있는 것일까. 그런 생각조차 할 겨를이 없었다. 다시 말하지만 나처럼 타고난 운전사는 급박한 상황에서도 침착하게 핸들을 오른쪽으로 꺾게 마련이니까. 냉정한 것이다. 그런 다음 쾅!

눈을 떴을 때 승합차의 구부러진 차체는 이미 무릎까지 밀려와 있었다. 그래서 나는 꼼짝할 수가 없었다. 천천히 고개를 들었을 때 이마를 타고 무언가 흘러내리는 느낌이 들었다. 순간 차창 밖 하늘로 날아오르는 무수한 갈매기 떼. 새는 하늘로 날아오르고 있었다. 눈이 부셨다. 저 갈매기들은 갑자기 어디서 나타난 것일까. 갈매기 떼는 날개를 파닥이며 천천히 꼬리를 감추고 있었다. 이내 나만 남게 됐다. 문득 사방이 다시 어두워졌다. 그 어둠을 뚫은 것은 번쩍거리는 붉은빛과 푸른빛과 새하얀빛이었다. 어쩌면 그것은 순찰차의 경광등 불빛인지 몰랐다. 그 다음은, 또 한번 기억나지 않는다. 앞서 말했지만 그건 당연한 이치다. 결국 나는 정상이라 할 수 있다. 그러나 경광등 불빛을 확인한 순간 심장이 미친 듯 요동쳤다는 사실은 고백해야겠다.

나는 갈매기 떼가 사라진 허공을 망연히 바라보고 있었다. 승합차 엔진에서는 김이 솟아올랐고 박스에서 튀어나온 참치 캔들은 쏟아진 바둑알마냥 사방으로 흩어져 굴렀다.

―그때 그 소리 들었어요? 그 당구공 부딪치는 소리. 딱딱
하는, 그러니까 예전 당구장이 불타던 그 소리.

그것은 참치캔 뚜껑이 열리는 소리였다. 이어 하나둘씩 열
리기 시작하는 무수한 참치캔의 뚜껑들. 타닥, 탁, 딱딱거리는
연속음. 내게 분명 그것은 낯설지 않은 소리였다. 트렁크 쪽
뒷문은 내 등에 그려진 돌고래의 입마냥 헤벌어진 채였다.

―닫아야 한다. 기필코 닫아야 한다. 아무도 모르게 닫아야
한다.

고래의 목구멍 너머를 보며 나는 그런 생각을 했다. 그래서
나는 조심스럽게, 동시에 행여 누군가 보지 않을까 싶어 재빠
르게 트렁크 문을 닫았다. 다행히 본 사람은 아무도 없는 듯했
다. 곧 나는 안심할 수 있었다. 그러자 다리에 힘이 빠진 것이
었고. 내가 쓰러진 것은 사실 그 때문이었다.

―그때 말이에요, 그걸 봤어요? 그 선홍빛 참치의 살점들이
꾸물럭거리며 움직이기 시작했어요.

살점들은 모여 얼굴을 가린 어머니가 됐고, 뒤돌아선 그녀
가 됐고, 종이액자 속 여인이 되는가 싶더니 급기야 한마리 거
대한 참치가 됐다. 그 거대한 몸집이 펄쩍 뛰어올랐다. 참치는
지느러미를 흔들며 내게 무언가 속삭였다.

―그래, 해류를 따라 바다를 향해 나아가라.

나는 미소를 머금고 참치를 향해 손을 흔들어줬다.

그때 내 곁으로 다가온 누군가의 목소리만큼은 똑똑히 기억
한다. 그는 내 얼굴을 보고 내 이마를 짚은 후 내 눈동자를 확

인하고는 내게 괜찮냐,고 물었다. 내 뺨을 툭툭 두드리기도 했다. 그에게 무슨 말이든 해야겠다 생각했지만 잘 되지 않았다. 왜냐하면 나는 웃으며 계속 참치를 향해 손을 흔들어야 했으니까.

"그물을 조심해야 해. 그물을⋯⋯"

그러자 눈이 내리기 시작했다. 분명 눈이 내리는 것을 봤는데 고개를 돌리니 눈이 보이지 않았다. 무슨 일일까. 왼쪽을 바라보면 눈이 내리고 있고, 고개를 오른쪽으로 돌리니 바람에 부대끼는 얼마 남지 않은 나뭇잎이 보일 뿐이다. 경계다. 그러니까 나는 눈의 경계에 누워 있다. 눈이 내 몸의 절반만을 덮고 있다. 나는 그때 깨달았다. 어디든 가야겠다고.

나는 힘겹게 자리에서 일어나 다시 핸들을 잡았다. 달리고 싶어서였다. 그런데 때마침 순찰차가 급히 내 앞을 가로막은 것이었다.


사무실 안은 요란했다. 전화벨 소리는 멈출 줄 몰랐고 잡음을 내뿜는 무전기 소리가 간헐적으로 끼여들었다. 나는 그에게 호소하듯 말했다.

"그때 제 뺨을 친 사람이 이경장님입니다."

"그래, 그게 난데, 나머지가 이상하잖아. 지금 그 말을 나보고 믿으라는 거야? 너 바보야?"

기어이 그가 볼펜을 집어던졌다. 이어 그는 신경질적으로 담배를 빼어문 다음 불을 붙였다. 그의 가슴팍에 달린 뱃지에 형광등이 비쳐 번쩍 빛이 났다. 뱃지에는 '무엇을 도와드릴까요. 교통사고 조사관 이민태 경장입니다'라 적혀 있었다. 그가 네번째로 연기를 뿜었을 때 그보다 대여섯살쯤 더 돼 보이는 다른 경찰관 한명이 다가왔다. 그는 이경장의 책상을 손가락으로 두드리며 말했다. 거친 목소리였다.

"지금 밀린 사고가 몇건인데 아직도 이 친구만 잡고 있나? 사고대장 밀린 거 안 보여? 뭔데? 이리 줘봐."

사고조사반 반장이라는 나이든 경찰관이 이경장의 책상에 놓인 피의자 신문조서를 낚아챘다. 이경장은 잔뜩 주눅든 목소리로 그에게 대꾸했다.

"예, 반장님, 삼십이번지요. 굽은 도로 하행선에서 갈매기 표지판 두 개 들이받은 대물사고 건인데요, 좀처럼 말을 안해요. 이 친구, 어쩌다 한다는 소리가 무슨 당구장이 불탔다는 둥, 갈매기가 날아올랐다는 둥, 참치가 손을 흔들었다는 둥 헛소리나 하고. 기가 막혀서. 어제 꿈이 드럽더니만. 별 그지 같은. 니미럴."

"실황조사서랑 전산처리는 했나? 어리구만. 보호자는?"

"예, 그건 별탈이 없는데. 보호자가…… 삼촌이랑 산다는데, 좀전에 연락이 되어놔서. 곧 온다고는 했는데 보호자도 지랄같네."

나 역시 계속 삼촌을 기다리고 있던 터였다. 나를 도와줄 수 있는 사람은 아마도 삼촌뿐일 터였다.

"이 새끼, 이거 좀 모자란 놈 아냐? 얌마! 너 어디 살아? 안 그래도 눈 내려서 난린데 너 땜에 일을 못하잖아 다들. 어이! 이경장, 대충 피신에 무인 받고 보호자 오면 귀가시켜. 이거 뭐 장사 하루이틀 하나. 다른 일도 해야 할 거 아냐."

반장은 그렇게 말하고는 바닥에 침을 뱉었다. 그러곤 내 머리통을 쥐어박았다. 눈을 비비고 있던 이경장이 말했다. 무언가 포기한 듯한 목소리였다.

"저쪽 가서 앉아 있어."

그의 손이 가리키는 대로 출입구 옆 벤치에 앉아 나는 삼촌을 기다렸다.

삼촌은 이십분쯤 지나서야 도착했다. 도착하자마자 삼촌은 내 얼굴 먼저 확인했다. 나는 삼촌에게 별일 없었다는 의미로 고개를 끄덕여 보였다. 삼촌은 손에 들고 있던 자양강장제 박스를 이경장의 책상에 올려놓자마자 자리에 앉아 연신 손사래를 쳐가며 내 대신 서류를 마무리해나가기 시작했다. 벤치에 앉아 있던 나는 삼촌을 향해 손을 흔들었다. 삼촌의 목소리는 어쩐지 아득하게 멀어지는 것만 같았다.

"정말 죄송합니다. 조카가 자폐압니다. 조회로는 나오지 않겠지만 집에 불지른 적도 있고 정말 별별 일 다 있었습니다. 아무튼 이경장님께서 힘드셨겠습니다. 예, 맞습니다. 면허증은 맞고요. 운전만큼은 썩 잘해서요. 그나저나 잘 좀 부탁합니다. 죄송합니다."

삼촌은 죄송하다는 말을 할 때마다 고개를 숙였다. 그제야 무언가 알아듣겠다는 표정을 지은 이경장의 손놀림이 빨라지기 시작했다. 그는 순식간에 조서를 꾸며나갔다.

"정신이상 어쩌고 하면 더 골치아파지니까. 우선적으로다가, 지금 바쁘니까. 에 또, 신원은 확보된 거라고 보고, 오늘은 이것만 합시다. 저 친구는 자꾸 순찰차가 껴들었다 하는데, 그건 아니거든. 경찰관이 그러겠어? 그나저나, 자, 잘 들으세요. 아래 피의자에 대한 도로교통법 위반 피의사건에 대해 19××년 2월 12일 ××경찰서에서 사법경찰관리 경장 이민태는 사법경찰관리 경위 한민구를 참여하게 하고 피의자에게 피의사건의 요지를 설명한 후 진술을 거부할 권리가 있음을 알려준 즉 신문에 따라 임의로 진술하겠다고 하므로 다음과 같이 신문했음을…… 거 뭣이냐 이게 말이야 애매한 게 현장조치 없이 도주하려고 한 거니까 뺑소니가 돼. 훼손된 갈매기 표지판에 대한 배상도 해야 하는데, 건 돈이 좀 들 겁니다. 야! 조영익이! 이리 와서 무인 찍어!"

나는 이경장의 손이 이끄는 대로 무인을 찍었다. 그러고는 그가 건넨 휴지로 손가락을 닦아냈다. 휴지에 마치 길처럼 붉은 자국이 남았다. 이경장은 내게 가도 좋다 손짓했다. 그때 삼촌은 그에게 무언가 잃은 물건이라도 있다는 듯 다급히 말했다.

"저, 제 조카 녀석 차는 어디 있습니까?"

"경찰서 맞은편에 은행 옆으로 보면, 그래 여관, 그 곁에 공업사에 있을 겁니다. 근데, 그거 지금 가져갈 순 없어요."

다음 사건 처리에 바로 착수한 듯 이경장은 정신없어 보였다. 나는 삼촌의 손에 이끌려 그곳을 빠져나왔다. 이경장이 일러준 공업사는 걷기에는 꽤 먼 거리였다. 문득 걸음을 멈추고 삼촌은 내게 말했다.

"대체 어쩌려고 그래. 정신 좀 차려라. 이러다가는 내가 미치겠다."

나는 오랫동안 삼촌의 눈을 바라봤다. 그리고 삼촌에게 고백했다.

"삼촌, 나도 다 알아. 경찰차가 추월했는데 그래서 그 차가 잘못한 거야. 하지만 나는 말 안했어. 그러면 일이 더 복잡해지니까. 그래서 꾸며낸 거야. 삼촌 기다리느라. 내가 미친놈처럼 보였을지도 몰라. 그런데 아무한테도 안 걸렸고 트렁크 문은 잘 닫았어. 일부러 뺑소니치는 것처럼 보여야 했어. 그래서 기를 쓰고 다시 차에 올라탄 거야. 그 여자들 시체를 감추려면 어쩔 수가 없잖아. 그런데 삼촌 아무래도 그 여자들을 내가 다 죽인 것 같아. 다들 몰랐겠지만 삼촌은 알지도 모를 거란 생각이 들었어. 냄새가 고약했어."

삼촌에게 털어놓고 나니 참았던 웃음이 터져나왔다. 웃음소리도 연기처럼 사방으로 퍼져나가는 것 같았다. 그러나 삼촌은 내 말에 아무런 대꾸도 하지 않았다. 대신 삼촌은 미친 듯 달리기 시작했다. 멀리 보이는 공업사 간판은 단단해 보였다. 마치 건장한 사내의 어깨처럼.

그때 나는 눈을 감았다. 어머니의 얼굴은 떠오르지 않았지만 상관없었다. 아무것도 없다고 상상해야 했으니까. 아무것도 없는 그 순수한 공간은 그 옛날 선생의 말처럼 어둡지 않았다. 태초에 빛이 있었다 했던가. 한데 그것은 빛줄기도 아닌 모양이었다. 배구공은 둥근 형체는 분명 나였다. 내가 있었다. 주위를 떠도는 것들은 나를 단박에 삼킬 듯한 눈부심. 이러다 눈이 멀게 되는 것은 아닐까. 어쩌면 그것은 빛이 아닐지도 몰랐다. 그저 밝음이었으니까. 그러니 아무도 없어야 했다. 아무것도 없다고 상상하기로 마음먹지 않았던가. 그래서 나는 내 모습을 지우기로 했다. 그게 뭐 뜻대로 되는 것은 아니었다. 눈부신 밝음이 있고 내가 있고 그 다음에 어둠이 만들어졌고 그리고 빛이 있었던 것. 그것이 순서였다.

나는 걸리버가 여행을 떠나지 않았다는 것을 안다. 그것은 그저 상상이었을 것이다. 걸리버로서는 그저 생각에 잠겼을 뿐이었겠지. 고개를 돌리면 눈이 내리고 있었던 도로를 다시 고개를 돌리면 눈이 내리지 않았던 하늘을 나는 잊지 않을 테다. 내가 늘 그렸던 수채화처럼 모든 경계에는 기준이 없는 법이니까. 누구라도 고개만 돌리면 되는 것이다. 순간 겨드랑이에서 내 '성스러운 날개'가 솟아올랐다. 삼촌은 끝내 시체를 보지 못했다 우겨댈지도 모른다. 하지만 나는 개의치 않을 테다. 달리는 삼촌의 뒷모습은 서글프기만 하다. 그래서 나는 몸을 좌우로 흔들어대기 시작했다. 큰 소리를 내며 박수를 치기 시작했다. 그런 다음 쇳소리 같은 비명을 질렀다. 어린 수사자의 포효처럼.

—이제, 사람들은 나를 알아볼 테다.

　달리는 삼촌의 뒷모습 너머로 도로의 자동차들과 보도의 가로수, 무수한 상점들, 어딘가를 향해 걷고 있는 사람들이 흔들리기 시작했다. 풍경들은 그렇듯 움직이고 있었다.

　그래서 나는 말을 잘하지 못한다. 내게는 언제고 기억뿐이다. 맞다. 내 어린시절을 기억해냈다. 내 초등학교 시절에. 미술시간이었다. 우리는 인물화를 배우고 있었다. 나는 어여쁜 내 어머니 얼굴을 그렸다. 무척이나 잘 그렸다고 선생이 칭찬했다. 아이들은 박수쳤고 또 환호했다. 난 아이들을 향해 손을 흔들어줬다.

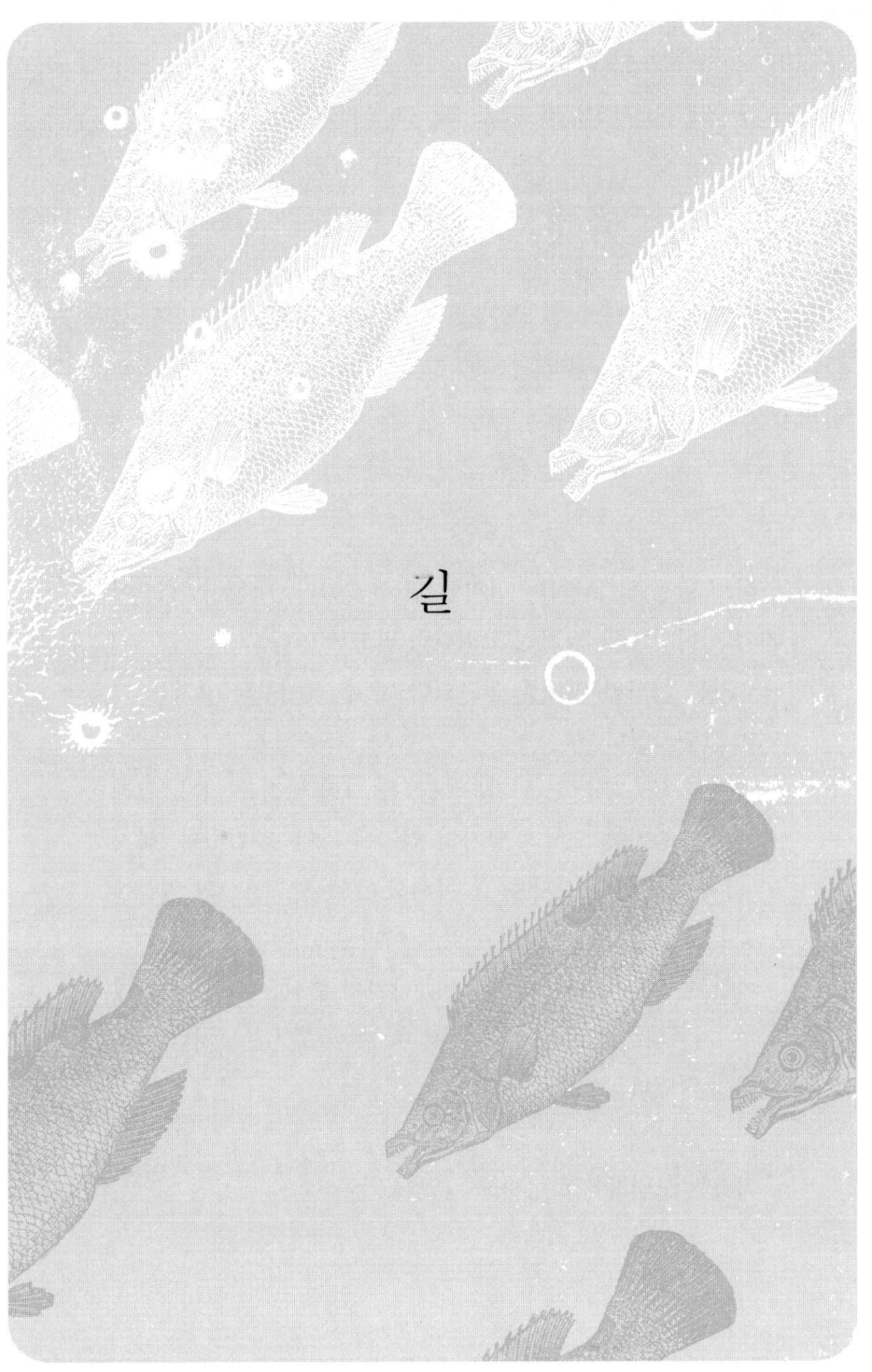

길

어느 맑은 날, 남자는 여자의 뒤를 쫓았다. 미행이었다. 여자가 지나친 길을 남자는 고스란히 밟고 있었다.

남자는 자꾸만 어깨를 움츠렸다. 오후 세시부터 남자는 그녀의 그림자였다.

여자의 길을 따르는 남자의 표정은 그리 밝지 않았다. 그래서인지 그림자는 오히려 남자의 얼굴에 스민 것 같았다. 하지만 남자는 자신의 상황을 잘 이해하고 있어서 자신의 얼굴에 드리워진 그림자쯤 아무렇지 않게 여기고 있었다.

어쩔 수 없는 선택이었다. 사실 남자의 관심은 다른 데 있었다. 여자와의 거리를 유지하는 것. 하지만 그것은 말처럼 쉬운 일이지 않았다.

여자는 도넛가게로 향하고 있었다.

여자는 초콜릿 시럽이 넘쳐흐르는 시나몬 케이크와 얼음을 가득 넣은 홍차를 주문한 다음 창가 쪽에 자리를 잡았다. 남자는 카운터에서 건넨 쟁반을 받아들고 고개를 숙인 채 그 뒤를 묵묵히 따랐다. 도넛가게 점원이 무어라 말했지만 남자는 대꾸하지 않았다. 남자는 고개를 들어 점원을 바라본 다음 설탕은, 됐습니다. 그렇듯 소리내지 않고 입 모양으로만 말했다. 가게 안은 꽤 시끄러웠지만 점원은 용케 알아들었다. 단것을 입속에 담을 기분이 아니어서 남자는 조금 인상을 썼다. 그래서인지 점원은 계속해서 고개를 끄덕였다. 다행히 그때까지 여자는 뒤돌아보지 않았다.

여자는 음악을 흥얼거리다 손톱을 깨물었고 이따금씩 머리채를 흔들었다. 눈가를 손으로 꾹꾹 누르기도 했다.

여자는 누군가를 기다리고 있었다.

남자는 초조하게 여자의 행동 하나하나를 살폈다. 여자는 잠시 자리에서 일어나 테이블 맞은편 탁자에 놓여 있던 잡지를 꺼내들었다. 여자는 신고 있던 벌꿀색 부츠를 손으로 털었고 이어 블라우스 소매 매무새도 바로잡았다. 그래서 남자는 내키지 않았지만 자신의 옆구리에 끼워두었던 신문을 펼쳐들어야 했다.

여자는 페이지를 넘기면서 이것저것 세심히 살폈다. 이따금씩 케이크를 잘라먹기도 했다. 흥미로운 내용이 있는지 혼자 웃기도 했다. 여자의 웃는 모습이 얼마 만인지 모르겠다고, 남자는 생각했다. 그래서 케이크를 우물거리는 여자의 입꼬리가 올라갈 때마다 남자는 소리없이 웃었다. 하지만 여자의 머리채가 조금이라도 움직인다 싶으면 재빨리 신문에 코를 박아야 했다. 남자는 그렇게 몇번이고 반복했다. 담배를 태우고 싶었지만 그곳은 금연이어서 남자는 한동안 소리나지 않도록 주의해가며 커피만 홀짝였다.

여자가 잡지의 페이지를 넘기는 것을 멈추고 창밖을 바라봤을 때 남자는 생각했다. 여자에게 다가갈 수도 있었다. 남자는 몸을 조금 일으켜세워봤다. 하지만 때마침 전화벨이 울렸다. 반쯤 솟아올랐던 남자의 상체가 천천히 가라앉기 시작했다.

남자는 소리가 나지 않도록 주의하며 탁자를 밀어냈다. 성공적인 미행을 위해서는 앞서나갈 필요도 있었다. 먼저 일어난 남자는 쟁반과 커피잔 따위를 정리했다. 전화를 끊은 여자의 표정이 어두웠다. 여자는 무언가 망설이고 있었다. 통화를 마친 여자는 부산히 움직이기 시작했다. 전화기는 백 속에 넣었고 잡지는 다시 맞은편 탁자에 가져다놓았다. 그래서 남자는 여자가 남겨둔 잡지를 바라봤다. 표지에 '행복이 가득한 집'이라 씌어 있는 글자를 확인했다. 표지 어딘가에 그녀의 지문이 남아 있지 않을까, 남자는 그런 생각을 했고 그런 다음 돌아섰다.

여자가 쟁반 위에 떨어져 있던 빵가루를 입으로 불어냈다. 조금 남은 얼음 홍차는 그냥 비워냈다. 이어 블라우스 단추를 가지런히 정리한 여자는 스커트 주름까지 바로잡았다. 여자는 꼼꼼했다. 그래서 남자는 여자가 좋았다. 여자가 그 모든 일을 해낼 때까지 남자는 입을 열지 않았다. 미행에서 가장 중요한 것이 침묵이라는 것쯤은 남자도 잘 알고 있었다.

계단 아래에 서서 남자가 쓴입맛을 다신 것은 언제쯤 여자에게 다가가야 하는지 알 수 없어서였다. 사실 남자는 진작에 여자와 대면해야 했다. 애초에 그녀를 잡아야 했다. 하지만 그렇게 하지 못했다. 그러니 이렇게 쫓을 수밖에. 그럼에도 남자는 기분이 좋았다. 가까이서 여자를 볼 수 있다는 것만으로도 남자는 충분히 만족할 수 있었기 때문이다.

다시 남자가 고개를 숙였을 때 여자는 그를 지나쳐 도넛가게 밖으로 빠져나갔다. 여자가 현관을 가느다란 손가락으로 밀어냈을 때 밀려든 눈부신 햇살이 남자의 얼굴에 고스란히 박혔다. 남자는 그 순간 여자의 환한 미소를 기억해낼 수 있었다.

남자는 계단을 되짚어올라 다시금 잡지의 표지를 손으로 훑었다. 여자의 미소가 한결 가까이서 느껴지는 것만 같아 남자는 한동안 그 잡지의 표지만을 연신 쓰다듬었다. 그런 다음 혼 잣말로 중얼거렸다. 행복이 가득한 집. 그리고 행복이 가득한 집. 남자는 피식 소리내 웃었다.

남자는 다시 잰걸음으로 여자를 따랐다. 이번에는 주머니에 손도 찔러넣어봤다. 저만치 여자가 멀어지고 있었다.


밖으로 나온 남자가 담배를 꺼내물었을 때 여자는 잠시 걸음을 멈추고 눈부신 사월 하늘을 올려다봤다. 여자는 쇼윈도에 진열된 봄 신상품을 살피며 천천히 걸음을 떼고 있었다. 진열된 대부분은 원피스였다. 그러고 보니 여자는 원피스를 입는 법이 없었다. 하지만 남자는 그것이 여자의 일 때문임을 잘 알고 있었다. 여자가 챙이 넓은 노란 모자를 꽤 오랫동안 바라봤기 때문에 남자는 그 모자도 기억하기로 했다.

이어 화장품가게에 들른 여자는 얼굴을 매만졌다. 그때가 남자에게는 가장 난감한 순간이었다. 매장에 남자라고는 혼자뿐이어서 하마터면 여자를 놓칠 뻔했기 때문이다. 뿐만 아니라 대부분 사람들의 시선이 남자에게 고정된 까닭이기도 했다.

여자는 검고 길쭉한 화장품 케이스를 들었다 살짝 머리채를 흔든 다음 내려놓기를 반복했다. 그런 여자의 행동이 남자는 자꾸만 마음에 걸렸다. 그래서였는지 남자는 그 짧은 새에 여자의 모습을 바라보다 그만 넋을 놓고 말았다. 주위의 많은 사람들을 잊어버린 것이었다. 그것은 분명 실수였다. 정작 주의해야 할 순간에 그렇지 못했다는 것을 자책하며 남자는 고개를 숙였다. 때마침 누군가 남자의 어깨를 건드렸다.

이런, 죄송합니다. 아니, 괜찮습니다. 이마가 도드라진 여고생과 남자는 그렇게 소리없이 입 모양만으로 이야기를 나눴다. 다행히 그것으로 끝이었다. 여자는 뒤돌아보지 않았다. 하지만 여자와의 거리는 여전히 가까워서 마음을 놓을 수는 없었다. 행여 여자가 이유없이 돌아선다면 얼굴이 마주칠지도 몰라서였다. 남자가 계획에도 없던 화장품을 사게 된 것은 그 때문이었다. 점원이 자꾸만 남자를 불러대는 바람에 남자는 당황하지 않을 수 없었다. 남자가 집어든 것은 미백제였다.

"그러니까요. 그냥 일반적인 제품은 아니거든요. 아무렇지도 않게 어린아잇적 피부로 돌려줘요. 가격이 세지만, 제품 자체가 좋으니까. 이건 그만큼 하는 거예요."

잠시 숨으려 했을 뿐인데 점원은 그렇게 잡은 남자의 덜미를 쉬 놓지 않았다. 여자는 이미 출입구 앞에 선 채였다. 남자는 조급해했다. 어찌됐든 점원의 말은 옳았다. 그것은 퍽 비쌌다. 하지만 그런 것 따질 겨를이 없어 남자는 그 검고 길쭉한 케이스를 재킷의 안주머니에 넣어야 했다. 제발 아무 말 말아달라는 투로 포장은, 됐습니다. 다시 한번 남자는 점원을 향해 입 모양으로만 말했다.

남자는 다시 여자의 그림자가 됐다. 이번에는 좀더 마음을 다잡을 필요가 있었다. 섣불리 앞서나가거나 번잡한 곳까지 따라가는 일은 아무래도 위험할 것 같아서였다. 그래서 남자는 많은 사람들 틈에 섞여 오랫동안 두리번거리기를 반복하게 됐다. 화장품가게와 밖에서 서성이는 여자들까지 모두가 남자에게는 같은 사람처럼 보여 조금은 당황하기도 했다. 대부분 여자들이 그렇고 그런 모습이라는 것을 남자는 처음 알았다. 다시 여자의 뒷모습을 찾기까지는 그래서 오랜 시간이 필요했다.

남자는 한참 만에야 여자의 등을 찾아낼 수 있었다. 그 기쁨

이란, 미행을 해보지 않은 사람은 모르지 않을까, 싶어 남자는 괜히 뿌듯했다.

이후 남자는 줄곧 활처럼 부드럽게 뻗은 여자의 뒷모습만을 주시했다. 꽤 오랜 시간 등만 보고 보니 등에도 표정이 있다는 것이 새삼스레 느껴졌다. 사실, 일년 전에도 다르지 않았다. 그때도, 여전히 여자의 등은 아름다웠다. 그때도 여자의 등에는 그렇듯 숨쉬는 듯한 표정이 새겨져 있었다. 남자는 여자의 척추를 따라 수놓아진 작은 털의 촉감까지 생생히 기억하고 있었다. 그래서 문득 남자는 자신의 손가락을 허공을 쓰다듬듯 움직이게 됐다.

여자의 걸음은 도무지 멈출 줄 몰랐다. 여자는 속옷가게에 들러 레이스가 달리지 않은 브래지어를 구경했고 이어 음반 매장에 들러 피아노 소품집도 구입했다.

"특별한 사람 줄 거니까 예쁘게 해주세요. 포장비는, 여기, 더 드릴게요."

여자는 점원이 건넨 피아노 소품집이 든 작은 종이백을 자신의 손목에 걸었다. 이제 여자가 걸음을 옮길 때마다 종이백이 찰랑인다. 여자를 분간해내기는 쉬워졌지만 그것보다 먼저 걸리는 것이 있었다. 특별한 사람이라니. 때문에 메트로놈처럼 종이백에 박자를 맞춰가며 여자를 따르면서도 남자는 결코 유쾌하지가 않았다.

커다란 미닫이문이 달린 점포로 자리를 옮긴 여자는 헝겊으로 된 동그란 인형을 한동안 만지작거렸다. 남자의 이마에는 어느덧 땀이 맺혔다. 여자는 거리 가판에서 작은 핀도 하나 사 꽂았는데 그때부터 남자는 숨을 몰아쉴 수밖에 없었다. 두 개의 거울에 연달아 자신의 머리를 비춰보던 여자가 끝내 만족스러운 표정을 지었다. 남자는 완전히 지쳐버렸다. 대수롭지 않은 일을 여자는 세 시간째 계속하고 있었다.

그럼에도 여자의 표정이 더할 나위 없이 행복해 보여 남자로서는 난감한 일이 아닐 수 없었다. 땀에 젖은 어깨와 등은 불쾌하기 이를 데 없었지만 여자의 웃는 표정은 좋았다. 남자는 자신의 빈주먹을 있는 힘껏 쥐어봤다. 두번째 전화벨은 그때 울린 것이었다.

전화기를 꺼내든 여자가 무어라 말하며 거리 반대편으로 걸음을 옮기기 시작했다. 마음에 든 머리핀 때문인지 걸음은 한결 가벼워져 있었다. 이윽고 남자는 여자로부터 제법 멀리 떨어지게 됐다. 하지만 남자는 여자의 통화내용을 놓치지 않았다. 남자는 여자의 입 모양을 읽을 수 있었다.

남자는 새 담배에 불을 그은 다음 여자가 사라진 까페 계단을 노려보기 시작했다.


뒷머리를 짧게 올려 친 사내는 여자의 목덜미를 쓰다듬으며 무언가 이야기하고 있었다. 여자가 자기라는 호칭을 사용했기 때문에 그 사내의 이름을 알아낼 수는 없었다. 둘은 퍽 다정한 사이인 것 같았다. 테이블에는 조금 전 여자가 구입한 피아노 소품집과 알 수 없는 술이 담긴 잔이 가지런히 올려져 있었다.

길   125

주홍빛이 나는 칵테일. 사내의 것은 이미 절반 가량 비워진 채였다. 그랬다. 그 사내가 특별한 사람이었다. 그래서 남자는 고개를 숙여야만 했다.

까페에는 나직한 보사노바풍 리듬이 가득했다. 여자는 한쪽 팔을 볼에 기댄 채 사내의 이야기를 꿈처럼 듣고 있었다. 누가 보아도 썩 그럴듯한 광경임에 틀림없어서 남자는 화가 치밀었다. 여자의 그런 표정이 남자로서는 생소했다. 게다가 오후 여섯시부터 다정히 붙어 술을 마신다니. 무엇보다 그것이 견디기 어려워 남자는 다시금 빈주먹을 움켜쥘 수밖에 없었다.

그렇게 끝까지 참아야 했다. 하지만 남자는 그렇게 하지 못했다. 남자가 아무렇지도 않게 그들 앞으로 걸어가 여자의 어깨를 챘을 때 놀란 것은 오히려 그 사내였다.

"그만 하자."

난데없는 남자의 등장에 여자는 당장이라도 비명을 지를 듯한 표정을 지었다. 남자의 얼굴을 확인한 여자는 성급히 고개부터 돌렸다. 그러고는 숙였다. 징그러운 벌레라도 본 양. 그래서 남자는, 그리고 뒷머리를 짧게 친 사내도, 여자가 다시 숨을 고를 때까지 아무 말도 꺼낼 수 없었다. 여자가 어깨를 들썩이는 동안 그렇듯 어색하기 짝이 없는 시간이 흘렀다.

여자의 표정에는 애써 무언가 참으려는 듯한 빛이 역력했다. 여자는 뒷머리를 짧게 올려 친 사내의 팔을 부러 꼭 쥐면서 어렵게 입을 뗐다. 남자는 그것이 무엇보다 가슴아팠다.

"무섭네요, 이제."

"누……구야, 저 사람?"

여자의 말에 뒷머리를 짧게 친 사내가 거들었다. 건장한 체격이었고 재킷도 남자 것 이상의 좋은 제품이었다. 가까이 보니 얼굴도 썩 잘생긴 터라 남자는 또 한번 빈주먹을 쥐어야만 했다. 당신은 얼마나 특별해? 남자는 그에게 그렇게 묻고 싶었지만 차마 입을 열지는 못했다. 아니, 않았다.

"알았으니까. 이제 그만 가자."

남자가 여자에게 말했다.

"대체 무슨 일입니까? 왜요?"

뒷머리를 짧게 친 사내가 다시금 끼여들었다.

"이 여자, 제 애인입니다."

남자는 아무렇지도 않게 대꾸했다. 당신은 좀 빠져달라는 투로. 그러자 여자가 자리에서 일어났다.

"기억 안 나요? 미쳤어요, 진짜? 이제 다 끝난 거 아니었어요?"

"그렇지 않아. 가자."

"당신 정말…… 당신……"

여자는 남자에게 당신이라는 호칭을 사용했다. 지겨워 죽겠다 쏘아붙이며 끝내 남자의 뺨까지 후렸다. 숨을 몰아쉬는 여자의 눈에서 당장이라도 눈물이 흘러내릴 것 같았다. 무엇보다 그것이 남자에게는 가슴아픈 일이었다. 화끈거리는 뺨쯤이야 아무렇지도 않았다.

그러나 여자는 돌아섰다. 그림자를 남겨두고 여자는 그렇게 달아났다. 뒷머리를 짧게 친 사내가 무언가 물으려 했지만 여자는 아랑곳하지 않고 오히려 그를 이끌었다.

여자가 떠난 자리에 서서 남자는 푸른 까페의 유리문을 바라봤다. 문은 다시 열리지 않았다. 남자는 까페에 혼자 남았다.

남자는 까페의 카운터 사내에게 재킷 안쪽에 넣어두었던 화장품을 건넸다. 이렇게까지 할 필요가 있었을까, 하는 후회가 남았다. 하지만 빈 손바닥만 비벼댈 뿐, 남자에게는 달리 할 수 있는 일이 없었다. 남자는 차라리 그녀와 단둘이 만나는 편이 나았을 것이라는 생각을 했다.

"저 사람이 특별합니까?"

그래서 남자는 카운터 사내에게 그렇게 물었다.

"예?"

"아닙니다. 아까 그 여자, 다시 오거든 주세요. 예전처럼 돌려준답니다."

"뭐라고…… 전해드려야……"

"애인이 줬다고. 처음부터 사주고 싶었다고."

집에 돌아오자마자 남자는 자신의 노트에 여러가지 것들을 적어넣기 시작했다. 여자의 말을 따르기로 한 것이었다. 여자의 말처럼 남자는 무엇이든 기억할 필요가 있었다. 여자는 오늘도 남자를 원망했으니 말이다. 기억하지 못한다고. 그래서 남자는 가슴이 아팠다.


"정말 기억 안 나요? 왜 그렇게 기억을 못해요?"

여자는 매번 그렇게 말했다. 하지만 남자는 그에 대해 단 한 번도 무어라 대꾸한 적이 없었다. 남자로서는 여자에게 딱히 해줄 말이 없어서였다. 그때로 돌아갈 수 있다면 얼마나 좋을까. 남자는 늘 그것만을 생각해온 터였다.

맨 처음 여자는 자신이 소띠라 말했다. 남자는 그것을 잊지 않고 있었다. 기억이란 뒤죽박죽이기 일쑤지만 분명 지워지지 않는 기억은 있다고, 남자는 그렇게 믿고 있었다. 소의 해가 시작되던 봄날, 남자는 여자를 만났다. 지워지지 않는 기억이 남자에게는 그것이었다.

남자는 언제고 그 일년이 가장 좋았노라 회상했다. 한두 번한 것이 아니었다. 사실 남자는 그해 모두를 어제 일처럼, 아니 오늘 오전 일처럼 생생하게 기억하고 있었다. 그럼에도 남자가 침묵한 것은, 다시 말하지만, 그녀의 질문에 대답할 만한 적당한 말을 찾지 못한 까닭에서였다. 그뿐이었다. 그 이상도 그 이하도 아니었다. 그런데도 여자는 남자를 이해하지 못했다. 남자는 그런 말을 자꾸만 내뱉는 여자가 오히려 안타까울 뿐이었다.

사실 남자의 기억력은 탁월했다. 그해 남자에게는 여러가지 일들이 있었다.


그해는 그룹 내 건설사에 다니던 한 친구가 세계에서 가장 높은 건물을 짓게 됐노라며 기꺼이 말레이시아 콸라룸푸르로 날아간 해이기도 했다. 그날 남자는 공항 로비에 서서 입사 동기이기도 한 친구의 뒷모습을 끝까지 지켜줬고 로비를 빠져나오면서는 두 명의 아랍인에게 남산타워 가는 길도 일러줬다. 그 친구가 가장 좋아했던 쥬시프레시를 사다 그날 전국의 추잉껌 가격이 일제히 오른 것도 알게 됐다. 공중파에서 엑스파일의 첫번째 파일럿이 시작됐던 날에는 새로 나온 맥주를 마셨다. 말린 망고 한조각이 소파 밑으로 굴러들어갔기 때문에 청소기까지 꺼내야 했다. 대한뉴스가 사라졌던 날에는 종로 피카디리극장의 에이 열을 더듬고 있었는데 그날 남자는 고교시절 아버지와 「람보」속편을 본 좌석번호마저 기억해낼 수 있었다. 그날 남자는 쿠엔틴 타란티노 감독의 「펄프 픽션」을 봤고 돌아오는 길 버스 안에서 베르베르의 소설을 읽었다. 출간된 지 일년이 넘은 책이었지만 여전히 많은 사람들이 즐겨 읽었기 때문에 남자도 한번 읽어볼 필요가 있겠다 생각했기 때문이었다. 얼마 지나지 않아 서울 시청은 정도 육백년을 기념해 '서울 시민의 날'이라는 것을 만들었는데 남자 역시 서울 시민이기는 했지만 어찌된 일인지 그날은 그에게 특별한 일이 벌어지지 않았다. 그래서 남자는 그날 깨끗하게 발을 닦고 공들여 양치질을 한 다음 오랜만에 화분에 물을 줬다. 남자는 그렇듯 소소한 것도 놓치는 법이 없었다. 참여연대가 설립됐던 날에는 약간의 기부금을 지로를 통해 전달했다. 남자는 쉬는 날이라고 해서 집안에만 박혀 있는 답답한 타입이 아니었다. 그날 마을 앞 사거리 은행에는 여직원이 둘이나 새로 발령을 받았는데 그중 머리칼이 긴 쪽 이름은 민희였다. 남자는 그런 것마저도 기억하고 있었다. 중학 일년 시절 남자에게 악어가 그려진 편지지를 보냈던 여학생 이름과 같아서 남자는 혼자 미소지었고 집밖으로 나서길 잘했다는 생각을 했다. 피어스 브로스넌이 다섯번째 제임스 본드가 됐던 날에 남자는 고개를 끄덕이며 잘된 일이라 중얼거렸고 새로 산 프라이팬 라벨을 떼어내 자신의 노트 안쪽 깊숙한 곳에 넣어뒀다. 윈도우즈 삼 점일이 남자의 컴퓨터 안쪽에까지 설정됐을 때, 그 순간 이와이 슈운지는 「러브레터」를 찍었고 수학자 존은 노벨 경제학상을 받았다. 남자는 물론 잘 알고 있었다. 컴퓨터를 전공한 한 친구는 인터넷 써비스가 국내에도 시작된다는 사실을 알려주면서 데이빗과 제리라는 이름의 친구들이 스탠포드 전기공학 박사 과정을 마치고 '야후'라는 이름의 포털을 구상해냈다는 이야기도 해줬다. 남자와 그 친구는 조용필의 음반 판매량이 천만장을 돌파하던 순간에 시청 근처 시민의 쉼터에 앉아 데이빗과 제리라는 친구들 제법 돈을 많이 벌지도 모르겠다고 킬킬거리다 극진가라테를 창시한 최영의 선생과 록음악과 쿵푸를 접목시킨 이소룡 아들의 죽음에 대한 의견을 나누고 있었다. 남자는 또한 새로 나온 '디스'라는 담배를 태우며 록밴드 너바나의 커트가 자신의 집에서 레밍턴 이십 구경의 탄환을 목 안쪽에 쏘아박았다는 기사도 읽었다. 그날 저녁 서울 북부 전역에는 보슬비가 내렸고 뜬금없이 황사주의보까지 내려졌던 기억. 생각해보니 지금 사람들의 입에 오르내리고 있는 성현아가 그해 미스코리아 미였다.

굳이 노트를 펼칠 필요도 없이 남자는 그 모두를 또렷이 기억하고 있었다.

그러나 소의 해에 벌어졌던 수많은 일들은 사실 기억에서 지워내도 좋았다. 그따위 것, 기억하고 있을 이유가 없었다. 남자에게 있어 그것은 대수롭지 않은 일일 뿐이었다. 무엇보다 남자는 여자를 만났으니까. 강조컨대 그것이 그해 가장 중요한 일이었다. 남자에게는 그것말고 다른 수많은 일 따위 어찌되든 상관없었다. 소의 해를 돌이켜보면 가장 먼저 떠오르는 것이 여자의 환한 미소이고 보니 남자의 머릿속에 그해는 여자를 만난 해일 뿐이었다. 그 이상도 그 이하도 될 수는 없었다. 어쩌면 잘 기억나지 않는 것의 원인은 여자에게 있는지도 몰랐다.

남자는 다시 한번 여자가 자신에게 했던 말을 되새겼다.

"정말 기억 안 나요? 왜 그렇게 기억을 못해요?"

집으로 돌아온 남자는 냉장고에 붙여둔 여자의 사진을 보며 캔맥주를 마셨다. 그렇게 식탁의자에 앉아 있다 잠에 빠졌다. 며칠째 남자는 술기운으로 잠을 청하고 있었다. 여자의 그림자가 돼야겠다는 생각도 맥주를 마시다 떠오른 것인지 몰랐다. 술 때문인지 요 며칠 새의 기억은 유독 흐릿했지만 그것만큼은 틀림없을 터였다.

냉동실 문 위에도 냉장실 문 위에도 그녀의 흔적은 지워지지 않은 채 놓여 있었다. 냉장고 문에는 스마일 마크가 새겨진 노란 자석이 즐비했는데 물론 그것은 모두 그녀가 사준 것들이었다. 자석 아래로 여자의 사진과 여자의 전화번호와 여자가 건넨 메모 따위가 가지런히 매달려 있었다. 사진 속 여자는 자석에 새겨진 스마일 마크처럼 환히 웃고 있었다.

—내가 어떻게 너를 잊을 수 있겠니.

남자는 식탁 위에 엎드리고 말았다. 남자의 팔꿈치 곁에는 읽다 둔 『행복이 가득한 집』이 펼쳐진 채였다.


"사람이 동물과 다른 점이 뭔 줄 알아? 기억할 수 있다는 거야. 그렇지 않다면 사람이라 할 수 있겠어? 그런데 그게 이렇게 힘들 술 몰랐다는 거야."

"여자는 잘 잊는 동물이라, 그게 남자와 다르다던데. 누가 그랬더라……"

"야, 그러니까, 사람이 동물과 다른 건 기억할 수 있기 때문이야. 그렇지 않다면 사람이라 할 수 없는 거야. 그런데 그게 이렇게 힘들 줄 몰랐다는 거야."

남자는 취해 있어서 자꾸만 같은 말을 반복해댔다.

"알았다 새끼야. 너랑 나랑은 사람, 그 여자는 동물. 됐냐?"

남자가 계속해서 같은 말만 되풀이했기 때문에 남자의 친구는 슬슬 짜증이 나기 시작했다. 그래서 친구는 자신의 넥타이 끝자락을 와이셔츠 새에 구겨넣고는 신경질적으로 담배를 꺼내물었다. 하지만 남자는 기어이 그 말을 또다시 내뱉었다.

"성호야, 성호야, 사람이 동물과 다른 점이 뭔 줄 아냐구. 기억할 수 있다는 거거든. 그렇지 않다면 사람이라 할 수 있냐? 그런데 그게 이렇게 힘들 줄 몰랐단 말이다 나는. 진짜 몰랐단 말이다 나는."

"알았다고, 다르다고. 이런다고 뭐가 달라지냐? 이제 그만 하자."

그렇게 말하며 친구는 끝내 남자의 잔을 뺏어들었다. 그러고 나서 친구는 종업원에게 얼음물을 부탁했다. 친구는 얼음물을 억지로 남자의 입안에 부어넣었고 이어 남자를 일으켜세웠다. 친구가 말했다. 이제 집에 돌아가자고. 되풀이했다. 이제 집에 돌아가자고. 하지만 남자는 아무런 대꾸도 하지 않았다. 그래서 친구는 강제로라도 남자를 일으켜야 했다. 하지만 남자는 쉽게 움직이지 않았다. 한쪽 다리를 테이블에 걸친 채 다시금 그 말을 꺼낼 뿐이었다.

"성호야, 성호야, 박, 성호야. 잠깐만, 잠깐만. 너 사람이 동물과 뭐가 다르게? 기억할 수 있는 거야. 그렇지 않음 사람도 아냐. 그런데 그게 왜 이렇게 힘드냐 어? 왜 힘드냐고."

순간 친구의 입술에 걸쳐져 있던 담배가 바닥으로 떨어지고 말았다.

"씨발 새끼야, 그만 해."

친구가 테이블 다리를 발로 걷어차는 바람에 남자는 맥없이 쓰러질 수밖에 없었다. 쓰러진 남자를 한쪽 어깨로 부축한 다음 친구는 힘겨이 카운터로 향했다. 친구는 이어 얼굴 전체가 번들거리는 카운터 종업원에게 술값이 얼마인지를 물었다. 무슨 일인지 종업원은 머뭇거리며 쉽게 대답하지 않았다. 친구의 콧구멍에서 뜨거운 김이 새어나온 것은 그 때문이었다.

"안 보여요? 힘들어 죽겠어, 얼마예요?"

"이십육만원인데요."

"예? 우리 안주 없이 맥주만 마셨는데요."

"그게 이십육만원입니다."

"미치겠구만."

남자도 남자의 친구도 앞뒤 재지 않고 들이부은 모양이었다. 친구는 종업원에게 카드를 건네며 자신의 한쪽 어깨에 위태롭게 매달려 있는 남자를 향해 내뱉었다.

"이 씨발 새끼."

하지만 어찌된 일인지 남자는 친구가 쏘아낸 그 말을 다음 날까지 기억하지 못했다.

이튿날 남자의 친구는 전해줄 물건이 있다며 다시 남자를 찾았다. 친구가 내민 것은 조그만 상자였다. 담뱃갑 크기였는데 위에는 붉은색 하트가 그려져 있었고 모서리 끝마다 리본이 달려 있었다.

"포장까지 했어?"

"포장은 거기서 해주더라. 씨발 새끼, 쪽팔리게 리본을 달더니만. 것도 네 개씩이나. 내가 설마 방안에 앉아서 이거 포장했겠냐?"

친구가 건넨 조그만 상자 안에는 분홍빛이 나는 향수병이

들어 있었다. 친구는 남자에게 들어 있는 쪽지를 읽어보라 극구 강조하면서 혼자 웃어대기 시작했다.

쪽지의 인쇄상태는 조악하기 그지없었다.

─이런 분께 권장합니다. 모든 이성에게 호감을 사고 싶으신 분, 비즈니스로 이성들과 함께 시간을 많이 보내시는 분, 맞선, 소개팅, 미팅 등에서 성공하고 싶으신 분, 애인이나 배우자가 자신만을 가장 끌리는 사람으로 생각하게 하고 싶으신 분, 꼭 내 것으로 만들어야 할 사람이 있으신 분.

─효과 극대화의 최적조건. 덥거나 춥지 않은 적당한 온도, 향수의 향이 담배, 술, 땀 등 불쾌한 냄새와 섞이지 않을수록 좋음, 페로몬 향수를 마음껏 느낄 수 있는 가까운 거리, 감정을 마음대로 표현할 수 있는 공간.

상대 이성이 너무 저돌적으로 접근해오면 향수를 뿌렸던 부위를 물로 씻어내거나, 다른 냄새를 묻혀서 향수 향기를 지우시면 됩니다.

설명서인 모양이었다. 쪽지를 읽고 나서 남자는 친구의 얼굴을 바라보다 미소지었다.

"너 때문에 수억 쓴다 내가. 맥주로 목욕해, 거기다 향수까지."

친구는 멋쩍다는 듯 남자에게 그렇게 말했다. 덕분에 남자도 오랜만에 웃을 수 있었다. 그러자 친구가 덧붙였다.

"그래, 웃자. 얼마나 좋아. 웃으며 살자고. 헤어지는 남녀가 하루에도 천만 쌍은 될 거다. 이순신 장군도, 김구 선생님도 그런 일 없었겠냐? 그래도 훌륭하신 분들 됐잖아."

그해 봄날, 여자의 표정도 꼭 그랬다.

여자는 남자를 향해 무턱대고 환히 웃기만 했다. 그래서 남자는 적잖이 놀랐다. 그날 남자는 자신에게 이런 일이 생기리라고는 짐작조차 하지 못했다. 남자는 잠시 바람을 쐬러 나온 것뿐이었다.

아파트 창문 너머로 보이는 하얀 범선이 늘 궁금하던 터였다. 강변에 놓인 범선. 뱃머리에는 '로망스'라 씌어 있었다. 그 움직일 줄 모르는 배가 레스또랑이라 했다. 하지만 가격이 꽤 비싸다는 이야기를 누군가에게 들은 것도 같아서 남자는 지척임에도 불구하고 그간 범선에 대해 무심해왔다. 베란다에 서서 담배를 물고 바라본 것과 조깅을 할 때 가까이 다가가 타원형인 창문 안쪽을 슬그머니 들여다본 것이 남자와 범선 사이 관계의 전부였다. 뭐가 있길래, 저런 곳에는 대체 누가 무슨 이유로 가는 것일까. 남자의 범선에 대한 생각은 고작 그것이 전부였다.

하지만 그날은 달랐다. 볕이 좋았고 바람도 적당해서 편한 소파에 앉아 음악을 듣는다면 더할 나위 없을 것만 같았다. 그래서 남자는 자신의 맨발 위에 슬리퍼를 꿰었다. 금요일까지 쌓이는 직장인의 스트레스는 남자에게도 예외일 수는 없었다.

남자는 그렇듯 편한 차림으로 '로망스'라는 이름의 범선에 승선했다. 한데 배는 겉보기와 달랐다. 소파는 낡았고 음악은 시끄러웠다. 커피맛도 형편없었다. 요컨대 한강이 바로 바라보인다는 것말고는 좋을 것이 하나도 없었던 것이다. 가까이 서보니 강마저 더럽기 그지없었다. 강이라면 자신의 베란다가 훨씬 풍광이 좋다는 생각까지 들고 보니 그렇지 않을 수 없었다. 때마침 여자가 나타나지 않았다면 그렇듯 그날 남자의 기분은 최악이 될 수도 있었다.

여자는 남자를 놀래키려 마음이라도 먹은 듯 제멋대로 불쑥 나타났다. 여자는 남자의 맞은편에 앉았고 남자의 얼굴을 확인하자마자 환히 웃어 보였다.

편안한 차림이기는 여자도 마찬가지였다. 노란 줄무늬가 세로로 그어져 있는 고무줄 바지에 야자수가 그려진 면 티. 셔츠는 꽤 짧아서 조금만 몸을 움직여도 숨어 있던 작은 배꼽이 드러났다. 허리를 따라 그어진 분홍빛 고무줄 자국마저 쉽게 확인할 수 있었다. 긴 머리는 스타킹으로 동여맨 채였고 볼록한 상의 앞주머니에는 뭉쳐진 붉은 목장갑 손가락이 삐죽 나와 있었다.

"죄송한데요, 친구랑 내기했는데, 올해가 소죠? 내년은 뭐예요?"

"예?"

경황이 없어 남자는 제대로 대답하지 못했다. 그도 그럴 것이 하마터면 들고 있던 커피잔마저 놓칠 뻔했으니.

"제가 소띠거든요. 내년은 호랑이죠? 그렇죠?"

"예, 내년이 호랑이 맞습니다."

"고맙습니다."

그렇게 말하고 나서 여자는 후닥 자리로 돌아갔다. 여자의 맞은편에는 친구로 보이는 또다른 여자가 앉아 있었다. 남자는 눈만 끔벅였다. 마법에라도 걸린 듯한 느낌이 들어서였다. 여자가 흘린 웃음조각이 남자의 맞은편에 쏟아져내렸고 남자는 그것을 감당해내지 못한 것이었다. 조각들이 가루처럼 부서져 흩어질 때까지 남자는 남은 커피를 들이켤 수 없었다.

"것 봐, 호랑이 맞잖아. 내놔 이만원."

여자 일행은 그렇게 말하면서 까르르 웃어댔다. 문득 정신을 차린 남자는 그제야 슬며시 웃었다.

그네들이 웃으며 이야기하는 동안 남자는 줄곧 여자의 얼굴만을 바라봤다. 그날은 여자의 입술을 읽을 필요가 없었다. 여자와 여자의 친구가 무언가 굉장히 기분좋은 듯 큰 소리로만 이야기를 주고받았기 때문이다.

내용인즉 이랬다. 둘은 절친한 친구 사이인데 꽤 오랫동안 돈을 모은 끝에 아파트를 공동명의로 구입했다. 오늘 오전에 이사와 짐을 나르던 도중 차 한잔 생각이 간절해 부러 나왔다. 커피는 찾았지만 도무지 설탕을 어디다 놓았는지 알 수 없었으니 레스또랑을 찾아야 했다. 강변에 있는 집을 샀다는 것이 무엇보다 기분좋았다. 수다만 떨다보니 소쿠리, 거울 따위 작은 짐만 나르다 오전시간 모두를 허비해버렸다. 커다란 짐도 남았는데 벌써부터 힘이 빠져버렸다. 그래서 아무것도 하기 싫어졌다. 그래도 기분만큼은 매우 좋았다.

남자는 그네들의 이야기 모두를 차곡차곡 자신의 머리에 담았다. 그네들 목소리가 모두 한결같이 귓가에 와 박혔으니 그리 어려운 일이지 않았다. 일요일 오후의 '로망스'는 너무도 한가했고 그네들의 목소리는 너무도 컸다. 한시간쯤 지나 여자 일행이 자리를 털고 일어섰을 때 남자가 용기 내 여자에게 다가갈 수 있었던 것은 어찌 보면 그 한가함 덕인지 몰랐다. 그네들이 말한 곳이라면 남자의 아파트에서 세시 방향으로 한 블록 거리에 불과했다.

"저도 한몫한 것 같은데 끼여도 될까요? 사실 그 아파트 삽니다. 목소리가 너무 커서 본의 아니게 다 들었습니다. 제가 도와드릴 수 있을 거 같습니다. 저녁만 사세요."

남자는 말을 마치자마자 짐짓 셔츠 소맷자락까지 걷어올려봤다. 그때 여자는 분명 남자의 얼굴을 바라보며 환히 웃었다.

그래서 남자는 결코 잊을 수 없다. 그해가 소의 해였다.


"우현씨 좋은 사람인 건 아는데요, 저 애인 있어요."

여자가 고백했다. 환히 웃으며 나타난 지 꼭 일년 만이었다.

"안 들은 걸로 할게. 내가 더 잘할게."

"뭘 안 들은 걸로 해요? 뭘 잘해요?"

"정말 사랑하니까."

"정말 듣고 싶지 않으니까, 집에 자꾸 찾아오지 마세요. 전화도 그만 하세요. 있잖아요, 좋게 말로 할 때 그만두세요."

여자는 소리를 높였다. 여자의 흰 두 손이 그녀의 겨드랑이 속으로 몸을 숨겼다.

"그렇게는 하지 못할 거야."

"저 애인 있다니까요. 대체 몇번을 말해야 돼요?"

여자의 손가락이 어느새 현관 바깥쪽을 가리키고 있었다. 이제 그만 나가달라는 뜻이었다.

"그게 말이 돼? 그걸 왜 이제 와 말해?"

"내가 처음 말해요? 기억 안 나요? 왜 기억을 못해요?"

"못 들은 걸로 할게. 감자 사왔어. 먹어."

"자꾸 이러지 좀 마요. 미치겠어요, 정말."

"왜 그래 진짜. 제발 이러지 말자, 미진아."

"반말하지 말아요. 치워요, 이거!"

여자의 부탁인즉 부디 자신을 다정하게 대하지 말아달라는 것이었다. 그래서 남자는 이해할 수 없었다. 남자가 침착하려 애쓴 것은 그 때문이었다. 그러나 남자의 노력은 번번이 아무것도 아닌 것이 되어버렸다. 이후로도 남자는 여자와 자꾸만 어긋났고 남자는 언제부터인가 그것을 막지 못했다.

검정 비닐봉지에 들어 있던 감자뭉치가 와르르 쏟아져내렸다. 푸른 싹이 돋은 하나는 또르르 굴러 여자의 작은 슬리퍼에 닿았다. 남자는 그 감잣덩이를 바라봤지만 여자는 아랑곳하지 않았다. 여자의 시선은 다른 곳에 놓여 있었다.

여자가 남자의 가슴을 밀쳐냈다. 복도로 밀려난 남자는 철로 된 현관이 닫히는 육중한 소리를 온몸으로 받아내야 했다. 밖으로 나온 것은 자신이었지만 어쩐지 갇혀버린 듯한 느낌이었다.

그날도 남자는 자신이 준비해온 쪽지를 현관 앞에 붙여놓았다. 벌써 몇번째인지 몰랐다. 내가 잘못했어. 이해해줬으면 좋겠어. 우현. 남자가 할 수 있는 일이라고는 그뿐이었다. 그래서 남자는 돌아섰다. 굳게 닫힌 문 너머로 신경질적으로 움직이는 여자의 발소리가 멀어지고 있었다. 남자는 다른 생각은 하지 않았다. 여자를 잃고 싶지 않았다.

집으로 돌아온 남자는 노트를 꺼내 여자가 자신에게 한 말 전부를 고스란히 옮겨적었다. 자신의 쪽지내용도 물론 빼놓지 않았다. 여자의 말대로 남자는 기억할 필요가 있었다.

언제부터인가 여자는 남자의 전화조차 받지 않기 시작했다. 아니 아예 전화기를 켜는 법이 없었다. 집으로 전화를 걸어도 남자에게 돌아오는 목소리의 주인공은 매번 여자의 친구였다. 그래서 남자는 본의 아니게 여자의 친구와도 다퉈야만 했다.

"미진이 있어요?"

"미진이 없어요."

"옆에 있잖아요."

"옆에 없어요."

"어디 갔어요?"

"어디 갔어요."

"바꿔주세요. 옆에 있어요."

"이러지 마요. 왜 그래요."

"옆에 있는 거 알아요."

"그만 끊어야겠어요."

그런 식의 통화를 몇번이나 했는지 몰랐다.


여자는 학원에서 아이들을 가르쳤다. 중학 이년생과 고교 일년생에게 영어를 가르치는 것이 여자의 일이었다. 학원에 가면 대부분 여자를 만날 수 있었지만 언제부터인가 여자는 학원에서도 자취를 감춰버렸다. 강의시간을 바꾼 것일까. 여자의 바뀐 강의시간을 알아내는 것은 어렵지 않은 일이었지만 그것이 아닌 모양이었다. 여자는 감쪽같이 사라졌다. 학원에, 그리고 학원에 이르는 이백삼동 상가 거리에조차 여자는 모습을 비치지 않았다.

남자는 상가 앞 휴지통 앞에서 머리칼을 온통 오른쪽으로만 괴상하게 쓸어넘긴 고교생에게 여자에 대해 물었다. 하지만 녀석은 바닥에 침만 뱉어댈 뿐 아무런 말을 하지 않았다. 강사의 이름조차 모르는 모양이었다. 그래서 남자는 녀석에게 여자의 생김새에 대해 자세히 설명했다. 녀석은 그제야 고개를 끄덕였다.

"아, 그 가슴 작은 여자요?"

녀석은 아무렇지도 않게 대꾸했다.

"선생님한테 그런 말을 하면……"

"씨발, 선생은…… 내 돈 내고 내가 배우는데."

그러고 나서 녀석은 또 바닥에 침을 뱉었다. 남자는 녀석에게 담배를 건넸고 불까지 붙여줬다. 그제야 녀석은 귀찮다는 듯 말을 꺼냈다. 바빠 죽겠는데 지난달부터 자꾸만 시간을 바꾼다고, 실력도 시원찮으면서 오후에 했다가 저녁에 했다가, 아주 미치겠다고. 녀석이 말을 이었다. 그 이야기를 하는 동안에도 녀석은 계속 바닥에다 침을 뱉었다. 녀석은 남자에게 얼굴도 못생겼고 말도 잘 못하고 약속도 안 지키는 판이니 그년 때문에라도 학원을 옮기든지 해야겠다고 덧붙였다. 녀석은 시종일관 우스갯소리를 하는 양 비아냥대는 투였다. 녀석은 그러다 문득 생각이라도 난 듯 남자에게 물었다.

"아저씨도 학원 강사죠? 이 근처 어디다 차리시게?"

남자는 고개를 가로저었다.

"그럼 아저씨가 뭔데 그걸 물어요?"

그 말을 듣고 남자는 있는 힘껏 녀석의 뒤통수를 때렸다. 또 때렸다. 아무 말 없이 계속 때렸다. 경황이 없어서인지 처음에는 멍청히 남자를 노려보던 녀석이 다섯 대쯤 맞고 나자 주먹을 쥐고 으르렁대기 시작했다.

"이게 미쳤나. 죽을래?"

급기야 녀석이 덤벼들었을 때 남자는 재빨리 달아났다. 남자는 가슴이 아팠다. 남자가 숨을 고르며 뒤돌아섰을 때 녀석은 보이지 않았다.

아파트 복도는 여자를 만나기에 아주 좋은 장소였다. 아무리 늦어도 여자의 귀가시간은 새벽 한시를 넘기는 법이 없었기 때문이다. 마감뉴스를 보고 나서 어슬렁거리다보면 언제고 여자와 만날 수 있었다. 그래서 아파트 복도는 남자에게 꽤 특별한 장소가 되어가던 참이었다. 남자가 마감뉴스를 좋아하게 된 것도 어찌 보면 그 때문이었다. 때때로 기다리는 시간이 늘어난 적도 있었지만 지루하거나 짜증이 나거나 한 적은 없었다. 여자를 기다리는 것도 남자에게는 즐거운 일인 셈이었다.

그런데 사정이 달라진 것이었다. 여자는 보이지 않았다. 복도에 서서 기다려봐도 여자와 만날 수 없었다. 남자의 초조함은 그래서 더해만 갔다. 학원에서도 찾을 수 없고, 집으로 찾아갈 수도 없고, 전화도 되지 않는 상황이고 보니 아니 여자가 나고 드는 것 자체를 확인할 수 없고 보니 미칠 것만 같았다. 남자가 텅 빈 복도에 서 있다 집으로 돌아가기를 몇번이고 반복해야 했던 것은 그 때문이었다.

다시 찾은 상가 사거리 상아탑학원에서 원장은 남자에게 여자가 그만둔 것은 아니고 사실 반년쯤 전부터 한 두어 달 쉬고 싶어했노라 말했다. 그래서 남자는 아무런 말 하지 않은 채 고개를 끄덕였다. 어쩐지 그의 표정이 믿기 어려워서였다.

"그런데 누구시죠?"

"애인입니다. 요새 표정이 좋지 않아서, 행여 무슨 일 있나 싶었습니다."

남자는 그렇게 대답했고 다행히 머리가 반쯤 벗겨진 원장은 그런 남자를 이해해줬다.

그것이 마지막이었다. 이후로는 여자의 흔적조차 찾을 수 없었다. 그런 상황이 못마땅하게 여겨졌으니 남자는 결단을 내릴 수밖에 없었다.

남자가 부러 월차까지 내고 여자의 뒤를 좇은 것은 모두가 그 때문이었다.


남자는 서점에 들러 잡지를 샀다. 다른 뜻은 없었다. 도넛 가게에서 여자가 세심히 읽었던 내용이 무엇인지 알고 싶어서였다. 무엇이 그녀를 웃음짓게 만들었는지 남자로서는 알 필요가 있었다.

남자는 상가 일층 서점 아주머니에게 『행복이 가득한 집』이라는 잡지에 관해 물었다. 아주머니는 환하게 웃으며 자신은 그런 책을 잘 읽지 않는다고 대답했다.

"내 인생이 행복하고는 거리가 멀어서."

제법 농담이라며 말했지만 남자는 웃지 않았다. 아주머니는 이번 호에 선물이 끼워져 있다며 학이 그려진 사기그릇 두 개를 잡지와 함께 비닐봉지에 담아줬다. 남자의 반응에 멋쩍었는지 이참에는 아무런 표정을 짓지 않은 채였다. 남자는 꾸벅 고개를 숙이고 돌아섰다. 그릇 탓인지 봉지는 묵직했다. 유난히 요란한 소리도 났다. 그래서 남자가 걸음을 옮길 때마다 바스락바스락 하고 무언가 부서져내리는 소리가 났다.

집으로 돌아온 남자는 쓰러지듯 소파에 주저앉았다. 남자는 멍하니 앉아 희미한 빛을 내며 쉼없이 떨리는 형광등을 오랫동안 쳐다봤다. 남자에게는 어제 저녁 이후 자신에게 벌어진 일들을 정리해볼 필요가 있었다. 그러나 뒷머리를 짧게 친 그 사내의 얼굴이 좀처럼 지워지지 않아 남자는 이내 도리질을 쳐야 했다.

남자는 다시 노트를 꺼냈다. 남자는 작은 글씨로 다시금 무언가 적어나갔다. 뒷머리를 짧게 친 그 사내의 이름을 알 수 없었으므로 잠시 생각에 빠져야 했다. 남자는 노트에 뒷머리를 짧게 친 그 사내의 생김새와 손가락 모양과 나직했던 말투와 재킷의 브랜드 따위를 적어뒀다. 그것이 전부였다. 거기까지밖에 적을 수 없었다. 사내에 대해 모르는 것이 너무 많았다. 더이상 기억나는 것이 없었다. 그래서 남자는 화가 치밀었다.

남자에게 술이 필요했던 것은 그 때문이었다. 남자는 냉장고 문을 열고 캔맥주를 꺼냈다. 여섯 개들이 팩을 통째로 꺼냈다. 남자는 신경질적으로 자리에 주저앉아 맥주캔을 땄다. 적당히 차가워진 맥주가 입안으로 흘러들었을 때 자신도 모르게 질끈 눈을 감았다. 맥주가 기억을 지워줄 수 있을까. 잠시 남자는 그런 생각을 했다. 몇번이고 눈을 깜박이다 다시 캔을 집어들었다. 남자는 멈추지 않고 연신 들이켰다. 미리 꺼내두었던 맥주캔 위로 맺힌 물방울이 표면을 따라 부드럽게 흘러내리는 참이었다. 남자의 어깨가 들썩이기 시작했다.

"정말 기억 안 나요? 왜 그렇게 기억을 못해요?"

집으로 돌아온 남자는 냉장고에 붙여둔 여자의 사진을 보며 캔맥주를 마셨다. 그렇게 식탁의자에 앉아 있다 잠에 빠졌다. 며칠째 남자는 술기운으로 잠을 청하고 있었다.

냉동실 문 위에도 냉장실 문 위에도 그녀의 흔적은 지워지지 않은 채 놓여 있었다. 냉장고 문에는 스마일 마크가 새겨진 노란 자석이 즐비했다. 물론 모두 그녀가 사준 것들이었다. 자석 아래 여자의 사진과 여자의 전화번호와 여자가 건넨 메모 따위가 가지런히 매달려 있었다. 사진 속 여자는 자석에 새겨진 스마일 마크처럼 환히 웃고 있었다.

—내가 어떻게 너를 잊을 수 있겠니.

남자는 식탁 위에 엎드리고 말았다. 남자의 팔꿈치 곁에는 읽다 둔 『행복이 가득한 집』이 펼쳐진 채였다.

남자가 잠에서 깬 것은 벨소리 탓이었다. 전화벨이 아니라 차임벨이었다. 남자가 그 소리를 듣자마자 떠올린 것은 여자였다. 여자는 언젠가 남자에게 이게 무슨 노래죠?라 물은 적이 있었다. 잠에서 깬 남자는 멍한 상태였음에도 그것 먼저 기억해냈다. 남자는 그날 여자가 지었던 미소까지 잊지 않고 있었다. 그러고 보니 자신의 사물 하나하나 여자와 얽혀 있지 않은 것이 없었다. 남자는 언젠가 친구가 연애란 그런 것이라며 자신의 어깨를 두드렸던 일마저도 떠올릴 수 있었다.

누군가 남자의 현관을 두드리고 있었다. 깜박 잠이 든 모양이었다. 남자는 널브러진 맥주캔 몇개를 주워 쓰레기통에 넣은 다음 천천히 현관으로 향했다. 쓰레기통에서 달그락 하는 소리가 났다.

현관문 너머로 여자의 친구가 서 있었다. 붉게 물든 남자의 눈두덩은 조금 부어 있었다.

"어쩐 일이세요?"

"할말이 있어서요."

"들어오세요."

"아니에요. 그건 좀 그러니까, 우현씨가 저희 집으로 가요."

"그래도 들어오세요."

"아니요, 그냥 여기 서 있을래요."

돌아선 남자는 다시금 멍하니 서서 식탁만 바라봤다. 남자의 꼴은 말이 아니었다. 무엇부터 해야 할지 몰랐다. 사실 남자는 여자의 친구가 자신의 집안으로 들어왔으면 했다. 그래서 자신의 어지러운 식탁 위를 봐줬으면 했다. 자신의 노트를, 무엇보다 오백 리터 정량인 자신의 커다란 냉장고를, 그 위를 뒤덮고 있는 추억의 흔적들을, 자신의 초췌한 머리칼을, 그리고 붉어진 자신의 눈동자를. 그 모두를 여자의 친구가 읽어줬으면 했다. 그렇다면 자신을 조금이나마 이해해줄 수 있지 않을까 하는 생각에서였다. 하지만 여자의 친구는 남자의 집안으로 단 한 발자국도 들여놓지 않았다. 그녀는 무언가 꺼리고 있는 눈치였다. 남자는 그것이 조금 아쉬웠다.

하지만 남자는 이내 단추가 여덟 개 달린 니트를 꺼내 걸쳤다. 잠깐이나마 무엇을 가져갈까 고민한 남자는 서점 아주머니가 건넨 비닐봉지를 손에 쥐고 현관을 나섰다.

"그건 뭐예요?"

"미진씨 주려구요."

남자는 다정하게 말했지만 여자의 친구는 곧 굳게 입을 다물었다.

여자의 친구가 앞장섰고 남자는 그 뒤를 따랐다. 남자와 여자의 친구는 한동안 그렇게 걸었다. 비닐봉지의 바스락거리는 소리가 유독 크게 들려 남자가 먼저 입을 열어야 했다.

"사실 오늘 미진씨 만났어요. 그 남자도 봤어요."

"잘됐네요."

여자의 친구는 그렇게 대답한 후 다시 입을 다물었다. 지나칠 정도로 말이 없는 여자였다.

하지만 오는 길 내내 침묵했던 여자의 친구는 집에 도착하자마자 완전히 다른 사람이 됐다. 이제 그만 하라고. 여자의 친구는 남자에게 거침없이 말했다. 미진이가 힘들어한다고. 여자의 친구는 계속해서 말했다. 정말 왜 그러느냐고. 그렇게 남자가 알아듣기 어려운 말만 골라 무수히 쏟아냈다. 도착하기까지 부러 입을 다물고 있었는지, 그래서 남자는 조금 어지러웠다.

여자의 친구는 계속해서 남자를 재촉했다. 그간 하고 싶었지만 주제넘게 나서는 것 같아 그렇게 하지 못했다며 말을 이었다. 이제는 자신이 참을 수 없겠다며 말을 이었다. 친구는 남자에게 사정한다 강조했다. 이건 부탁이 아니라 사정하는 거라구요. 하지만 남자는 알아들을 수 없었다. 당신이 뭘 안다고 그러십니까. 하지만 남자는 차마 그렇게 말하지 못했다.

"우현씨 자꾸 이러면 저희 이사갈 수밖에 없어요. 아시겠지만 그러려면 우리 위약금 물어야 해요. 그렇게까지 하고 싶지는 않거든요. 정말 부탁할게요. 우현씨 좋은 사람인 거 알거든요."

여자의 친구 태도는 단호했다. 그래서 남자는 절망하고 말았다. 그러나 그 절망의 원인이 친구에게만 있는 것은 아니었다. 남자가 끝내 절망한 이유는 때마침 여자가 돌아왔기 때문이었다. 마침 여자가 나타나지 않았다면 여자의 친구가 건넨 파인애플 주스나 마저 마신 다음 조용히 헤어질 수도 있었다.

여자는 현관에 들어서자마자 웅크리고 앉아 있는 남자를 확인했다. 남자를 확인한 여자의 몸은 얼어붙은 것만 같았다.

"저 사람이, 여기 왜 있어?"

그리고 여자의 왼손에서 핸드백이 떨어졌다.

"그게 아니라, 미진아, 실은 내가 불렀어."

여자의 친구는 죄라도 지은 양 조심스러웠다. 하지만 소용 없었다. 여자는 이내 악을 써대기 시작했다. 여자의 귀에는 친구의 말이 들리지 않는 모양이었다. 당장 나가 이 새끼야! 여자는 그렇게 쇳소리만을 반복했다. 두리번거리며 무언가 찾기 시작한 여자의 눈이 남자가 들고 온 검정 비닐봉지에 멎었다.

"나가! 나가! 이 새끼야!"

묵직한 사기그릇이 남자의 뒤통수에 꽂혔다. 남자는 억, 하는 소리조차 지르지 못했다. 남자가 자신의 뒤통수를 손으로 감쌌을 때는 이미 두 마리 학의 머리도 동시에 부러져나간 뒤였다. 남자의 귀 언저리에서 핏방울이 뚝뚝 떨어져내리기 시작했다. 놀란 것은 남자뿐이 아니었다. 여자도 자리에 주저앉았다. 여자의 친구는 황급히 여자의 어깨를 감쌌다. 남자는 손바닥으로 자신의 뒤통수에 묻은 피를 확인했다.

전화를 거는 친구의 손가락은 몹시 떨리고 있었다. 남자는 그럴 필요 없다 했지만 먼저 다그친 것은 여자 쪽이었다. 큰일나겠다고. 빨리 전화하라고. 여자의 말에 남자는 편안해졌다. 여자가 자신을 걱정해주고 있다 생각했다. 여자의 목소리를 듣고 나니 별로 아프지 않았다.


"이런 일로 경찰을 부를 필요까지는 없는데, 죄송합니다."

남자는 유난히 코가 큰 경사에게 그렇게 말했다. 경사는 그런 거야 당신이 걱정할 일이 아니니 저쪽에 가보라며 사복 차림인 경관을 가리켰다. 사복 차림의 남자는 자신을 정형사라 소개했다.

여자는 간이의자에 앉아 반시간이 넘게 울고만 있었다. 자신이 입고 있던 스웨터를 여자의 어깨에 덮어준 여자의 친구는 누군가에게 다시 전화를 거는 참이었다. 잠시 그네들의 표

정을 확인한 남자는 그것이 뒷머리를 짧게 친 사내가 아니기
만을 바랐다.

거기 아저씨, 이리 와봐요. 마침 손가락으로 자신의 앞니를
문질러대던 정형사가 남자를 자신의 책상 앞으로 이끌었기
때문에 남자는 뒤돌아서야 했다. 그는 남자에게 건성으로 말
했다.

"머리 괜찮겠어요? 치료부터 해야 하지 않겠어요?"

"괜찮습니다."

남자는 그렇게 대답한 다음 다시 한번 자신의 뒤통수를 손
으로 훔쳤다.

"그럼 그냥 합시다. 둘이 어떤 관계예요?"

"사실, 이러고 싶지 않습니다. 저 여자, 그냥, 제 애인입니
다. 그냥 저희끼리 해결할 수 있습니다."

"앉아봐요, 여기."

"사실, 싸울 일 아니었습니다. 돌아가겠습니다."

"어허, 왜 그래요. 당신이 신경쓸 일이 아니라니까. 거기 아
가씨, 여기 봐봐요. 여봐요, 아가씨 이 남자랑 어떤 관계예
요?"

"관계는 무슨 관계요. 미친놈이라니까요."

여자는 그렇게 대답했다. 남자는 눈을 부릅떴다. 남자는 다
시금 빈주먹을 있는 힘껏 쥐어봤다.

일이 이렇게까지 된 이상 남자에게는 자신의 기억 모두를
털어놓을 필요가 있었다. 그래서 남자는 그해 있었던 일 모두

를 경관에게 설명했다. 우습기 짝이 없었지만 어떻게 만났는지, 어디서 만났는지, 왜 만났는지, 만나서는 무엇을 했는지, 그밖에도 또 어떤 일들이 있었는지를 모두 설명해야 했다. 남자는 그 모두를 어제 일처럼 생생하게 기억하던 터라 어렵지 않게 말할 수 있었다. 같은 이유로 남자의 대답은 꽤 정확했고 조금 헤퍼 보이던 정형사는 다행히 남자의 말을 꼼꼼히 새겨들어줬다. 남자가 한숨놓을 수 있었던 것은 그런 이유에서였다.

남자는 크게 한숨을 내쉬었다. 경찰관에게 이런 이야기까지 하게 될 줄은 몰랐다.

그런데 여자의 말이 달랐다.

"그건 다 맞는데요, 저 얘기가 아니에요. 그냥 그렇게 만났다가 저희 이삿짐 날라주고, 답례로 저녁 한번 먹고, 이후로도 이웃이니까, 가끔 그런 것들 주고받은 건 맞아요. 편지는 무슨 편지요. 그냥 메모예요. 그게 아니라니까요. 사진도 저 사람이 찍자고 하니까 그냥. 이웃이니까. 데이트 그런 게 아니라구요. 저 결혼할 남자 있다니까요. 곧 이리 온다고 했어요. 이 친구가 좋게 넘기려고 일부러 불러서 얘기한 모양인데요. 저 미친놈 때문에 이제 무섭다니까요. 진짜, 미친 또라이 새끼예요. 저거."

그러자 경관이 여자에게 다시 물었다.

"거 참, 누구 말이 맞아요? 둘다 그렇게 얘기하면 난 어쩝니까. 그럼 좀 자세하게 기억해보든가요."

"아저씨, 저는요, 지금, 아무것도, 기억하고 싶지, 않다니까요. 저는요, 자꾸 기억하라고 하면요, 지겨워요 아주. 저 미친 새끼 때문에."

경관은 이어 남자에게 물었다.

"그럼 아저씨가 그거예요? 그렇게 생기지는 않았는데, 여자 말이 그러네, 지금."

"아저씨."

"뭐요."

"아저씨."

"말해요."

"사람이 농불하고 다른 게 뭔 줄 아십니까?"

잠시 고개를 숙였던 남자는 조용히 경관에게 물었다.

우주괴물 엑스트로

콧구멍을 후비고 있었다.

그건 혼자 있을 때 할 수 있는 일 중 내가 가장 좋아하는 일이다. 간단하고 깔끔하며 시원하다. 두루마리 화장지 두 도막만 있으면 된다. 사실 어릴 땐 휴지 따위도 필요없었다. 하지만 지금은 나도 나이를 꽤 먹었으므로 그 정도는 준비한다. 좀더 깔끔하게 하고 싶을 땐 손거울, 면봉, 족집게, 그리고 온수 반 컵을 추가로 준비해야 한다. 하지만 그럴 경우 아무래도 제 맛이 나지 않는다. 오늘처럼 문득 생각났을 때, 특별한 준비 같은 것 없이 그냥 하는 것이 가장 좋다.

콧구멍을 후빈다는 것은 머리를 쓸어올리거나 눈을 비비거나 귀를 만지작거리는 것과 하나도 다를 게 없다. 자연스럽기 짝이 없는 일 중 하나다. 그런데 많은 사람들은 (주로 보는 쪽에서!) 콧구멍 후비는 것을 꺼려한다. 불결해하고 불쾌해한다. 역시 다 나이 탓이 아닐까 한다. 우리 모두 나이를 먹는다.

그래도 친구들과 함께 한자리에 정답게 모였을 때 "자, 이번엔 잠시 콧구멍 후비는 시간을 가져볼까?" 그랬음 좋겠다는 내 생각은 여전하다. 연애를 할 때 "우리 이쁜이, 오늘은 오빠가 콧구멍 좀 파줄까?" 그랬음 좋겠다. "어머니, 그간 고생 많으셨어요, 오늘은 이 아들이 시원하게 콧구멍을 후벼드릴게요." 정말이지 그랬음 좋겠다.

곰과 호랑이는 (당연하게도!) 콧구멍을 후비지 못한다. 구조 자체가 그렇게 나와 있지 않다. 인류를 제외한 대부분의 종이 그렇게 돼 있다. 손가락이 굵거나 콧구멍이 작거나다.

곰은 마늘과 쑥만 먹어야 하는(쌈장 같은 걸 줬을 리 없잖아!), 그 생각만으로도 끔찍스런 고통을 참아낸 후에야 비로소 콧구멍을 후빌 수 있게 됐다. 그건 축복 아닌가.

콧구멍을 후빈다는 것. 그 찬란한 역사를 돌이켜보니 그건 인간만이 할 수 있는 고귀한 행위였다. 저 옛날, 뭔가 잘 떠오르지 않던 어느 순간엔가 세종대왕님께서도 차분히 앉아 콧구멍을 후비셨을 것이다. 작전이 제대로 진행되지 않던 어느 순간엔가 이순신 장군님께서도 큰 칼 옆에 차고 콧구멍을 후비셨을 것이다.

그러니 누가 더럽다 할 것인가. 너는 안 파니? 지나치게 과장되게 불쾌해하는 녀석들을 향해 나로선 솔직히 그렇게 묻고 싶다. 괜찮아, 이해해, 이제 다 같이 파자. 솔직히 그렇게 용서하고 싶다. 그래서 하고 싶을 때 마음껏 할 수 있는 세상이 왔으면 좋겠다. 하지만 이제는 그렇게 하지 못한다. 우리 모두 나이를 먹기 때문이다.

그래서 어느덧 나도 오늘처럼 혼자 있을 때나 맘 편히 할 수 있는 그런 부류가 되고 말았다. 어찌됐든 후비고 있노라니 이렇게 좋을 수가 없다. 이 여유가, 이 즐거움과 쾌감이 영원토록 계속됐으면 좋겠다.

나는 콧구멍을 후비고 있었다.

나는 백수다.


그 와중에 울린 전화벨이었다. 그래서 소리만으로도 짜증이 났다. 나는 손가락을 엉덩이 언저리에 비빈 다음 신경질적으로 수화기를 낚아챘다. 보통 백수는 하찮은 일일수록 귀찮아하는 종이다.

"우주괴물 엑스트로 거기 있죠?"

"뭐요?"

별 희한한 놈이다. 요즈음 아이들은 영악해서 장난전화를 전 우주적으로다 하는 것인가. 한데 이놈 제법 연기력을 갖추고 있다. 수화기 저편의 녀석은 꽤 다급한 눈치였다. 마치 제가 우주괴물의 아비라도 되는 듯한 그런 목소리였던 것이다. 대관절 내 아들은 어디에 있소. 뭐 그런 톤이었다. 그렇대도 황당한 건 황당한 거다. 얼마나 놀랐는지 몰랐다. 뭐? 뭔 괴물이라고?

"우주괴물 엑스트로요."

대꾸가 제법 진지했다. 그래 알겠다. 오호, 한번 해보자는 것이겠지. 왕년에 장난전화로 은평구 일대를 주름잡았던 나였다. 너 누군지는 모르겠다만 잘못 걸렸다 이거지. 심심했던 참에 잘됐다 싶었다. 기본실력이 있던지라 생각할 것도 없이 나는 바로 응수할 수 있었다. 나 역시 제법 진지하게. (웃음을 참는 것이 관건이니까!)

"아직 못 들으셨군요. 우주괴물 엑스트로는 죽었습니다."

"예?"

녀석의 놀란 표정이 생생하게 보이는 듯했다.

"와칸타 행성에서였죠. 은하제국 함대의 포탄에 그만⋯⋯"

그렇게 말하고는 나는 수화기를 내려놓았다. 괜히 웃음이 났다. 아아, 조금 더 멋진 연기를 펼칠 수도 있었는데 말이지.

그런데 다급하게 다시 벨이 울리더라.

"여보세요."

"그래요. 보세요."

예상한 바였다. 역시 또 그 녀석이었다. 그러니까 장난전화의 기본을 아는 녀석이었다. 보통 3차 정도는 가줘야 모름지기 장난전화라 할 수 있는 법이다. 어찌됐든 나로선 좋았다. 이게 또 스포츠랑 비슷해서 상대가 센 녀석일수록 재미있는 법이었다. 가만있자, 그런데 아무래도 내가 뭔가 실수한 모양이었다. 장난이라 하기에 녀석 연기가 무척 실감난 것이었다. 고수는 이쯤은 쉽게 구별해낸다. 예상이 옳았다. 녀석이 끝내 결정타를 날리더라.

"여기 비디오 나란데요."

앗, 저 멀리 할매 왕순대집 사거리에 위치한 비디오 나라에서 온 전화였구나. 실수했다. 나는 그 점포의 단골이었다. 나는 짐짓 다른 사람인 척 목소리를 낮춰야만 했다. 그나저나 이 시간에 무슨 일로 전화를 건 것일까.

"예."

"황일봉씨 댁 맞죠?"

"예, 맞는데요."

아버지 이름이었다. 아버지 이름으로 등록해놓으면 여러모로 편리한 점이 많았다. 그래서 나는 그 이름을 종종 이용했다. 만화방, 비디오가게, 그리고 플스방까지. 그건 그렇고 앞서 말했지만 화제를 달리 돌릴 필요가 있었으니 내게는 그것이 더 급했다.

"그나저나 누구니? 병태는 아닌 것 같은데."

"예, 병태 형 관뒀구요, 새로 온 아르바이트 학생인데요."

그랬구나. 그렇다면 피장파장이다. 너도 실수했다는 말이지. 어찌 감히 깜찍하게도 특급 고객에게 전화를 날릴 생각을 했단 말이니.

"사장님한테 혼났거든요. 빌려가신 우주괴물 엑스트로 빨리 갖다주세요."

"뭔 괴물?"

"우주괴물이요."

"그런 거 빌린 적 없는데?"

"아니요, 팔월 이십일일에 빌려가셨거든요."

"그럼 삼일 전인데, 그런 거 빌린 적 없거든."

"빌려가셨어요."

"신뼹아, 니가 뭘 잘 모르는 모양인데, 삼일 전에 형 동원나 갔었어. 사람이 상식적으로 싱크를 해야지. 지치고 힘든데 영화 볼 짬이나 있었겠니?"

"아, 진짜. 이천이년이 아니구요 이천일년에 빌려가셨다니까요. 그게 벌써 일년이나 됐다구요."

아무래도 일이 심각하게 돌아가는 것 같았다. 일년 전이라면 떠오르지 않는 기억에 속했다. 어찌하면 좋나 말이다. 어제가 오늘 같고 오늘은 내일과 비슷할 것 같은 백수생활만 일년째였다. 그 고만고만한 하루에 별반 특별한 일이 벌어졌을 리없었다. 그렇다고 혐의를 아버지에게 돌릴 수 있는 것도 아니었다. 내가 만져주기 전에는 VCR에 테이프도 밀어넣지 못하는 아버지가 그 괴상한 이름의 영화를 빌렸을 리 없었다. 결국 나란 것인데. 한데 비디오라면 말이야 필 받았다 싶으면 일주일에 스무 편도 본 적이 있거든. 깜깜했다. 어떻게 기억해낼지 암담한 것이었다. 나는 한참을 생각에 빠졌다 대꾸했다.

"아무래도 안 빌린 거 같은데. 그래, 그게 무슨 영환데? 읊어봐."

"입력자료에 의하면요 해리 브롬리 다벤포트 감독의 천구백 팔십이년 작품이구요 주연은 필립 쉐어, 베르니스 스테쳐스, 미리엄 다보예요."

뭐야 그거, 죽겠구만.

"모르겠다."

"아이 참, 러닝타임은 팔십사분이구요. 내용은 이래요. 외계인에게 납치됐던 아버지가 삼년 만에 다시 돌아와요. 그 아버지가 사람들을 막 죽이기 시작해요. 한데 혈육의 정은 있었는지 아들은 안 죽여요."

"끝이야?"

"끝이요."

"그게 내용이야? 그걸로 영화가 돼?"

"아, 그럼, 평론가 코멘트는 이래요. 끔찍하기만 하고 줄거리가 엉성하기 그지없는 함량 미달의 공상과학 공포물. 속편도 출시됐다."

"끝이야?"

"끝이요."

"안 봐도 그런 코멘트는 할 수 있겠는데."

"그게 아니라, 빨리 갖다달라니까요."

녀석이 재촉하기 시작했다. 스토리를 들었지만 도통 기억나지 않았다.

"알았어. 찾아볼게. 저녁에 다시 전화하면 될까?"

"그게 아니라니까요. 그걸 찾는 사람이 있어요."

"보고 싶대?"

"볼 거래요."

"아까 그거를 그 사람한테도 읊어줘. 그래도 보고 싶냐고."

"보고 싶대요. 일주일 내내 왔다 갔다니까요. 지금 옆에 있어요."

"외계인 아니야?"

"사장님도 옆에 있어요. 화가 잔뜩 나서는 안 가져올 거면 테이프값이라도 내래요. 이만이천오백원."

"야, 극장개봉작도 아닌데 뭐가 이만이천오백원이야?"

"화났다니까요 지금."

"알았어, 찾아보고 바로 전화할게."

"빨리 하세요. 사장님 진짜 화났어요."

"알았어, 인마."

상상력이 풍부한 까닭일까. 전화를 끊고 나서 가만히 생각하고 있노라니 어쩐지 본 영화 같기도 했다. 우리집으로 왔다는 우주괴물 엑스트로는 대체 어디에 있는 것일까. 괜히 방안을 왔다갔다해봤지만 그렇다고 기억나는 것은 아니었다. 백수에게는 정말이지 큰 돈이었다. 내 손은 어느새 괴물의 그것처럼 슬그머니 붉은 돼지저금통으로 향하고 있었다.

아무렇지도 않게 여기며 보낸 시간들이 문득 찾아오는 날이 있다. 어떤 기억은 때때로 내게 부담을 주는 것이다. 어찌됐든 기억을 하지 못한다는 죗값으로 나는 이만이천오백원을 지불해야 할 판이다. 정말이지 우주괴물에게 홀린 듯한 기분이 들었다. 아니다. 혹시 병태가 들고 달아난 것은 아닐까. 돈은 일단 주머니에 넣고 병태부터 찾아봐야겠다. 우주괴물 엑스트로를 어디다 숨겨놓았느냐고.

스물다섯의 그래피티

생일이라면 끔찍이 싫다. 지금도 그렇다. 대화가 다음의 방식으로 이어지니까.
정말 생일 축하해. (축하) 벌써 시간이 이렇게 됐구나. (놀람)
그래 이제 몇살이야? (동정)
그래? 참 빠르다. 그렇지 않아? (경이)
그래, 지금은 뭘 하고 있어? 아니다, 여태 뭘 했는데? (비아냥)
그럼 앞으론 어떡할 거야? (걱정)
그나저나 누군 어쨌다더라. 누군 이랬다 하고. (측은)
물론 다르겠지만 봐라 좀.
시간 흘러가는 소리가 들려. 등등. (걱정, 걱정, 그리고 또 걱정)
나이를 먹든 그렇지 않든, 고민은, 질문은, 또 방식은 언제나 똑같다.
어쩌자고 난 이렇게 된 걸까.


이런 일이 벌어질 줄은 몰랐다.

그랬다. 내겐 전혀 '메리'하지 않은 크리스마스였던 거다.


그럼에도 불구하고 난 최선을 다했다. 내가 할 수 있는 모든
걸 다 했단 뜻이다. 아버지에겐 양말쎄트를, 어머니에겐 진품
과 진짜 흡사한 샤넬 스카프(누구도 짝퉁이라 놀릴 수 없을 만
큼 훌륭했다)를, 그녀에겐 전공 교과서가 다 들어가고도 야구
공 서너 개는 더 들어감직한 두툼한 핸드백(그녀는 한동안 자

신의 백이 작다 불평하던 터였다)을 선물했다. 두 시간 이상 꿍꿍대며 카드도 썼다. 물론 나는 아무것도 받지 않았다. 손사래를 제법 심각하게 쳐가면서 에이 뭘요, 다 컸는데, 원래 선물은 주는 게 더 즐거운 법이에요, 겸손했던 것이다. 진짜 눈물났다. 홀리나이트가 시작되자마자 사랑이 많으신 주님 한 이천만원쯤 그냥 사정없이 땡겨주실 순 없나요. 그런 버르장머리없는 기도를 드렸나 하면 것도 아니었다. 담배 사고 돌아오는 길에 구세군 냄비를 외면한 건 사실이지만 뭐 나만 그랬나 말이다. 사실 주머니에 잔돈이 없었을 뿐이다. 있었음 넣었다. 최소 삼백원쯤은.

그럼 그 홀리한 크리스마스이브날 저녁에 피가 가차없이 사방으로 튀는 영화를 봤기 때문일까? 에이 설마. 그게 내가 흘린 피도 아니고 무엇보다 난 그런 영화를 좋아하지 않는다. 왜인지는 모르겠지만 크리스마스 특집 영화가 대부분 그런 식이 돼버린 지는 꽤 오래다. 이젠 애들도 다 안다. 크리스마스에는 초특급 액션영화가 제맛!이라는 것을. 방송국에서 틀어주는 걸 어떻게 하냔 말이다. 그건 내가 어떻게 할 수 있는 일이 아니다. 온 가족이 정답게 둘러앉아 아빠! 나쁜 놈 대갈통이 시원스레 터졌어요! 이십이 구경이 생각보다 세요! 그러게 아들아, 그래도 박력이라면 산탄총이 와방인데! 해가면서 엄마가 건네준 과일을 서로 권하는 것이 이제 누구나 아는 크리스마스 풍경이지 않나. 어찌됐든 우리 아버지도 액션영화를 아주 좋아하니까 가족의 화목을 위해서라도 그걸 볼 수밖에 없단 말이다.

　그렇다면 그녀가 애써 보낸 크리스마스카드를 아무렇게나 내팽개친 까닭일 테다. 그것말고 내게는 혐의가 없다. 하지만 누구라도 그랬을 거다. 내용이 진짜 걸작이었다. 자, 한번 보자. '씨즌스 그리팅, 메리 크리스마스 앤드 해피 뉴 이어, 프롬 유어 러버.' 이건 정말, 성의라곤 요만큼도 찾아볼 수 없지 않나 말이다. 그녀가 제인인가. 그렇다고 스테파니인가. 아니다. 가까운 일본 한번 가보지 못한 그녀가 그렇게 적었다는 건 굳이 해석하자면 '크리스마스야. 뻔히 알겠지만. 이런 거 쓰는 것도 이젠 지긋지긋해. 대체 우리 언제 결혼해? 추신: 알아서 평소처럼 보내.' 그런 뜻일 게 뻔하다. 오랜 연애는 사람을 무신경하게 만든다지만 그래도 정말 너무하지 않나 말이다. 그게 또 손으로 쓴 거면 말도 안하지. 씨즌스부터 프롬 유어까지는 인쇄된 거다. 러버 하나 썼단 말이다. 엘, 오, 브이, 이, 아르. 강조컨대 난 열 줄도 넘게 직접 썼다. 고작 이뿐인 카드를 표구라도 해서 벽에 걸어놓고 어머니, 어머니, 이것 좀 보세요, 제 여자친구는 영어도 참말 잘하죠? 하면서 으쓱거리기라도 해야 할까. 그건 결코 아니란 거다.

　그렇다면 대체 나는 크리스마스에 무슨 죄를 지었을까.

　아니, 어쩌면 문제는 크리스마스가 아닐지도 모르겠다. 이천만원이라면 정말 생겼으니까. 하지만 아무리 생각해봐도 떠오르는 게 없다. 그래서 진짜 미치겠단 거다. 크리스마스 때문은 아닌데 그래도 왠지 크리스마스 때문인 것 같고 그래서 돌

것 같단 거다. 젠장. 뭣 때문에 이런 일이 벌어졌는지. 참으로 지랄맞기만 하다.

따지고 보면 현수 탓이라 할 수 없을지도 모른다. 그렇다고 내 탓이라는 것은 더더욱 아니니 일단 오해는 하지 않았으면 좋겠다. 이제 와 생각해보니 우린 그저 재수가 없었을 뿐인 것 같다. 그렇게 잊으려 했는데, 하지만 그렇게 잊고 지나치기에는 또 사건이 너무나 컸다. 요즈음은 눈뜨자마자, 아니 온종일 이따위 생각을 하면서 지내고 있다. 왜 그랬을까. 어째서 그랬을까. 자꾸 그런 생각만 하게 되는 거다.

아침이 되면 현수와 나는 다섯 종류의 신문을 본다. 근 십여 년간 신문이라고는 텔레비전 프로그램 편성표와 카툰, 프로야구 소식 정도나 챙겨보는 게 다였던 나로서는 굉장한 분량이다. 그래도 무엇보다 중요한 일이기 때문에 빼먹을 수가 없다. 그런 다음에는 국도변 휴게실에 들러 물러터진 아이보리 비누로 머리를 감고 이어 세수도 한다. 양치질은 마지막 순서다. 특별한 이유는 없다. 그저 버릇이라. 머리는 손으로 대충 빗어 넘긴다. 어떤 기분이냐고? 지나치는 사람들이 다 쳐다보는데 굳이 설명할 필요 있나. 오줌누면서까지 보는 사람도 있다. 진짜 쪽팔린 거 맞다. 하지만 언제부턴가 우린 사람들 시선 따위 개의치 않게 됐다. 이럴 때일수록 말끔하게 차려야 한다는 것을 깨달았기 때문이다.

식사는 아주 간단하게 햄버거나 핫도그 같은 걸로 때운다. 그게 좋다. 돈을 절약할 수 있기 때문이다. 하지만 그것도 우습게 볼 수만은 없다. 휴게실 시세라는 게 마트랑은 달라서 가격이 만만치 않단 뜻이다. 게다가 양도 적다. 즉석 우동이나 자장이 최고 좋겠지만 그건 현수 때문에 꿈도 꾸지 못한다. 녀석의 배는 어떻게 생겨먹었는지 면 종류를 먹기만 하면 와르르 쏟아낸다. 그것 봐, 이제 죽어도 안 먹을 거야. 녀석은 어제도 그렇게 말하며 눈을 흘겼다. 내 참, 이해할 수가 없다. 난 정말이지 국물이 먹고 싶은데. 그래도 어쩔 수 없다. 참아야 하는 거다. 어묵 같은 건 가격표 봐라. 눈 돌아간다.

휴게소의 음식이란 정말이지 하나같이 형편없다. 어쩌다 한 번씩 먹는 음식일 테니, 하는 얄팍한 심정으로 쉽게 생각하고 대충 만드는 모양이다. 그런데 우리처럼 끼니마다 이용하는 손님도 있다는 사실을 전국의 휴게소 사장들이 좀 알아줬으면 좋겠다. 그렇다고 해서 우리를 돈 한푼 없는 홈리스로 생각하지는 말기 바란다. 그런 큰 오해도 없다. 지금 내 품속 지갑은 봉선화 연정이니까. 손 대면 톡 하고 터질 것만 같다. 뭐가 들었냐고? 아까도 말했지만 도합 이천팔백만원이 들어 있다. 이게 마음만 먹으면 당장에라도 쓸 수 있는 돈이다. 좋겠다고? 아니다. 죽겠다. 돈까지 있으니 오죽 죽겠나 말이다. 주머니에 이천팔백 넣고 주야장창 핫도그만 먹어봤나. 함부로 말하지 말길 바란다. 그건 겪어보지 않고는 아무도 알 수 없는 거다.

음식 때문인지 어쩐지 여하튼 슬슬 서울이 그리워지기 시작했다. 타지에 오래 있으면 고향 생각난다는 어른들 말 딱 맞다. 연말이라 더 그랬다. 화살표를 서울 쪽으로 달고 떠나는 대형버스의 뒷모습을 보고 있노라면 생계를 꾸렸던 큰형님이 군대가는 뒷모습 같더라. 서운하고 또 막막하면서 절로 눈물이 나는 거다. 그때마다 현수와 나는 버스의 뒷모습을 바라봤다. 까만 점이 되고 급기야 사라질 때까지 멍청하게 서서.

크리스마스라면 꽤 지난 참인데도 휴게소는 바뀔 줄 모르는 채다. 여태 떼지 않은 구질구질한 쎌로판 트리장식이 어디나 그대로여서 하룻밤 자면 크리스마스가 다시 돌아올 것 같은 분위기인 거다. 깜박이는 오색램프를 보고 있노라면 새삼 그녀의 카드가 떠오르기도 한다. 걸작이라고 비아냥대긴 했지만 그래도 그립더라 이 말이다. 올 때 주머니에 넣고 왔으면 좋았을 텐데. 정말이지 그녀와 전화통화라도 한번 했음 소원이 없겠다. 하지만 그럴 수가 없다. 나로선 그것이 무엇보다 서글픈 일이다. 생각했더니 갑자기 짜증이 확 밀려오는 것이 아 진짜 죽겠다. 절로 주먹이 쥐어진다.

어제까지만 해도 현수와 나는 눈이 마주치기가 무섭게 싸움질을 했다. 오로지 그짓만 했다. 프로레슬링 선수들처럼 욕설을 퍼붓다가 슬슬 감정 달아오른다 싶으면 주먹다짐을 시작했다. 그 친구들은 짜고나 하는 거지. 우린 정말 진심으로 그야말로 성의를 다해 싸웠다. 그렇지만 이젠 싸울 수도 없게 됐다. 우린 하나가 돼버렸다. 더이상 싸워봤자 아무런 도움이 되지 않는다는 걸 깨달은 거다. 그걸 알아버렸더니 의외로 마음이 편해지더라. 어쨌든 현수는 내 친구 아니겠느냐고 난 그렇게 마음을 다잡기로 했다. 요컨대 우린 싸워가면서 좋은 친구가 된 셈이었다. 그래, 좋게 생각하자. 한쪽으로만 생각해보면 한없이 자유로운 몸이 된 거니까 좋지 않나. 게다가 돈도 있겠다 까짓 맘만 먹으면 뭐든지 할 수 있는 거니까.

그렇대도 다 부질없는 이야기다. 긍정적으로 생각하면 뭘 하나. 그게 얼마 안 간다. 고개 돌리면 그저 침대에서 하룻밤만이라도 자면 좋겠다 싶은 심정만이 꿀떡 같은걸. 일단 허리와 목이 제일로 쩌릿쩌릿 아프고 그래서 무섭고 외롭고 또 서글프고 가끔은 비참한 참으로 복잡다단한 심정이다. 무엇보다도 내일이 불투명하지 않나. 거기다 염병할 햄버거 그리고 핫도그! 아아, 국물이라도 마셨으면. 돌겠다, 진짜.

곧 있어 우린 스물다섯이 된다. 난 팔십팔년식 푸른색 프레스토 승용차에 있다. 낡은 시트 위에 앉아서 이따위 걸 다시 씨부리고 있는 것이다.

마침 현수가 돌아왔다. 녀석은 내게 여지없이 싸구려 핫도그를 건넸다. 그 컴컴한 지하 주차장으로부터 달려나온 지 꼭 이틀째 되는 날이었다. 현수는 신문부터 꼼꼼히 읽어나갔고 이어 라디오를 켠 다음 귀를 기울였다. 내가 물었다.

"뭐 좀 있어?"

"온통 잠수함 침투사건뿐이네. 그나저나 이따위 게 이천원이라니 말이 되냐?"

현수가 툴툴거리며 한입 베어물었다. 나도 그렇게 했다.

"미친놈, 그럼 내가 여기 앉아 있는 건 말이 되냐?"

새삼스레 불평은. 그러다 우린 서로의 얼굴을 바라봤다. 이제 보니 그간 녀석 얼굴은 부쩍 야위었다. 하나 안됐다는 생각은 전혀 들지 않았다. 어차피 모르긴 몰라도 내 얼굴도 똑같을 테니까. 그리고 보니 예전에 핫도그와 햄버거가 아이들을 비만으로 만든다던 호들갑스런 뉴스를 본 게 기억났다. 엿이나 먹어라. 웃긴다, 진짜. 현수 좀 봐라. 그것만 먹었더니 삐쩍 말랐다. 쟤 저러다 죽겠다.

"이제 어디로 갈까?"

현수가 물었을 때 나는 고개를 가로저었다. 그걸 왜 나한테 묻느냐 싶어서였다.

"아아, 그거요, 대장님 맘대로 하세요."


"나야, 현수. 박현수. 삼학년 팔반. 기억 안 나?"

그녀로부터 온 크리스마스카드, 아기천사가 방싯방싯 웃고 있는 카드를 책상 위로 아무렇게나 던져놓자마자 울린 전화벨이었다. 박현수라. 도통 알 수 없는 이름이었다. 녀석이 고교 동창임을 기억해내기까지는 꽤 오랜 시간이 필요했다. 뭔가 잡히는 게 있긴 했는데 그렇대도 얼굴이 떠오르거나 하지는 않은 까닭에서였다. 어쩐지 그런 이름이 있었던 것 같단 느낌이 전부였다. 나와는 별반 친하지 않았던 게지. 무슨 일로 전화를 걸었을까. 아니, 우리집 전화번호는 어떻게 알아냈을까. 내겐 그저 그런 생각뿐이었다. 그래서 심드렁히 대답했다.

"그, 그래. 반갑다. 어쩐 일이니?"

아, 그렇게 말하면서 얼마나 어색했던가. 전화기를 다 긁고 싶었다.

"나, 사실은 너 진짜 좋아했어."

한데 이건 또 무슨 옆차긴지. 그러니 놀라지 않을 수 없었다. 사실 내겐 오랜 친구가 없었다. 학년이 시작되면 만났다가 학년이 바뀌면 헤어지고, 또 한번 학년이 바뀌면 만났다 헤어지는, 이를테면 내게 있어 친구란 일년 지나면 쓸모없어지는 소모품과 같았다. 빠르게 닳아없어지거나 잃어버리거나 둘 중 하나였던 거다. 뭐 다들 그러지 않나. 그런데 대뜸 얼굴도 기억나지 않는 녀석이 동창이랍시며 오년 만에 전화걸어 날 좋아했다 하니, 내 참, 정말이지 어처구니없는 일이었다. 아주 바보가 돼버린 느낌이었다고나 할까.

"이건 또 무슨 터무니없는 옆차기신가? 그래서요? 잘 못 알아듣겠으니 어디 한번 돌려차줘보시죠."

"부탁이 있어서. 꼭 니가 해줬으면 해."

"물건은 풀어봐야지."

"들어줘."

어라? 그래놓고는 일단 만나서 이야기하자고 탁 끊어버리는데 어이없는 건 둘째치고 어쩐지 내가 진 것 같다는 느낌이 들었다. 아무래도 보통내기가 아닌 모양이었다. 하긴 우리반에 별놈 다 있었다. 나부터가 그렇잖아. 어찌됐든 딱히 할일도 없던 참이라 난 녀석을 만나보기로 했다. 그게 큰 실수였다. 그때는 심심한 참에 잘됐다 싶은 심정이었는데 이렇게 될 줄은 몰랐다.

녀석은 근처에 있었는지 삼십분 만에 초인종을 눌러댔다. 대문을 열고 보니 푸른색 프레스토 승용차가 떡하니 멈춰서 있더란 말씀. 촌스럽게 빵! 빵! 녀석은 두 번의 경적을 울린 다음 운전석 문을 열었다. 마침내 녀석이 얼굴을 드러냈다. 순간 난 떠올릴 수 있었다. 아, 너였구나.

사람의 얼굴이란 그리 쉽게 변하지 않는 모양이다. 얼굴을 보고 나니 단박에 녀석을 기억해낼 수 있었다. 녀석은 나를 보자마자 생글생글 웃었다. 웃는 낯에 침뱉을 수는 없어서 그냥 나도 손을 흔들어줬다. 그런 다음에는 뭐라 말을 꺼내야 하나 한참을 고민하다 시계를 봤다. 오전 아홉시 팔분. 바람은 찼고 골목엔 우리뿐이었다. 끝내주게 어색했다.

"춥네. 니가 끌고 왔냐? 이게 움직이긴 하냐?"

"팔십팔년식이야. 올림픽 에디션이라고나 할까. 보기보단 끝내줘. 일단 타라."

방학인지라 하루하루를 무료히 보내던 참이었다. 방학이니 세수도 면도도 할 필요가 없었다. 꼴에 아르바이트는 또 적성에 맞지 않는지라 집밖으로 나설 일이라곤 없었다. 그러니 당연히 머리도 감지 않은 채였다. 뭐 다들 그러지 않나.

나는 왼쪽 허벅지에 시원하게 구멍이 뚫린(알겠지만 무려 일점팔 쎈티미터에 달하는 담뱃빵!) 운동복 바지 위에 셔츠만 걸친 채였다. 그 셔츠도 걸작이었다. 쌀가마니가 프린트된 그림 아래 '우리 농산물 살리기'란 글귀가 그것도 궁서체로다가 적힌 셔츠! 그건 농협에 다니는 아버지가 걸레처럼 휙 던져준 것이었다. 아버지 입으로도 집에서 입어라 던져준 놈이었다. 정말이지 맘에 들지 않았지만 그래도 빈둥거리기에는 적당한 셔츠처럼 보여 예, 멋지네요, 하고 받아든 터였다. 알겠지만 멋진 옷을 입고 있을 땐 빈둥거리기 쉽지 않은 법이다. 슈트 차림의 백수 봤나?

여하튼 그 위에다 더플코트 하나만을 걸친 채로 양말도 신지 않은 발에 운동화를 꿰고는 녀석을 맞은 것이었다. 그간 조금 더 커버린 키 탓에 소매 밖으로 손목이 사 쎈티미터 넘게 드러났다. 앞으로 나란히를 제대로 할 수 없을 만큼 끝장나게 꽉 끼는 코트였다. 그래도 종종 누이가 입곤 해서 냄새 하나만큼은 좋았다. 코트에는 누이 향수 향이 가득했다. 그러니까 이게 무슨 말인가 하면 당시 내 차림이란 것이 누가 봐도 우스꽝스러웠단 것을 강조하겠다는 거다.

"친구야, 내 비주얼을 봐라. 이러구 어딜 가냐? 그냥 니가 들어와. 거기다 주차해도 되거든."

"아냐. 괜찮아. 상관없다니까. 뭐 해? 타라구."

녀석의 목소리엔 묘한 구석이 있었다. 그게 사람 발길을 끌더란 말이지. 그래서 나는 별생각 없이 올라탔다. 그래도 동창인데 뭐 납치라도 하겠어. 나빠봐야 통신판매거나 피라미드겠지. 승용차는 재빠르게 후진했다. 능숙하게 핸들을 꺾는 녀석의 손놀림이 역시나 예사롭지 않았다. 어쩐지 익숙한 승차감이었다. 어디서 이런 느낌을 가져봤을까. 가만히 생각해봤더니 삼월이었나 일찍 군에 간 녀석 면회갔을 때 몰래 탱크를 탔던 기억이 떠올랐다. 아아, 그거였구나. 그랬다. 녀석의 프레스토는 정말이지 끝내주게 덜덜거리는 차였다. 엉덩이에서 저음이 뿜어져나오는 듯한 웅웅거림. 그래서 귀찮았지만 안전벨트를 매야 했다.

우리 둘 사이의 침묵, 그 여백은 감당하기 어려울 만큼 컸다. 그건 당연한 이치였다. '한때 같은 교실에서 공부한 적 있음' 외엔 공유할 만한 기억이 하나도 없었으니 말이다. 결국, 정말 반갑다. 잘 지냈지? 가끔 연락 좀 하지 그랬어. 정말 반갑다. 그러고는 더이상 할말이 없어져버렸다. 그래서 우린 고심하던 끝에 서로의 이력을 간단하게 이야기하기로 했다.

녀석이 먼저였다. 대학에 다니고 있고 방학에는 이 차를 이용해 아르바이트를 한다. 주로 김이나 젓갈 같은 걸 식당에 납품하는 일이다. 누이가 결혼자금을 털렸다. 어머니 아버지가 적금한 돈에 전세 아파트 담보로 대출받은 것까지 포함해서 한 삼천쯤 된다. 이름이 조영철인가 그렇다. 지금도 난 그 인간을 찾고 있다. 말을 마친 녀석의 눈빛이 날카로웠다.

음, 그런 일이 있었군. 좋아. 내 차례였다. 개나 소나 다니니까 나도 대학에 다니고 있다. 방학엔 이런 차림으로 빈둥거린다. 김이나 젓갈이라면 나도 꽤 좋아한다. 차를 탔을 때 냄새나길래 직감했다. 혼인 빙자 간음인가. 나쁜 새끼다. 그런 새끼들 의외로 많다. 누이가 충격이 컸겠다. 꼭 잡길 바란다.

말을 마친 다음 난 머리를 긁었다. 첫사랑 고백이라도 한 양 쑥스러웠던 까닭에서였다. 차가 덜덜거렸기 때문에 우리 목소리도 덩달아 흔들렸다. 지난 과거를 우린 그렇게 떨면서 주고받은 셈이었다. 더이상 할말도 없어서 우리 둘 사이로는 다시금 여백이 생겼다.

우리가 도착한 곳은 칠층짜리 빌딩 지하에 마련된 조촐한 주차장이었다. 그곳은 어느 빌딩 지하에서도 찾을 수 있는 평범한 구조였다. 현수는 시동을 끄고 기지개를 켰다. 그러자 사위가 조용해졌다. 귀가, 그리고 엉덩이가 조금 멍멍했다. 주변을 둘러봤다. 어두웠고 사람은 없었다. 지하실의 습한 기운과 퀴퀴한 냄새가 밀려들 뿐이었다.

"김 판다더니 약 같은 거 파냐. 이런 델 왜 와?"

"이제부터 잘 들어. 누굴 몇대 때려줄까 해. 아니, 아냐. 겁만 줄 거야. 넌 그냥 옆에 서 있기만 하면 돼. 나 혼자서도 충분히 할 수 있어. 그치만 네가 옆에 서 있으면 좀더 으스스할 거 아냐. 두 명이니까. 일종의 장식효과야."

"뭐?"

"하기 싫음 안해도 좋은데 그냥 서 있기만 하는 일이야. 싫을 이유가 없어. 다시 말하지만 널 정말 좋아해. 친구."

"좋은 건 좋은 건데 그래도 상의도 없이. 이건 새끼야……"

"니가 좋다니까."

"조영철인가 그 사람이냐? 그런데……"

"쉿! 왔다! 자, 가자. 소리내지 마."

기가 막힌 타임이었다. 세상에. 이런 식으로 말할 기회를 뺏어버리다니. 거짓말처럼 멀리 주차장 입구 쪽에서 검은 그림자가 뒤뚱거리며 안으로 들어서고 있는 것 아닌가. 그러니 내 겐 하고 말고 선택의 여지가 없었다. 현수는 조용히 승용차 문을 닫더니 텔레비전 씨리즈의 뉴욕 경찰처럼 몸을 잔뜩 구부린 채로 걷기 시작하더라. 나 역시 몸을 웅크린 채 슬금슬금 차에서 내릴 수밖에 없었다. 나까지 그렇게 해야 할 이유는 없었는데 몸놀림은 의지와는 상관없이 본능적이었던 거다. 난 소리내지 않으려 주의하며 바닥에 주저앉았고 이어 깊게 숨을 들이마셨다. 그때 무언가 번쩍 하더라. 현수 주머니에서 튀어나온 것은 칼이었다. 그걸 확인했더니 절로 숨이 턱 막히고 말았다. 때리기만 할 거라면서 저 녀석 지금 무슨 일을 벌이고 있는 것인지. 하지만 후회하기에는 너무 늦었다. 성큼성큼 발을 내딛는 녀석의 뒷모습은 자신감에 넘쳐 있었으니까.

"뭐야, 이거!"

현수가 걸음을 멈췄다. 뒤뚱거리는 그림자의 목소리에 이어 현수의 목소리도 들을 수 있었다.

"뭐긴. 넌 나쁜 새끼지!"

불안정한 그림자의 숨소리가 귓가를 파고들기 시작했다. 숨어 있는 나로서는 볼 수 없었지만 소리만으로도 대충 어떤 광경이 펼쳐지고 있는지는 짐작할 만했다. 필시 녀석도 또 그림자도 흥분하기 시작한 거다. 그림자는 본능적인 방어자세를 취하겠지. 역시 거칠어진 현수의 숨소리. 홍콩 무림영화의 한 장면처럼 그림자와 현수 사이에 긴장감이 서리는 순간일 테다. 어디선가 나뭇잎이라도 후둑 떨어질 것만 같은 분위기는 한동안 계속됐다. 작은 소리들만으로도 난 상황을 파악할 수 있었다. 아무래도 내가 나서야 할 순간인 것 같았다. 누가 가르쳐주진 않았지만 그쯤은 나도 잘 알고 있는 터였다. 무엇보다 칼 때문이었다. 아무리 나와는 상관없는 일이라 해도 그래도 고교 동창 녀석이 칼을 휘두르는 것을 그냥 보고만 있을 수는 없지 않나. 그래서 나는 자동차 보닛 위로 슬쩍 머리를 들어봤다.

현수가 보였다. 이럴 수가. 한데 현수가 아니다. 현수는 스노보드용 털모자를 어느 틈엔가 머리통 깊숙이 눌러쓴 채였다. 녀석. 단단히 준비한 모양이었다. 그래도 모자 구멍 사이로 비친 번득이는 눈초리는 녀석의 것이 맞았다. 나는 다시 주저앉고 말았다. 우스꽝스러운 내 차림새는 둘째치더라도 그림자 앞에 버티고 설 만한 용기가 없어서였다.

뒷모습의 그림자는 제법 말끔한 양복 차림이었다. 허리가 약간 굽었지만 족히 백칠십 쎈티미터는 돼 보였다. 가장 먼저 눈에 들어온 것은 절반 이상 벗겨진 뒤통수였다. 아니 현수 누난 어쩌자고 대머리와 결혼을! 뒷모습만 봐도 적지 않은 나이임을 쉽게 알 수 있었다. 난 조심스레 현수의 행동을 살폈다. 녀석의 오른손에는 시퍼런 날을 세운 단도가 쥐어져 있었다. 진짜 큰일날 듯싶었다. 아무래도 내가 나서야 할 모양이었다. 난 최대한 침착한 목소리로 말했다. 하지만 말이 생각처럼 나오는 것은 아니었다.

"저기, 요, 저 친구 성질이 급해, 요. 그러니까 당신, 그냥 몇대 맞아주는 게 좋아, 요. 그럼 칼에 찔리는 일은 없어, 요. 생각해봐. 칼에 찔리면 얼마나 쓰라리겠어, 요. 우리 다 가만히 있자구, 요. 친구야, 너도 좀 참아봐."

어떻게 해서든 현수를 진정시키려 한 말이었다. 내 등장은 현수의 말처럼 의외의 효과가 있었다. 사뭇 공격적이던 그림자의 자세가 돌변한 것이었다. 역시 '다구리'에서 중요한 건 쪽수지.

그림자는 뒤를 돌아보지 않았다. 그는 목에 힘을 빳빳이 주더니 양 주먹을 굳게 쥘 뿐이었다. 맞을 준비를 하는 게로군. 아, 인간이란 저토록 나약하구나.

기다렸다는 듯 울리는 둔탁한 소리. 현수는 순식간에 세 방을 날렸다. 뺨에, 가슴에, 옆구리에. 현수의 주먹은 정확했고 그 모든 것이 끝나는 데 이초밖에 걸리지 않았다. 그림자는 악소리 한번 질러보지 못하고 그대로 무릎을 꿇었다. 어쩐지, 아무런 상관없는 나까지 상쾌해진 이초였다. 어느새 나는 입을 벌리고 있었던가. 양볼이 달아오르는 것만 같았다. 그렇게 슬슬 몸이 더워지고 있었다. 다리가 뜨거워지는 것도 느꼈고. 머리카락이 일제히 쭈뼛 서는 것 같기도 했다.

"너, 혹시……"

그림자는 두 다리를 부들부들 떨며 힘겹게 일어서는 중이었다. 무언가 하고 싶은 말이 있는 모양이었다. 그림자는 비트적거리며 현수에게로 다가섰다. 그러나 현수는 외면하듯 고개를 돌렸다. 옳은 일이었다. 얼굴을 드러내선 안되는 거였으니까.

어찌됐든 범죄니까.

순간 현수의 손에서 칼이 떨어져내렸다. 다행이다 싶었다.

한데 상황이 다시 급박해지더라. 그림자가 떨어진 칼을 잡은 것이었다. 갑자기 몸이 날쌔진 그림자가 현수에게로 다가서고 있었다. 상황은 역전되고 있는 것이었다. 그림자의 발소리가 꽤 커서 눈치챌 법도 했는데 현수는 일부러 외면이라도 하는 듯 고개를 돌린 채 제자리만을 지키고 있었다. 또 내 차례인 것 같았다. 나는 입고 있던 더플코트를 벗어던지고 그림자에게 달려들었다. 휘청휘청 여섯 방을 날렸다. 뺨에, 코에, 다시 뺨에, 가슴에, 다시 코에, 목 언저리에. 이럴 줄 알았다. 제대로 된 싸움질이라고는 한번도 해보지 못한 내 주먹은 현수처럼 정확하지 못했다. 그 모든 것이 끝나는 데에는 제법 긴 시간이 필요했다. 그림자가 대부분을 손으로 막아낸 탓에 내 역습은 실패한 것만 같았다. 하지만, 어쨌든 칼은 떨어뜨릴 수 있었다. 어차피 그게 내 목표였으니 난 안심할 수 있었다.

"그만 둬!"

날 일으켜세운 것은 현수였다. 내 주먹은 여전히 화끈거리고 있었다. 어디쯤 까진 모양이었다. 그림자 역시 흐트러진 자세를 바로잡고 있었다. 그때 난 그림자의 얼굴을 바로 볼 수 있었다. 족히 오십은 되어 보였다. 그림자의 코와 이마에서는 피가 흘러내리고 있었다. 그 얼굴을 보고 있노라니 어쩐지 미안한 마음이 들었다.

"그러게 뭐래. 가만히 있으라 했잖아."

난 가쁜 숨을 고르며 그림자를 향해 그렇게 말했다.

"이 새끼들이 보자보자 하니까. 망할놈의 자식들!"

"됐어요. 이제 우린 갈 겁니다!"

현수가 그림자를 가로막았다.

일은 그렇게 마무리됐어야 했다. 한데 그림자 사내는 어찌나 기력이 좋았던지 끝내 또 달려들더라.

"됐어요. 이제 갈 거라구요!"

어쩔 수 없이 현수는 그림자를 한번 더 밀쳐내야 했다. 그럴 수밖에 없는 상황이었다. 자꾸만 귀찮게 엉겨붙으니 원. 나라도 그랬을 터였다.

그건 집에서도 볼 수 있는 흔한 광경이었다. 현수는 왼손을 이용해 그림자의 가슴팍을 슬쩍 밀어낸 것일 뿐이었다. 우리가 보통 에이, 왜 그래, 하면서 상대방을 미는 제스처, 그 이상도 이하도 아니었던 거다. 한데 그렇게 쓰러질 것은 또 뭐냔 말이지. 그림자는 말 그대로 곧장 뒤로 넘어가버리더니 억, 하고 외마디 비명을 지르더라. 내가 똑똑히 기억하는 것은 그렇게 쓰러진 그림자의 오른발이 경련하듯 부르르 떨렸다는 것이다. 그런 다음 그림자는 더이상 움직이지 않았다.

"저 나이에. 지독한 놈이다."

"………"

현수는 뭔가 생각에 잠겨 있는 것만 같았다.

"끝났으니까 경찰에 신고하고 가자고. 우리가 잡았잖아."

"………"

"그나저나 다신 이런 거 할 때 나 부르지 마라. 물론 앞으론 아예 하지 않는 게 좋겠고. 복수도 좋지만 젊은이가 착하게 살아야지."

난 침을 뱉은 후 손바닥을 털었다. 현수의 말처럼 일은 실제 간단했다. 한데 현수의 대답이 좀처럼 들려오지 않더라. 어느 틈엔가 쓰러진 그림자 곁으로 다가간 현수는 그림자의 몸을 흔들어대고 있더란 말이지.

"죽었나봐."

순간 난 아득함을 느꼈다. 무슨 말도 안되는 소리. 나도 쓰러진 그림자 곁으로 다가가야 했다. 허리 쪽을 밀어봤다. 무거웠다. 몸통은 내 손이 이끄는 대로 흔들리기만 할 뿐 아무런 동요가 없었다. 손끝이 서서히 떨려오기 시작했다. 그림자의 눈꺼풀을 뒤집어봤다. 아예 귀를 잡고 얼굴을 흔들어보기도 했다. 그제야 흉물스런 벽돌 하나가 우리 앞에 제 몸을 드러냈다. 그림자의 뒤통수 아래 놓여 있던 벽돌 한장. 누군가 바퀴를 개어놓을 때 사용하고는 함부로 부려놓은 모양이었다. 분명 죽을 수도, 그럴 수도 있는 상황이었다. 그림자의 뒤통수에는 핏자국이 없었지만 피가 나지 않은 상처가 훨씬 고약한 것이라는 이야기를 들은 적이 있었다. 나는 주저앉고 말았다. 한동안 할말을 잃어버렸다.

"나, 난 갈 거야. 아, 알아서 해."

"………"

"아니, 경찰에 시, 신고하자."

"………"

"내가 잘 말할게. 본 사람이 아무도 없으니까 우리가 잘 해결하면 되는 거야. 이 근방 한번 깨끗하게 쓸고 머리카락 같은 거 줍고 하면 우리가 목격자가 되는 거잖아. 현수야."

"………"

"현수야! 에이 진짜! 그것 좀 벗어봐!"

"조용히 해!"

말이 없는 만큼 현수는 침착했다. 현수의 턱은 카메라를 가리키고 있었다. 조금 전 위치로 따져보자면 카메라는 현수의 뒤통수로부터 육십 쎈티미터쯤 떨어진 파이프 중앙에 박쥐처럼 매달려 있었다. 그렇다면 정확히 그림자와 내 정면이었다.

"다 찍혔을 거야. 제길! 카메라를 생각 못했어. 바보같이. 이리 와! 시간이 없다."

현수는 무언가 계산을 마쳤다는 듯 그렇게 말했다. 난 현수가 시키는 대로 해야 했다. 우리는 먼저 승용차 번호판을 떼어내기로 했다. 볼트는 맨손으로 도저히 풀리지 않았기 때문에 칼을 이용해야 했다. 현수가 칼을 좀 주워달라 했을 때 난 바보같이 몸을 웅크린 채로 카메라를 피해 슬금슬금 기어갔다. 생각해보니 얼굴이라면 이미 다 찍혔을 것이 뻔한데도 말이다. 현수는 그림자의 얼굴을 확인하더니 그의 재킷을 뒤진 다음 지갑을 꺼냈다. 현수로선 나 모르게 한 행동 같았는데 그럼에도 난 똑똑히 봤다. 현수의 재빠른 손놀림. 역시 예사롭지 않았다.

번호판을 떼자마자 우린 미친 듯 질주했다. 십여분 달리다 현수는 근방 초등학교 담벼락 아래 차를 세웠다. 현수는 다시 번호판을 끼워야 한다 했다. 그렇지 않으면 더욱 의심받을 거란 게 녀석의 요지였다. 그럴듯한 이야기였다. 물론 나는 계속해서 자수하잔 말만 반복하고 있었다. 뭔가 불안했기 때문에 그랬던 것이었다. 그러나 정작 현수가 할까?라 물었을 때는 고개를 끄덕이지 못했다. 현수는 내게 신경질을 부렸고 그런 현수에게 난 욕설을 퍼부어댔다. 요컨대 우린 상당히 날카로워져 있었다.

"어떻게 해 이제?"

"일단 서울을 벗어나자."

"점점."

"너 돈 얼마나 있어? 기름을 넣어야 할 것 같은데. 몇가지 살 것도 있고. 내가 가진 돈은 구만원뿐이거든. 넌 얼마나 있어?"

"없어, 이 새끼야."

"없어?"

"있어도 니 줄 건 없어, 이 새끼야. 니가 진짜 나쁜 새끼야. 아까 지갑 담는 거 봤어, 이 새끼야. 도둑질한 놈 때리겠단 놈이 무슨 낯짝으로 도둑질을 했냐?"

계속해서 내가 비아냥대자 현수는 다짜고짜 내 멱살을 쥐었다.

"잘 들어, 새끼야. 훔친 거 아냐. 무슨 생각 하는지는 알겠는데, 잘못 봤다고. 앞으로 어떻게 될 줄 모르니까 그런 거야. 그리고 넌 지금에라도 집에 돌아가도 된다고."

"그럼 그 돈 써, 이 새끼야."

"얼마가 들어 있는지는 모르지만 이 돈은 안 써. 니가 갖고 있을 거니까."

"뭐?"

"미친 새끼, 냉정해야 한단 말이야."

그런 다음 현수는 내게 문제의 지갑을 던졌다. 나는 묵묵히 그것을 받아 코트의 안주머니에 넣었다. 코트의 안주머니에는 워크맨과 누이의 지갑이 들어 있었다. 그것은 생각지도 못한 물건이었다. 주민등록증 속 누이의 얼굴, 고교시절의 누이 얼굴이었다. 문득 서글퍼지고 말았다.

"여기 돈 있네. 사만원."

'안녕히 가십시오' 표지판이 멀어지기 시작했다. 누이의 돈 사만원 덕에 차에 가득 기름을 넣을 수 있었다. 딱히 갈 만한 곳이 있는 것은 아니었다. 이왕이면 멀리, 이왕이면 도시가 아닌 곳으로 가자는 것이 현수의 의견이었다. 우린 그렇게 하고 있었던 것뿐이었다.

우리는 외곽으로 빠져나가고 있었다. 그때까지 난 어떻게 행동해야 옳은지 몰랐다. 서너 시간 달린 후에야 난 현수에게 차를 세우라 말할 수 있었다. 비로소 용기가 생긴 것이었다. 아니, 두려움이 어느정도 사라지자 드디어 이성이 눈을 뜬 것이라 할 수도 있겠다. 나까지 그렇게 어딘지도 모르는 곳으로 달아날 이유가 없다는 생각이 든 것이었다.

첫째, 그 그림자가 죽은 것은 우리 탓만이 아니라는 점. 지가 넘어진 거잖아. 게다가 벽돌 탓이야 그거 전적으로. 둘째, 어딜 가든 쉽게 눈에 띄는 이 고물 승용차를 타고 이렇게 서울을 벗어나기만 한다 해서 뾰족한 수가 생기는 건 아니라는 점. 마지막으로, 아무튼 이 해괴한 짓은 모조리 현수 저 새끼가 벌인 것이라는 점. 나의 이성은 마지막에 집중하고 있었다. 원인과 결과를 꼼꼼하게 따지고 들자면 나도 피해자지 않나 말이다. 생판 얼굴도 모르는 녀석이 동창이랍시고 불쑥 전화를 걸어서는 그냥 서 있기만 하면 된다고 말해놓고선 요만큼도 내 의사를 묻지 않은 채 납치하다시피 끌고 가서 지가 무슨 킬러라도 되는 양 온갖 일 다 저지른 거 아닌가 말이다. 엄밀히 말하면 이거 사기야. 난 녀석의 살인을 막고자 뛰어든 죄밖에 없으니 의외로 해답은 간단한 듯했다.

하지만 내 이성이 거기서 멈추지는 않더라. 어쩐 일인지 머리는 잘도 잘도 돌아가 문제점을 발견해낸 것이었다. 첫째, 내가 카메라 정면에 서 있었다는, 그래서 주인공은 나였다는 점. 둘째, 사건 중반 이후 줄곧 칼을 들고 설쳐댄 것 역시 나였다는 점. 셋째, 아무튼 이 해괴한 일의 전모를 알려줄 문제의 그 카메라에는 온통 입고 있던 코트를 저 스스로 벗어젖히고 가슴팍엔 당당하게 우리 농산물을 살리자는 글귀를 두른, 구멍 난 운동복에 맨발인 내 얼굴만 주구장창 나올 것이라는 점. 그거 소리도 녹음되는 것이어야 할 텐데, 그래야 덜 억울할 텐데. 어찌됐든 또 한번 내 이성은 마지막에 집중하기 시작하더란 말이지.

이 또라이 같은 새끼가 대체 날 두고 무슨 짓을 벌인 거란 말이야. 열이 확 솟구치더라.

난 자리에서 벌떡 일어나 녀석을 흠씬 두들겨패기 시작했다. 좀전의 실력이라면 몇번이라도 피하고, 아니 내게 가격을 가할 수도 있는 녀석이었음에도 현수는 끝내 움직이지 않았다. 녀석은 묵묵히 내 주먹을 모두 받아들였다. 내 풀에 지쳐 스스로 포기할 때까지. 차 안의 열기는 어느덧 승용차 유리를 모두 뿌옇게 만들어버렸다. 내 머린 볼품없이 헝클어졌고 현수는 의자 아래에 머리를 거꾸로 박은 채로 움직이지 않았다. 그래도 분은 가시지 않았다. 달라지는 것 역시 아무것도 없었고.

"딴건 다 좋아. 그런데 이 새끼야."

"뭐."

"그런데 이 새끼야, 혼자서만 복면을 써? 계획적이었지. 사기꾼 같은 새끼야. 이 나쁜 새끼야. 니가 진실로 진실로 나쁜 새끼야."

그것은 모두 내 의지와는 상관없이 튀어나온 말들이었다. 가쁜 숨이 진정될 때까지 얼마나 시간이 지났는지 몰랐다. 이윽고 현수가 입을 열었다.

"이제 됐나? 그럼 가자."

너무 울적했기 때문에 음악이 필요할 것 같았다. 하지만 녀석의 승용차 안에는 테이프가 하나도 없었다. 나는 누이의 워크맨에서 테이프를 꺼내 데크에 밀어넣었다.

'고급 영어회화'였다. 부제는 '이런 상황에서는 어떻게 대답할까?'였다. 라디오는 듣고 싶지 않았다. 얼마나 더 가야 할지 모르는 상황이었고 그렇다면 계속 주파수를 바꿔야 하지 않나. 그렇게 하고 싶지 않았다. 무엇보다 디제이가 우스갯소리라도 한다면. 그건 정말 생각하고 싶지 않은 상황이었다. 마음적으로다가 그럴 만한 여유가 없었던 거다. 그래서 우리 둘은 그 테이프를 듣기로 했다. 레슨 원. '공항에서 물건을 잃어버렸을 때.' 마지막 레슨 씩스틴. '우체국에서 우편번호를 모를 때'까지. 두 시간여를 들었다. 하나 '슬쩍 민 사람이 절로 벽돌에 머리를 박은 다음, 세상에! 죽어버린 어처구니없을 때'는 어떻게 말해야 하는지에 대해선 나와 있지 않았다. 영어회화를 두 마디씩 따라 하며 우리는 도망자의 길을 나서게 됐다.

무료한 참에 슬쩍 열어본 그림자의 지갑 속에는 백만원권 수표가 스물여덟 장, 만원권 지폐가 여섯 장, 천원권 지폐가 일곱 장 들어 있었다. 그럼 얼마냐. 이천팔백육만칠천원이었다. 금액에 적잖이 놀란 것이 사실이었다. 하지만 난 애써 표정을 감췄다. 그걸 현수에게 말하지 않았다. 그저 멍하니 창밖을 바라봤을 뿐이다.

무심한 풍경들이 지나치고 있었다. 전신주와 황소와 흑염소와 숱한 도로표지판들이 잘도 지나갔다. 이 큰 돈은 어찌된 일일까. 아니 무엇보다 전신주와 황소와 흑염소와 숱한 도로표지판들을 지나 난 어디로 가고 있는 것일까.

"이제 어디로 가시겠습니까. 니가 대장님이지 않으세요, 이 나쁜 새끼야."

신경이 곤두선 나는 끝내 핫도그의 막대기를 부러뜨리고 말았다. 그런 다음 녀석에게 외쳤다. 차를 세우고 한동안 멍하니 앉아만 있던 현수가 짧게 대꾸했다.

"전화하자."

"뭐?"

"전화하자고."

대체 놈은 무얼 믿고 저리 침착한 것일까. 여태 했던 말은 다 구라고 혹시 고교 졸업 후 조직폭력배의 세계에 살포시 발을 담근 것은 아니었을까. 그런 부류의 녀석들은 얼마든지 있지 않나. 말이며 행동이며 그렇게 냉랭할 수가 없었다. 그런 생각을 하고 있는 사이 자판기 커피를 뽑고 남은 잔돈 칠백원을 건네며 현수가 날 전화부스 안쪽으로 밀었다.

난 조금 망설였다. 누구에게 전화를 걸어야 하는지, 아니 걸었다 한들 무슨 이야기를 먼저 꺼내야 할지 몹시도 혼란스런 까닭에서였다.

툭하면 그녀가 내게 해대던 질문이 있었다. 자기 엄마랑 나랑 동시에 물에 빠졌어. 그래서 죽게 생긴 거야. 누굴 먼저 구할래? 그때마다 난 이렇게 말했다. 우리 엄만 수영 잘해. 너도 잘하잖아. 나만 못한단 말이지. 그러니까 둘이 협력해서 잘 헤쳐나와. 난 수건을 준비하겠어. 여유가 되면 비누랄지. 긴박한 상황일수록 침착해야 하는 거야. 그럼 그녀는 되묻곤 했다. 장난해? 일단 그렇다 치고 누구 먼저 구할 거냐고. 이보세요. 그런 일은 없을 거예요. 우리 물가에 아예 가지 말자고. 그렇게 대꾸했던 기억이 있다. 한데 그녀의 질문이 현실이 되고 만 것이었다. 그러나 난 그리 오래 고심하지 않았다. 애타는 내 둘째손가락은 어느덧 그녀를 부르더라. 아아, 나의 그녀. 멀리서 들려온 무덤덤한 목소리의 주인공.

"자기야? 어머니 아버지가 전화했어. 애도 아니고 어딜 가면 간다고 말을 해야지. 어머니한테 전화는 했어? 어디야? 가끔 이런 짓 잘하더라. 사춘기야 뭐야? 하필 연말에. 뭐 하는 짓이야. 걱정이야, 정말."

그녀는 다분히 공격적이었다. 갑작스레 쏘아대는 통에 난 무척 놀라고 말았다. 결혼을 약속한 애인이 불행한 도망자가 되어 이렇듯 황량한 주유소 한켠 녹슨 전화부스에서 절망에 빠진 채 당장이라도 눈물을 뚝 흘릴 애처로운 심정으로 수화기를 들고 있는데 사춘기 운운하다니. 불만이 잔뜩 섞인 목소리였지만 그래도 반가웠던 게 사실이었다. 아, 도망자의 서글픈 운명이라. 그 목소리라도 가슴 가득히 묻어둬야 할 필요가 있었던 것이다.

그녀 말에 의하면 그녀도 또 우리집 가족도 주차장에서 벌어진 일에 대해서는 모르는 것 같았다. 정확히 따지자면 하루밖에 되지 않았으니 그럴 법도 했다. 문득 그녀의 말이 멎었다. 내 차례였다. 한데 어찌해야 할 줄 모르겠다. 정말이지 할

말이 없었다.

"알았어. 정말 아무 일 없지? 집에. 그래. 꼭 전화할게. 일종의 여행이라니까. 응. 걱정하지 마. 곧 갈 거야. 자기야. 그동안 많이 미안했어. 다 용서해. 아냐, 아냐. 그냥 듣기만 해. 내서랍에 보면 통장이 있어. 이십육만원인가 있을 거야. 그걸로 봄 되면 옷이라도 해입어. 비밀번호가 공공칠륙이야. 빵. 빵. 일곱. 여섯. 공공칠륙. 그, 그래, 밥. 밥은…… 잘 먹고 있어. 꼭. 공공칠륙이야…… 영, 영, 칠십육……"

문득 목이 메기 시작했다. 젠장. 밥 부분에선 난 끝내 울고 말았다. 밥이란 단어가 기어이 날 울린 것이었다.

두서없는 이야기에 그녀는 당혹스러워했지만 사이사이 까르르 웃기도 했다. 난 그게 퍽 고마웠다. 그녀의 웃음소리로 인해 나는 더욱 비참한 꼴이 되어버렸지만 그래도 그녀가 웃으니 그것만으로도 좋았던 거다. 마지막으로 그녀에게 줄 것이 내겐 고작 통장 하나뿐이었다.

"뭔 소리야. 미쳤나봐. 빨리 오기나 해. 그래, 잘 자고. 오는 길에 그림엽서나 사와."

그녀의 마지막 말이었다. 그림엽서를 사달라는 말.

눈물을 훔치고 나선 어머니와 통화했다. 공격적이긴 어머니가 더했다. 한동안 대체 어딜 쏘다니는 거냐는 꾸지람만 물리도록 들어야 했다. 그러는 사이 동전이 모두 바닥나버렸다. 커피를 한잔 더 뽑아들고 난 다시 어머니의 꾸지람을 들었다. 그래도 좋았던 거다. 나는 계속해서 죄송하단 말만 되풀이했다.

어머니는 아버지도 누이도 아직 돌아오지 않았노라 대꾸했다.
아, 그리고 어머니는 김치전을 지지고 있단다.

"엄마 김치전은 있잖아, 부칠 때 기름을 많이 넣어서 진짜,
정말 맛있는데, 그래서 좋거든."

"야야, 부침개 탄다. 얼른 끊어!"

어머니의 마지막 말이었다. 그 말을 끝으로 나는 수화기를
내려놓아야 했다. 이제, 다시 언제가 될지 모르는 모자의 마지
막 대화는 그리운 김치전으로 마무리됐다. 참으로 멋대가리
없는 대화였지만 그렇다고 음식을 장만하시는 어머니에게 어
머니, 어머니의 하나뿐인, 사랑만 족족 받아오던 아들이, 글쎄
사람을 죽였답니다, 하고 말할 수도 없는 노릇이었다.

"뭐라셔?"

"기, 김치부침개…… 한대……"

현수는 훌쩍이는 날 오랫동안 바라보다 한참 만에 다시 물
었다.

"미안해. 어디 가서 그거 사먹을까?"

"안 팔아, 새끼야."

"가자."

"몰라, 새끼야."

"가자."

"넌 전화 안해?"

"난 나오기 전에 미리 말해둔 게 있어서 괜찮아. 정말 미안
해. 울지 마라."

대관절 이 나라에는 주유소가 몇개인지 모르겠다. 게다가 생김들은 어찌 그리 다 비슷한지. 한참을 달리면 주유소, 또 한참을 달려도 주유소, 그런 식이었다. 그래서 가끔씩은 제자리를 돌고 있다는 느낌이 들었다. 종종 차를 달린 일이 거짓말처럼 느껴진 것이었다. 그러나 선택의 여지는 없었다. 현수의 표현을 빌리자면 외떨어진 주유소가 안전빵이라니까.

현수는 졸고 있던 사내를 깨워 기름을 넣었고 난 괜히 하늘을 올려다봤다. 달빛은 유난히 처량했고 담배맛도 유난히 씁쓸했다. 바람도 마찬가지였다.

"오늘은 여기서 자는 거야?"

"………"

현수는 대답 없이 고개만 끄덕였다.

몸을 왼쪽으로 돌려봤다. 다시 오른쪽으로 돌려봤다. 왼쪽 다리를 끌어올려 가슴에 대어봤다. 신발을 벗어봤다. 다시 다리를 내려봤다. 제길, 정말 불편했다.

난 또 눈물을 흘리는 걸까. 주유소 주차장에서의 또다른 하룻밤이 그렇게 지나가고 있었다.


인도의 보도족 반군세력이 아삼주 코크라즈하르에서 뉴델리로 향하던 브라마푸트라 급행열차에 폭탄테러를 저질렀다. 그 열차에는 천이백명이 타고 있었는데 최소 삼백명 이상이 사망했을 것이라 했다. 뚫어지게 신문을 보고 있자니 눈언저리가 쓰라렸다. 삼백명이 죽었든 팔백명이 다쳤든 실은 내게 중요치 않았다. 내게 중요했던 것은 여전히 내 우스꽝스러웠을 얼굴이 신문에 나지 않았다는 것이었다. 혹시 카메라의 오토 리와인드 장치가 망가져버린 건 아닐까. 하지만 그런 상상을 한다 해서 마음이 느긋해지는 것은 아니었다. 되레 세상은 평온한 듯 느껴졌고 때문에 하루하루가 지날수록 불안은 오히려 커져만 갔다.

주유소 화장실 세면장에 들러 허리를 굽힌 채로 한시간이 넘도록 타월과 운동화를 빨았다. 틈나는 대로 씻고 말리고 했지만 도망자 특유의 땀내는 쉽게 지워지지 않았다. 난 그게 무엇보다 싫었다. 강조하지만 난 맨발이었으니까. 그야말로 지독한 냄새가 난 까닭에서였다. 그래서 화장실 문은 반쯤 열어둬야 했다. 며칠 새 늘 문을 열어두는 일이 버릇처럼 돼버렸다.

그때 문득 그런 생각이 들었다. 그간 난 언제나 문을 닫아두곤 했는데, 이른바 공간이라는 게 내겐 매우 중요했는데, 일정한 공간이 있어야 무슨 일이든 할 수 있었는데. 하지만 이제 난 문을 열어놓지 않나. 나만의 공간이란 어디에도 존재하지 않는다는 것을, 설령 있다 해도 이젠 조금의 틈이라도 내 바깥을 경계해야만 한다는 것을 스스로 깨우친 셈이었다. 집을 떠나온 이후로 나는 누가 오는지 주의 깊게 살펴야 했다. 조금이라도 수상한 짓. 예컨대 지금처럼 빨래를 하는 일이거나 혹은 현수와의 말다툼 따위를 아무도 모르게 해치워야 했다. 어제 낮만 해도 휴게소 가판대 옆 벤치에 앉아 현수와 함께 네가 죽었느니, 내 책임도 있다느니, 혹시 안 죽었을 수도 있지 않겠냐, 또 맞고 싶은 것이냐 해가면서 살인자 운운하다 어떤 노파로부터 의심에 찬 눈초리를 받은 일이 있었다. 운동화와 타월을 빠는 내내 나는 무려 마흔 번 이상 뒤를 돌아봐야 했다.

스물네살의 마지막 아침. 일일사 안내가 일일부터 팔십원으로 유료화되어 그로 인한 자금이 삼백육십억 이상이 될 것이라는 기사를 끝으로 신문을 모조리 읽는 일은 끝이 났다. 한 삼일 했더니만 그짓도 슬슬 요령이 생기는 듯했다.

또 핫도그를 사오겠다는 현수의 말에 난 처음으로 현수가 내게 건넸던 지갑 이야기를 꺼냈다. 핫도그라면 머리가 어지러울 지경이어서였다. 이왕에 이런 생활이 우리의 끝이라면 내일을 향해 쏘라던 영화의 주인공은 아니더라도 최소한 기억에 남을 만한 무언가를 해야 하지 않겠나 하는 생각이 든 것이었다. 순전히 지긋지긋한 핫도그 때문일 수도 있지만 아무튼. 어차피 잃어버렸다 포기했던 돈을 찾은 바에야 얼마쯤은 내 몫도 있어야 하지 않나. 실은 그런 생각이 더 컸다. 내 상식에 보통 살인자들은 셈에 밝은 법이다. 그래서 난 조심스레 말을 꺼냈다.

"그 사람, 그 혼인 빙자 간음 있잖아. 돈을 한푼도 안 썼나봐. 지갑에 모조리 들어 있더라구. 봐봐. 물론 이게 모두 니 누이에게 돌아갈 몫이지만 우리가 조금 써도 되지 않겠냐? 내가 무슨 갱도 아니고 육 대 사, 칠 대 삼 이런 거 따지자는 건 아니고. 이것 좀 봐라. 내가 이런 차림으로 죽어야겠냐? 나 안산 김씨 십팔대 손이야. 명색이 내일이면 새해가 밝는데 뭔가 돌파구가 있어야 할 거 아냐."

무심코 지갑을 받아들어 열기는 했지만 지갑을 본 현수는
처음의 나처럼 꽤 놀란 것 같았다. 현수는 지갑을 낚아채자마
자 성급히 돈을 세기 시작했다. 액수는 정확했다. 달라질 게
뭐 있을까. 정확하게 이천팔백만원하고도 육만 칠천원. 한데
현수는 이내 돈을 다시 지갑에 넣더라. 순간 지갑을 움켜쥔 현
수의 손이 떨리기 시작했다. 현수는 바닥에 지갑을 팽개친 다
음 뒤돌아섰다. 그러곤 억울하다는 듯 내뱉었다.

"진짜! 이거 너무한다. 씨발!"

도통 무슨 말인지 나로선 알아들을 수가 없었다. 녀석의 표
정이 원체 험악하게 변해버린 터라 뭐라 말을 걸어붙여야 할
지 도무지 감조차 잡을 수 없었다. 그러니 내 말투는 더욱 조
심스러워질 수밖에.

"흥분할 필요까지는 없고, 난, 다만, 그런 뜻으로 말한 게 아
니라 현수야, 진정해봐. 내 말은, 그 혼인 빙자 간음이, 그래
조영철. 그 자식이 있잖아, 돈을……"

"그 새끼 아냐! 우리 큰아버지야."

"누가?"

일이 어느 방향으로 흘러가고 있는지 도무지 종잡을 수가
없었다.

"벽돌 위에 쓰러진 사람! 우리 큰아버지라구!"

그랬다. 이번 겨울을 겪어본 사람이라면 누구나 알리라. 역
시 문제는 돈이었던 거다. 별반 돈에 그다지 큰 관심이 없었던

나조차도 지금 이렇게 뭐든 정확하게 셈을 하는 걸 보면, 물론 나이 탓일 수도 있지만, 나 역시도 스스로 그걸 실감하고 있는 터였다. 신문의 기획기사는 여전히 경제 살리기니까.

올 여름의 일이라 했다. 현수의 아버지는 라디오 부품을 만들었는데 여차여차해서, 이 부분만큼은 지긋지긋하게 뻔한 스토리니 세세히 이야기하지는 말자. 그러니까 여차여차해서 공장 문을 닫게 됐다 한다. 이 나라 중소기업의 뻔한 스토리니까. 어찌됐든 그래도 그다지 절망적이지는 않았다는데 현수 큰아버지가 돈이 꽤 많았던 까닭에서였다. 그러니 물론 부탁을 했겠지. 어찌됐든 형이니까. 그랬더니 현수 큰아버지가 그럴 수 없다 했단다. 당신도 가진 돈이 별로 없다고. 대신 당신 명의로 된 빌딩의 수위자리를 내줄 수 있다고 했단다. 현수 아버지는 그 일도 참 고맙다 생각하고는 자신의 공장을 포기했다 한다. 그러니까 현수 아버지도 우리처럼 모든 걸 참아낸 셈이다. 그런데 종합해보니 그게 마치 무슨 공식 같더라.

현수 아버진 형의 빌딩을 지킨다. 휴학을 한 현수는 본격적으로 수산물을 나르기 시작한다. 현수 어머니는 무엇이든 절약해야겠다 마음먹는다. 한데 현수 어머니의 무릎이 고장났다. 피박에 광박처럼 안 좋은 일은 겹치기로 일어나는 법이다. 가진 돈이 없다던 현수 큰아버지가 어디선가 돈을 꿔다 줬다지. 그러곤 이자를 받았다고. 자기도 빌린 것이라는 것을 재차 강조하면서. 현수도 참는다. 아버지가 그랬던 것처럼. 하필 그 즈음에 현수 누이의 희망이자 식구들의 희망이기도 했던 조영철이 돈만 쏙 빼들고 사라진다. 그래서 현수 아버지는 형의 빌딩 내부 청소까지 도맡을 수밖에 없다. 현수는 계속해서 수산물을 나르고. 그즈음 가진 돈이라곤 없다던 현수 큰아버지가 어디선가 또 돈을 꿔다 줬다지. 결코 자신의 돈이 아니라며 역시 이자는 챙길 필요가 있겠단다. 현수는 또 참는다. 한때 시의원을 역임한 현수 큰아버지가 무의탁 노인들에게 특별 점심식사 '사골 설렁탕'을 제공했던 날 빌딩은 사람들의 박수소리로 가득했다. 사람들과 함께 사진을 찍는 현수 큰아버지는 웃고 있는데 그럼에도 이자는 꼭 받았다지. 현수 큰아버지가 현수에게 물었다. 휴학했다며? 현수는 고개를 끄덕였다. 그래 이제 앞으로 어떻게 할 거냐? 애비 생각을 해서라도 좋은 데 취직해야지. 그러면서 용돈을 주더란다. 현수는 고맙습니다, 하고 받았단다. 그렇게 현수 아버지는 형의 빌딩을 지키고 있다. 현수 어머니는 자꾸만 퇴원하겠다 하고 현수의 누이는 언제부턴가 술을 마시기 시작했다지. 그래서 현수는 그런 누이를 꾸짖으며 수산물을 운반했다 한다. 그러곤 어디선가 찬바람이 불어왔겠지.

정말이지 공식 같지 않나 말이다.

그때 내 머릿속에선 현수의 식구들이 그렇게 느릿느릿 움직이고 있었다. 난 멍청히 서서 그 광경을 지켜보다 고개를 숙이고 말았다. 때마침 귀를 파고드는 현수의 목소리 때문이었다.

"얼마 전에 아버질 만나러 갔어. 점심이라도 같이 하려고. 돈이 좀 생겼거든. 정문 앞에서 고갤 숙이고 계시더라. 큰아버지도 있고. 주위에 또 여럿 있었는데. 무리 중에 퉁퉁한 남자가 어이 박씨, 박사장님 차 좀 닦아놓으라니까 뭐 한 거야? 내 어제 만원 안 줬나? 이러더라고. 정말 화가 났는데, 그냥 참았어. 그런데 아버지가 아무 말도 못하고 머뭇거리고 있으려니까 큰아버지가 그러더라구. 여어 박씨, 세차는 됐고, 현관 앞에 꽁초 좀 주워. 주변 사람들 생각도 좀 해야지. 모를 거다. 그때 내 기분이 어땠는지. 그래 엿같지. 사실 꽤 오래 전엔 공장 잘 돌아갔을 땐 아버지가 큰아버질 도와주기도 했거든. 더러워서. 어차피 별로 사이가 좋지 않긴 했지만. 그건 정말 너무하는 거 아니냐? 그래서. 진짜 몇대 때리기라도 해야 속이 풀릴 거 같았어. 방법이 없잖아? 그랬는데. 유지했다. 내가 정말 나쁜 짓 했나보다. 그래서 죄받나보다. 자수하자. 우리, 그냥 자수하자…… 넌 아무런 잘못도 없잖아. 미안해."

현수가 울음을 보였다.

"무슨 소리! 아니다. 잘했다. 너 잘못한 거 없다. 내가 옆에서 다 봤다. 잘한 거야. 어떻게든 되겠지 뭐."

침착하기만 하던 녀석이 처음으로 보인 눈물이 내겐 더없이 당황스러웠다. 울고 있는 스물네살처럼 슬픈 게 또 있을까. 하지만 나 역시도 스물네살이었을 뿐이어서 녀석을 어떻게 달래줘야 할지 알 수 없었다. 들썩이는 녀석의 어깨를 안고 난 한참을 토닥이기만 했다. 실은 나도 서글퍼서 그랬다.

낡은 트럭 한대 지나치지 않는 국도에 놓인 팔십팔년식 프레스토 엔진소리도 그랬다. 낮은 엔진소리는 동물의 울음소리처럼 천천히 황량한 산속을 향해 뼈마디만 남은 나뭇가지를 지나쳐 알 수 없는 곳으로 퍼져나가는 중이었다. 불켜진 헤드라이트는 국도 위 올곧게 뻗어 있는 황색의 중앙선을 비춘 채였다. 그때 조용히 눈이 내리기 시작했다. 하지만 기쁘지도 반갑지도 않았다. 천구백구십육년이 끝나고 있었다. 나와 현수는 스물넷의 마지막 밤을 그렇듯 승용차 안에서 보냈다.

그랬던 우리에게 새해가 희망찼을 리 없었다. 우린 국내에는 하나뿐일 소리만큼은 탱크에 육박하는 고물차 안에 누워 있을 뿐이었다. 그날 유엔 안보리는 이라크에 대한 경제 제재 조치를 당분간 해제하지 않을 것이라 발표했고, 전국적으로 내린 폭설로 국내 항공기의 아홉 개 노선이 결항됐다. 올 겨울, 당분간 패딩점퍼가 유행할 것이란 내용도 있었다. 나는 '경제를 어떻게 살리나'란 제목의 특집 사설을 읽지 않기로 했다. 경제를 살리고 싶다고? 까짓 거, 싸그리 벽돌로 쳐죽여버려.

그날 가장 큰 뉴스 하나가 있기는 했다. 그러나 그것은 신문에 실린 것이 아니라 현수의 입에서 나온 것이었다. 현수가 이 까짓 돈 다 써버리자 발표했다. 브라보! 현수의 표정은 사뭇 밝아져 있었다. 어젯밤의 일 탓에 부러 그러는 것 같아 서글프긴 했지만 우리가 그따위 감상에 젖을 이유는 없었다. 우린 도망자니까. 내 상식에 도망자는 '쿨'해야 했다.

"이천팔백만원이야. 이런 돈 쓸 기회가 또 있겠어? 여자 둘씩 끼고 술 마시자. 아니, 넷씩 끼고 마시자. 팔다리에 각각 하나씩. 엿같이 생긴 돈이니까 뭐같이 써버리잔 말이야."

"오케케바리. 그래. 그래. 뭐 그건 다 좋은데. 우선 나 옷부터 한벌 사주면 안될까? 이런 거 입고 여자를 넷이나 낄 수 있겠냐 말이지. 죽겠다, 아주. 아, 그래, 국물도 먹고 싶다니까. 아니다. 나는 있잖아. 그거 해보고 싶어. 돈에 불붙여서 담배 태우는 거. 아, 추억의 주윤발. 주윽였지. 죽였어."

그렇게 우린 한동안 낄낄거릴 수 있었다. 비로소 새해 아침이 희망차게 변하는 듯했다. 까짓 것. 다시 한번 쉽게 생각하면 그만 아닌가. 한데 그 와중에도 현수는 역시 침착하더라. 수표에 우리 자취를 남길 수는 없는 것이라 예리한 한마디를 내게 던진 것이었다. 맞다, 난 왜 그 생각을 못했지? 사실 죽은 사람이 분실신고를 할 리는 없으므로 당장이라도 우린 수표를 현금처럼 쓸 수 있었다. 문제는 이서였지. 현수의 말대로 문제는 주민등록증이었다. 그 해결책이라면 내게 있었다. 겉비닐만 잘 벗겨낸다면 숫자 몇개 고치는 것쯤은 일도 아니었다. 고교시절에 학생증 서너 장 만들어본 적이 있었다. 한때 화가를 꿈꾸던 나였다.

커터 칼날을 한칸 부러뜨린 후 난 조심스레 주민등록증 모서리를 도려내기 시작했다. 코트 주머니에 들어 있던 누이의 주민등록증을 시험 삼아 먼저 해보기로 한 것이었다. 오랜만에 하는 짓이라 손이 조금 떨리기는 했지만 그래도 침착할 수 있었다. 그렇게 일은 순조롭게 진행되는 듯싶었다. 그런데 채이 쎈티미터도 벗기지 못한 채 종이 부분이 찢어지고 말더라. 단박에 누이의 고교시절 얼굴이 동강나버렸다.

"이리 줘봐. 내가 해볼게."

"잘해라. 그게 마지막이니까."

이어 현수가 자신의 주민등록증을 바닥에 내려놓았다. 나 역시 침을 삼키고는 현수 옆에 무릎을 꿇었다. 눈 내리는 이 차선 한가운데 주민등록증을 앞에 두고 무릎을 꿇은 꼴이라니. 누가 보더라도 우스운 장면임이 분명했지만 우린 시종일관 진지하기만 했다. 그런데 현수의 주민등록증 역시 엉뚱한 방향으로 두 조각나고 말았다. 팔다리에 매달려 있던 여자들과 불붙은 만원권과 새 옷과 따뜻한 국물이여 안녕! 내 마음 한구석 어딘가도 조각난 것만 같았다.

"좆됐다!"

결국 우린 다시 제자리에 선 셈이었다. 그래도 괜찮다. 술이든 담배든 아마도 그건 우리의 호기였을 테니까. 곰곰이 생각해보니 설사 주민등록증 비닐이 말끔하게 벗겨졌다 한들 우리가 그 돈을 그렇게 허비했을까. 창밖으론 다시 무심한 눈 쌓인 풍경들이 지나가기 시작했다. 눈 쌓인 전신주와 눈을 맞고 있는 황소와 눈을 맞고 있는 흑염소와 눈 쌓인 숱한 도로표지판들이 지나치고 있었다. 조금 달라진 것이 있다면 가끔씩 해안선과 갈매기가 수줍은 듯 모습을 드러냈다 깜박 사라지곤 한 것이었다.

우리 앞에 펼쳐진 것은 눈 내리는 바닷가였다. 아아, 눈이 내려도 갈매기는 하늘을 나는구나. 그랬다. 바다였다. 첫사랑에 실패했을 때, 학력고사에 실패했을 때, 친구의 죽음을 맞이

했을 때. 그때마다 우릴 품어줬던 바다였다. 삼면이 바다인 땅에 산다는 것은 얼마나 자랑스러운 일인가. 신나게 달려 국경에 도착하는 것도 나쁘진 않겠지만 이렇듯 바다에 도착하는 것이 훨씬 멋지지 않나 말이다. 누군가가 그랬다. 우리가 바다를 찾는 것은 어머니 뱃속과 같기 때문이라고. 아무래도 웃기는 소리다. 나라면 첫사랑에 실패했고, 대학 입시에 떨어졌고, 친구가 죽었는데 어머니 뱃속으로 기어들어가는 바보 같은 짓은 하지 않을 것이다. 결정적으로 어머니 뱃속에는 눈이 내리지 않잖아. 우리가 바다를 찾는 이유는 그것이 끝이며 동시에 시작이기 때문 아닐까. 그래서 편안한 것 아닐까. 시작이면서도 끝인 모호함이 드넓게 펼쳐진 곳. 바닷가에 서 있자니 낭상이라도 눈을 뚫고 하늘을 날 수도 있을 것만 같았다.

"지금도 내가 좋아?"

"응, 좋아."

"근데, 왜 하필 나였냐? 우린 친하지도 않았잖아. 그래, 내가 어디가 그렇게 좋디?"

"아, 그거. 앨범 보고 전화한 건데, 너희 집만 번호가 바뀌지 않은 거야."


그것이 우리의 마지막 대화였다. 어떻게 됐느냐고? 물론 우린 멀쩡히 잘 살고 있다. 감옥에 가지도 않았고 내 경우 훌륭히 군복무까지 마치고 다시금 대학생이 됐다. 이렇게 또 '우리 농산물 살리기'란 셔츠를 입고(물론 그간 목 부분이 현저히 늘

어났다) 방학을 보내는 중이다.

나는 올해도 그녀로부터 '씨즌스 그리팅. 해피 밀레니엄'이라는 무성의한 카드를 삼일이 지난 후에야 받았다. 그 사건의 결말을 얘기하자면, 굳이 이제 와 또 얘기하기가 쑥스러운 것도 사실이지만, 처음 시작이 그랬듯 간단히 전화 한통으로 끝이 났다 말할 수 있겠다.

현수는 그날 그 바닷가 횟집 카운터 곁에 서서 전화를 걸었다. 현수 어머니는 녀석에게 무슨 일이 생겼길래 근 일주일을 집에 돌아오지 않는 것이냐 물었고 큰아버지가 깡패들에게 당했으니 올라오는 길에는 오렌지주스라도 한병 사 들러보라 했다. 어찌됐든 고마운 분 아니냐고. 다행히 크게 다치진 않았다고. 아마도 우린 그때도 눈물을 흘렸을 것이다. 살았다! 살았다! 방방 뛰면서.

다시 서울로 올라오는 길에는 동행도 생겼다. 바닷가에서 만난 여자는 두툼한 파일을 옆구리에 끼고 있었다. 그녀는 끝내 자신이 바닷가에 온 이유를 우리에게 설명하지 않았다. 하지만 백사장에 앉아 시종일관 수평선만을 바라보던 그녀의 스토리란 것이 뭐 안 봐도 비디오일 것이 뻔해서 우리는 그녀를 다그치지 않았다. 그저 방향이 같으면 같이 타고 가자고 했을 뿐이었다. 족히 백 페이지 될 것 같은 그녀의 파일 대부분은 이력서와 자기소개서, 붉은 색연필로 가위표가 그려진 신입사원 공고 따위였다. 가까스로 도착했던 바다로부터 다시 서울로 올라오는 길은 고작 여덟 시간밖에 걸리지 않았다.

무엇보다 기억나는 건 탱크소리가 나던 팔십팔년식 프레스토의 장례식날에, 우리가 자동차에 적어놓았던 글귀들이다.

　1997. 1. 3. 차주 박현수, 주소가 그대로인 친구 김, 바다에서 만난 유정애 다시 입성. 돈 벌어 남 주자. 환율 인하하라. 친구가 있으니까. 비행기로 환생시켜줄게. 정치권은 진정할 것. 벽돌 조심. 차 조심. 언젠가 한번은 죽는 것. 취직해도 죽는 것. 끝까지 사랑한다면. 잘 가라, 탱크야. Peace.

　거기다 유치하기 짝이 없게도 끝끝내 현수 녀석이 그려넣은 화살 박힌 하트 그림. 그날 자동차는 공룡 같은 유압기에 눌려 이름처럼 '빠르게' 납작해졌다. 현수와 취직하고 싶어했던 그녀와 난 그렇게 한동안 소리지르며 박수를 쳤다.

　지금은, 또다시 새해다. 희망찬지 어쩐지는 여전히 잘 모르겠다. 그간, 참 많은 시간이 지났구나, 하는 자괴감과 함께 다시금 시간이 흐르는 것뿐일 테다.

　새해가 되면 다부지게 마음먹을 만한 새로움과 관련된 많은 것들이 몸밖으로 빠져나가버리는 기분이 든다. 창밖으론 여전히 눈이 내리고 있다. 달이 기울고 한 해가 시작될 무렵부터 내린 눈이다. 올해도 눈이 참 많이 내리는구나, 하면서. 오랜만의 함박눈을 바라보면서. 스물다섯을 넘겼으니 더이상 새로운 건 없단 생각을 해보기도 한다. 등을 벅벅 긁다 텁텁한 자판기 커피 두어 잔 마시고, 열 개비 이상 담배 피우고, 텔레비전을 본다. 청부살인업자가 나오는 신정 특집 영화, 툭 끊겨버리는 누군가의 전화, 동물성 기름이 둥둥 뜬 라면, 영화잡지 몇줄, 억지로 쓴 연하장 봉투, 이번엔 차가운 캔커피, 그러다 보면 텔레비전에선 또다시 특선 이소룡 걸작 씨리즈.

내게는 그런 기억이 있다.

스물다섯살 시절이 떠오르는 기억이다. 눈 내렸던 내 나이 스물다섯살. 그즈음을 기억하자면 현수와의 일부터 떠오르는 것이다. 그만큼 특별한 기억이기도 하지만 그날 우리의 행동들이 하나같이 눈 내리던 겨울바닷가와 닮아 있어서 그런 것은 아닐까. 그때 우린 닫아뒀던 문을 열었고, 문밖의 사람을 경계하기 시작했고, 슬슬 신문을 읽기 시작했으며, 한번도 가본 적 없는 밤길을 달리기도 했고, 섣불리 돈에 욕심을 내봤고, 신입사원 공고에 가위표를 그었으니까. 도망치다가 급기야는 돌아왔고 잊고 지냈던 친구가 불쑥 찾아오기도 했으니까. 그리고 인생 마지막의 낙서까지.

여행은 이미 그때 끝났으니 이제 내겐 기다리는 일만 남았을 테다. 어쩐지 아직도 그곳엔 무언가 남아 있을 것만 같은 기분이 들지만 그래도 잊어야겠지. 충청도 어디쯤인가로 이사 간 현수에게 전화나 한통 걸어볼까. 그래서 프레스토 이야기나 해야지. 녀석은 뭘 하고 지낼까.

조금만, 아주 조금만 쓸쓸해지기로 했다.

그리운 박중배 아서씨

"생각해봐. 요새 것들이 헬리콥터를 알겠어? 거, 본 적이나 있겠냐 말이야. 예전에는 왜 하루에도 몇번씩 들었잖아. 그때는 시끄럽더니만 이제는 안 그래. 바바바바, 투투투투, 했던 그 소리가 듣고 싶을 때가 있다 말이지. 그래서 그 소리가 없어져버린 것도 영 불만이란 말이야. 그런 게 있었나 싶어. 여기요, 물 한컵 주세요."

"그러게. 무던히도 날아다니더만. 이거 마셔. 다 어디로 갔을까?"

"괜찮아. 시켰는데. 국민정부라 그런지 아님 너무 높이 날아서 안 들리는 건지. 요즘 기계들이 워낙 좋아져서 말이지. 저 치들이 귓구멍이 막혔나. 여기요! 물 달라니까요! 건 그렇고, 솔직히 너도 듣고 싶지 않냐 그 소리? 아, 예, 고맙습니다. 됐어요. 헬리콥터 가까이 서 있으면 와방 폼날 거야. 옷두 막 날리구."

"그러게. 그러고 보니 그렇네. 용산 가면 아직 많을까?"

"정확히 헬, 러캅터지. 일음절에 악쎈트! 어째 물이 밍밍하다."

"음…… 일음절. 그러게. 얼음 넣을까? 여기요. 얼음 좀 주실래요."

"야, 됐다. 갖다 먹자. 우리가 뭐 시저냐?"

대화는 그런 식이었다.


녀석은 얼음 여섯 덩이를 얻어와 다시 자리에 앉았고 우린 계속해서 물과 그리움에 대해 이야기를 나눴다. 그리움은 물처럼 모여 졸졸 흐른다고. 그렇게 제 몸집을 불리다 막판에 이르면 파도가 된다고. 그런 다음엔 끝내 물보라가 되어 흩어진다고. 끝내는 기어이 사람 가슴을 사정없이 내리친다고. 그렇지 않느냐고.

녀석이 내게 한 말이었다. 녀석은 그 모양이 꼭 그리움 같다 했다.

와방 닮았어! 그렇게.


상대방에게 시비걸기대회가 있다면 몇년쯤은 너끈히 연속으로 우승컵을 거머쥐고도 남을 녀석이었다. 매사 시비걸기 좋아하는 녀석과 마주앉아 뜨거운 맥심 두 잔 시켜놓고는 호록거려가며 이야기를 나누고 있노라니 그런 생각이 들었다.

세상에는 변하지 않는 것도 있겠다 싶은.

오랜만에 만난 것이었는데 녀석은 여전했다. 변하지 않는 것은 그립지 않은 것일까. 짧게 깎은 단정한 머리칼과 말끔한 옷차림. 요컨대 녀석에게는 언제 봐도 교수님 아들다운 묘한 느낌이 있었다.

"교수는 무슨, 선생이지. 내가 어딜 봐서. 또 교수라 한들, 내가 교수냐?"

얼음이 동동 뜬 물을 단박에 들이켜고 나서 녀석은 그렇지 않다고 그런 게 어디 있냐고 되레 내게 되물었다. 그러고는 또 시비를 걸기 시작하더라. 준비된 원고라도 읽는 것처럼 막힘없이. 이제야 나오는구나. 언제고 그래왔으니 새삼스러울 것도 없었다. 그래서 나는 그냥 웃었다.


"대한항공은 보험료로 먹고사는 게 분명해. 딴생각 할 건 없고 일단, 우선적으로다가, 그 돈으로 새 비행기부터 사야 한단 말이지. 돈이 남으면 대한이라는 이름에 위자료를 내고. 영국 여왕이 온다던데 뭐 보여줄 만한 게 있나? 요따만큼도 없잖아. 대한민국은 도둑놈이 자백해도 아니라고 다시 한번 생각해보라고 온화하기 그지없는 얼굴로다가 어깨 툭툭 치면서 불고기까지 사주는 나라거든. 그래, 진짜 개판이지. 그러고 보니 우린 개고기도 먹는단 말이지. 아무튼 다음에 만나자고 하루라도 빨리 전화를 걸어야 한단 말이야. 뭐 대통령이 영어를 곧잘 하니까 그건 문제없을 테고. 그래, 작금은 온 국민이 손잡고 금 팔아 절약하는 판이니 자정 이후, 공공팔을 사용하는 게 아무래도 좋겠지. 그나저나 조 피디는 가수가 아닌데, 그렇다고 피디도 아니잖아. 맞아. 최근 들어 가장 쉽게 돈버는 방법을 생각해냈는데, 궁금해? 알려주랴? 그게 삼협이라고 들어는 봤나 모르겠네. 농협, 축협, 수협 중 한군데를 골라 터는 거라. 이 세 곳이 뒤끝이 엄청 깨끗해서, 거 뭐냐, 프레시하거든. 감시카메라에 공테이프를 돌린단 말이야, 깔끔하기 짝이 없게도. 예로부터 농자는 천하지대본이라고 했거늘 농어민 우습게 보는 것들은 일년 내내 사탕이나 껌 같은 걸 먹여야 한다니까. 공테이프 보면서 배터지게 씹으라고. 이번 대종상, 말 잘 꺼냈다. 늘 그래왔지만 또 심했어. 단기 관객 동원으로 치자면야 최고 흥행 영화는 오양 비디오거든. 그게, 생각할 것도 없어. 너 봤지? 나도 봤거든. 쉬리 따위 지느러미나 내밀겠냐 말이야. 그래, 심은하 연기도 좋았지만 순수와 도전이 엿보이는 오양의 이야기는 뭐랄까, 한국 도그마 영화의 출발점이라 할 만하지 않나 말이지. 그건 그렇고 대체 박찬호는 영화배우냐 투수냐? 연기로 따지면 삼십승 투수야. 닥치시고, 그나저나 오양을 살려야 할 텐데 큰일이거든. 우리라도 나서서 도와야지, 이러고 있을 수만은 없다고. 그게 무한정 배우고 배운 다음 또 다시 배우기만 하는, 거 참 뭣 같은, 지식인의 도리지 않을까. 나는 그렇게 생각한단 말이지. 한데 대학생이 지식인이냐? 그게 맞기는 한 건지, 그건 또 모르겠고, 젠장."

녀석은 온갖 장르를 섭렵해가면서 그렇듯 두루두루 이죽거렸다. 나는 언제나 그래왔듯 그러게,라고만 대꾸했다. 맞장구치거나 반론을 내밀었다간 영원히 멈추지 않을 기세였기 때문이기도 했지만 딱히 대꾸할 말도 없어서였다. 내가 그러게,란 대답만 계속하자 흥이 나지 않았던지 녀석은 말을 멈췄다. 이어 묵묵히 다시금 맥심을 아이처럼 홀짝이더니 녀석은 디스한 개비를 다 태운 다음에야 비로소 자리를 털고 일어섰다. 전화부스 뒤편 책꽂이로 향한 녀석은 그곳에 비치되어 있던 잡지 한권을 꺼내들었고 이내 자리로 돌아와 펴더니 이런, 이런, 김춘수님 인터뷰가 실렸으니 읽어봐야겠네,라며 짐짓 큰 소리를 냈다. 아무래도 녀석 역시 무료한 모양이었다.

내가 뭐라 씌어 있느냐, 살짝 묻자 녀석은 진리,라 짧게 대답하고는 어깨를 으쓱해 보였다.

"야, 너, 별자리가 뭐냐?"

그러다 대뜸 건넨 말이 그랬다. 녀석은 잡지의 '별자리 운수'란을 펼친 채 내게 물었다. 나는 오늘의 운세에 대해서라면 이곳으로 오는 전철 안에서 이미 읽었으니 됐다 대꾸했다. 『일간스포츠』에 매일매일 실리는 것으로 말이다. 하지만 녀석은 점도 외제가 품질이 썩 좋은 법이라며 기어이 '전갈자리'란을 펼쳐 소리내 읽더라. 그럼 묻지나 말든가.

아무튼 녀석에게 별자리로 읽는 운세란 '외제'인 모양이었다.

새롭게 만난 사람들과의 관계가 급속도로 발전하게 될 것 같아요. 노력을 많이 한 탓인지 그들과의 만남이 하루하루 끈끈해지고 있어요. 인간적 유대감을 다져나가도록 하세요. 힘든 고비 때마다 그들을 떠올리게 될 것입니다.

어쩐지 제법 머리칼이 긴 여자가 귓가에 새살거리며 이야기하는 것 같은 느낌이지 뭔가. 이봐요, 힘내요. 내가 곁에 있을 테니까. 뭐 그런 느낌 말이다. 어찌됐든 녀석의 말은 옳은 셈이었다. 전철 안 신문에서 본 우리네 점과는 사뭇 다른 느낌이지 않나. 새로운 제의를 거절할 것, 사람 많은 곳을 피할 것, 칠십사년생 교통사고 조심할 것. 그렇듯 또박또박 반말이더니 역시 써비스 쪽은 외제가 한수 위인 모양이었다. 아무튼 나는 그런 것들을 잘 믿는 편이 아니었다. 다시 제법 머리칼이 긴 여자를 예로 들자면 그 여자를 앉혀놓고 쌀 한줌을 뿌린다 치자. 그런 다음 젓가락 서너 개를 흔들다 이렇게 묻는 형국이지 않나. 당신 여자지? 딱 보니 여자네. 그것과 뭐가 다른지 나로선 알 수 없는 것이었다.

그럼에도 어느새 나는 최면에라도 걸린 듯 어득어득한 내 머릿속을 되짚고 있더라. 녀석이 말한 별자리 운수 때문이었을까. 새롭게 만난 사람들의 얼굴을 하나씩 떠올리더란 말이지. 글쎄, 새롭게 만난 사람이라……

"야, 야야, 여기 뭐 이런 것도 있다. 전갈자리. 행운의 작가,

장정일, 백민석, 박영한. 오호, 둘은 알겠는데. 박영한이 누구 냐?"

녀석의 질문에 퍼뜩 놀랄 수밖에 없었다. 뭐라 하면 좋을까. 정확히 뭐라 대답해야 할지 갈피를 잡기가 어려워 나는 우묵 배미의 사랑,이라고만 짧게 대답했다. 그런 다음에는 궁지에 몰린 포로라도 된 양 녀석의 눈치를 찬찬히 살폈다. 학교생활 에 대해 이야기하는 것이 언제부터인가 정말이지 싫은 까닭에 서였다. 다행히 녀석은 그 점에 대해 시비를 걸지 않았다. 녀 석은 고개를 끄덕이며 대꾸했다.

"으응, 맞다. 영화감독. 그 영화 좋았지. 박중훈이 거슬리긴 했지만. 그러니까 그게 좀 바보 같은 사랑이었지 아마."

나는 한숨을 내쉰 다음 인간적 유대감이란 것이 대체 뭘까, 라는 생각에 잠겼다.


녀석은 다시금 잡지에 코를 박았다. 이번에는 꽤나 열심인 듯 내게 뭐라 말을 건네지 않았다. 나로선 외톨이가 되어버린 듯싶었다. 초록빛으로 코팅된 까페 통유리 너머로 시선을 옮 기고 그곳을 무심히 바라보게 된 것은 그 때문이었다. 유리 밖 으로 보이는 골목은 이미 초록빛으로 물든 채였다. 얼마나 그 렇게 있었을까. 유리창에 후둑 물방울이 비쳤다.

나는 아아, 하고는 낮은 탄성을 질렀다. 비다.

"비온다."

녀석은 우산을 가져온 모양이었다. 녀석이 아무런 대꾸를 하지 않은 까닭에서인지 사방이 더 고요하게만 느껴졌다. 떨어지는 빗방울과 함께 창밖도 소리없이 움직이는 참이었다.

한 다리로 강종거리던 비둘기가 무심히 제 깃털로 비를 그었다. 한무리 아이들이 조그만 손으로 머리를 가린 채 달아났다. 부루퉁한 표정으로 터벅터벅 걷던 사내가 알록달록한 『스포츠조선』을 접더니 제법 우산 비슷한 모양을 만들어냈다. 사내는 그것을 머리에 올려놓고는 걸음을 재촉했다. 다방 아가씨로 보이는 매초롬한 얼굴의 여자가 신경질적으로 바닥에 껌을 뱉었다. 비가 못마땅하다는 표정이었다. 노랗게 색바랜 보따리를 자신의 아이인 양 가슴에 안고 달리기 시작한 그녀의 뒷모습도 그와 똑같은 표정처럼 보였다. 뭔가 불만이 있는 듯한 신경질적인 뒷모습. 비가 내리니 그렇게 모두들 분주하기만 했다.

많은 사람들 중 노파가 유독 눈에 띈 것은 그 노파가 느렸기 때문이었을까. 노파의 동작 하나하나는 셈이라도 헤아리는 듯 더디기만 했다. 사람들 틈에서 한동안 어쩔 줄 몰라하다 고개를 숙인 것이 한동안 노파가 움직인 것의 전부였다. 그 때문인지 노파는 마치 다른 시간대에 놓인 것처럼 보였다.

노파가 구겨진 종잇장 같은 손으로 배트작거리며 바구니며 방석 따위를 주섬주섬 챙기기 시작했다. 여전히, 도무지 움직이고 있다는 느낌이 들지 않을 정도의 느릿한 속도였다. 노파의 늑장 덕에 박스 한 귀퉁이를 찢어 만든 노파의 간판은 이내 젖고 말았다. 어느덧 나는 신경질적으로 담배를 빨아대고 있었다. 종이 위에 씌어져 있던 '쑥 ₩ 천원'이라는 글씨가 스르르 번져나가는 것을 보고 있자니 어쩐지 답답했기 때문이다. 어째서 조급한 마음이 든 것이었을까. 분명 무언가 스르르 녹는 듯한 기분이었다.

이윽고 노파가 까페 트리스탄의 지붕 아래로 몸을 숨겼다. 까페 입구에 걸린 현수막에는 'IMF SALE, HAZELNUTS 3,500 WON'이라 씌어 있었다. 비로소 나는 물고 있던 담배를 내려놓을 수 있었다. 노파가 선 곳은 나와는 정반대편이었다. 물론 그 건물에도 커다란 통유리는 보란 듯 매달려 있었다.

'할머니, 차라리 안으로 들어가세요.'

커다란 통유리 앞에서 할머니는 동전을 세고 있었다. 할머니의 조그만 지갑 지퍼 너머 보이는 동전들은 한눈에 봐도 몇 되지 않는 듯했다. 그럼에도 할머니는 한사코 반복하기를 멈추지 않았다. 동전의 수를 헤아릴 때마다 번지는 미소 때문일 터였다. 저 표정. 때마침 까페 트리스탄의 문이 열리지 않았다면 할머니는 세상에 가장 행복한 여인이지 않았을까. 말끔히 차려입은 사내는 다짜고짜 소리부터 질러댔다. 사내의 몸짓만으로도 무슨 말인지 알아들을 수 있을 것 같았다. 여기서 뭐 하고 있느냐, 할머니가 이런 곳에 있으면 있는 손님 불편해하고 오는 손님 발걸음 돌린다. 저리 가라. 가라.

할머니는 당신이 서 있는 그곳이 어떤 곳인지조차 몰랐을 터였다. 그럼에도 할머니는 잔뜩 주눅이 들고 말았다. 사내의 우악스런 몸짓과 표정 때문이었다. 한데 황급히 다시금 지갑에 동전을 집어넣는 할머니의 표정에서 불쾌함을 찾을 수는 없더라. 그렇다면 그런 것이겠지 싶은, 할머니의 얼굴에는 오로지 미안하다는 표정뿐이었다. 그때 동전 몇개가 그만 보도로 떨어져내렸다.

할머니가 그렇지 않아도 구부러진 허리를 애써 더 구부려 떨어진 동전을 줍는다. 할머니가 다시 한번 허리를 굽혀 인사할 때까지 사내는 팔짱을 낀 채 무거운 표정으로 움직일 줄 모른다. 할머니는 이내 빗속으로 사라지고 만다. 보이지 않는다.

"사람을 불러냈으면 말을 해야지. 용건이 뭔데? 라이터 좀 줘봐."

녀석이 묻지 않았다면 나는 또다른 생각에 빠졌을지 몰랐다. 나는 녀석에게 숙제 때문,이라 대꾸했다. 다음주까지 에세이를 한편 써야 했는데 주제가 차창 풍경과 지하철이었다. 사실 애초에는 차창 풍경에 대한 느낌 같은 걸 적어보려 했지만 갑자기 그러고 싶지 않아졌다는 말도 덧붙였다. 비가 내린 탓일 수도 있었고. 할머니 때문일 수도 있었다.

녀석은 고개를 돌려 내 반대편으로 연기를 뿜은 다음에 말을 이었다.

"그래서. 뭐, 전철에 대해서 쓰겠다 이거지. 일호선, 이호선 딱 둘뿐이었던 우리 초등학교 시절 이야기가 좋지 않겠어? 그 눅눅했던 전철 풍경이 뭐니뭐니 해도 와방이지. 난 그게 가장 기억나네. 요금이 이백원이었던가? 티켓에 구멍 뚫어주던 시절. 그랬던 것 같아. 그게 또 생각해보니 웃기네. 그치? 아, 빨간 전철, 썬데이서울 팔던 우리의 일호선, 일급 시가지 청량리. 그런데, 그때가 더 좋았을까?"

어째서 어떤 과거들은 우리를 즐겁게 해주는 것일까. 녀석의 웃음 띤 얼굴을 보면서 나는 그도 좋겠다 생각했다. 그 시절 전철을 갈아타면 돈을 더 내야 하지 않나 싶어 부러 중간서 내려 걷기까지 하지 않았나. 갈아타느냐 마느냐로 친구 녀석과 싸움질까지 했었다.

"그런데 어떤 걸 가지고 쓰는 게 문제는 아니잖아. 중요한 건 어떻게 쓰느냐 아냐? 물론 처음 네가 글을 쓰고 싶다 했을 때는 정말이지 탱크라도 몰고 와서 말리고 싶었지만 말이야. 이제는 다르잖아. 이왕 쓰는 거. 네 글은 내가 잘 아니까. 네놈 전역하구 나서 어떻게 바뀌었는지는 모르겠다만 솔직히 너 없을 때 몇번이고 읽어봤거든. 예전 거. 너 학교 가서도 칭찬 한 번 못 듣지? 네 글 말이야. 뭐냐면. 나는 늘 그런 걸 느꼈어. 잘은 모르지만 꼭 부잣집 아들놈이 투정부리는 거 같다는 생각. 돼먹지 못한 외국놈이 쓴 것 같기도 하고. 글을 읽고 있자면 말이야, 네놈 정체가 뭔지 궁금해져. 뭐랄까, 이상한 나라

사는 앨리스 같은."

"그러게. 맞는 말이야. 대체 내 정체가 뭘까?"

"그걸 왜 나한테 물어. 내 정체도 모르는데 무슨."

"그러게. 내 정체는 뭐지?"

"닥치시고, 정체라…… 아마 그건 알아내야 하는 걸 거야."

녀석의 말이 또 옳았다. 역시 녀석은 정확하게 시비걸 줄 아는 이 땅의 몇 안되는 젊은이 중 하나다. 전역 이후로는 자판 위에 손을 올려놓고 한메 타자 한번 제대로 해보지 못한 것이 사실이었다.

언제부터인가 사판에 손을 올려놓고 있자면, 모니터 화면 앞에 머리를 들이대고 있자면 머리끝에서 알 수 없는 통증이 뻗쳐 일었다. ㄱ을 누르면 화면 속 ㄱ이 부메랑처럼 핑그르르 날아돌아 가슴에 박혔고 ㅅ을 누르면 바리케이드를 아니 압핀을 발로 밟은 것마냥 더 아프기만 했다. 부러 ㅇ을 눌러도 ㅇ 위의 조그만 꼭지가 표창처럼 심장 부근 어딘가를 찌르고 말더라.

하고 싶은 말은 많은데 적절한 단어를 찾지 못해 바보처럼 멍하니 앉아 있는 적도 많았다. 그 모두가 내게는 마치 질병처럼 느껴졌다. 그래서 치료가능한 전염병일 것이라고, 그뿐일 것이라고 스스로 위안해보기도 했지만 좀처럼 호전의 기미가 보이지는 않았다. 만약 불치병이면 어쩌지? 생각은 이내 그렇게 바뀌어버렸고 때문에 초조해진 것이었다. 불치병이란 사람을 무력하게 혹은 신경질적으로 만들어버리지 않나.

녀석은 아르바이트생을 불러 제 커피잔을 건넨 후 리필을
요구했다. 묵묵히 잔을 받아들고 주방 쪽으로 간 그 여학생은
고개를 갸웃거리며 기분나쁘다는 말투로 주인 누나에게 맥심
도 리필이 되느냐,고 물었다. 주인 누나는 우리를 향해 들으라
는 듯 짐짓 큰 소리로 원래는 안되는데 저 친구들은 돼,라 말
하고는 소리내 웃었다. 그러자 녀석이 주인 누나를 향해 손을
흔들었다.

"누나는 천국 갈 거예요. 뭐든 다시 채워주는 리필 천국."

녀석은 언젠가 내게 시비를 거는 데 주요한 무기가 무엇보
다 뻔뻔함이라 말한 바 있었다. 현대전의 승부를 가리는 것을
주력 화기라 한다면 녀석의 주력 화기가 그것인 셈이었다. 요
컨대 타고난 시비 사나이답게 녀석에게는 대단히 뻔뻔한 면이
(당연하게도!) 있었던 것이다.

지난 겨울 눈 구경이나 가자고 녀석과 약속한 날이었다. 내
가 녀석의 그 뻔뻔함을 직접 확인한 것은 그날 동물원으로 향
하던 길 위에서였다. 매섭게 시린 바람이 불던 그날, 버스정류
장 앞에는 옷이 반 맨살이 반인 여자들이 줄맞춰 늘어서 있었
다. 한눈에 봐도 또래거나 그 아래로 보이던 그네들의 차림은
일본만화 속 마술소녀 복장과 똑같았다. 그 기묘한 복장으로
발장단을 치며 입김을 뿜어대는 그네들은 추위라고는 모르는

사람처럼 보였고 때문에 우리까지 덩달아 달아오르는 느낌이었다. 물론 그것은 어디든 지나치다 맞닥뜨릴 수 있는 흔한 광경임이 분명했다. 그러나 문제는 그 마술소녀 중 하나가 녀석이 기다려 마지않던 여자, 곧 우리가 흔히 말하는 이상형이라는 데 있었다. 녀석은 운명적 예감 같은 것을 신나는 댄스뮤직 속에서도 헛갈리지 않고 단박에 찾아냈고 또한 그것을 감추지 못했으니까. 삐삐번호라도 하나 얻어볼 요량으로 '여자는 한 달에 한번씩 마술에 걸린다'란 띠를 두른 마술소녀에게 살랑거리며 다가가 자기도 하나 달라는 교태를 부린 녀석은 그 아가씨가 아랑곳하지 않자 이어 다짜고짜 떼를 쓰기 시작했다. 선뜻한 얼굴의 예쁘장한 아가씨가 친구의 마음을 몰라주고 신경질적으로 반응한 것은 당연한 일. 음악은 너무도 빨랐고 그녀의 동작 역시 빨랐기 때문에 또한 모인 사람들도 많았기 때문에. 그녀는 녀석에게까지 신경을 쓸 겨를이 없었던 것이다. 둘 사이의 어긋남은 그때부터 시작됐다.

자신이 쏜 사랑의 화살이 어이없게 부러져버린 것 역시 재빨리 알아챈 녀석은 왜 나만 주지 않는 거냐,고 항의하기 시작했다. 둘 사이의 서로 들이대 지르는 맞버팀은 그래서 더욱 달아올랐다. 어느덧 예쁘장한 아가씨의 볼도 붉게 달아오르기 시작했고 그 뜨거움을 견디지 못해서였는지 짜증이라고는 모를 듯한 예쁘장한 아가씨도 끝내 성을 내더라. 그녀는 남들 하나씩 주는 샘플을 비닐봉지에 담뿍 담아 돌팔매처럼 휘두르다 그걸 녀석의 가슴팍에 내던졌다. 실컷 가져가서 엄마, 누나,

애인 골고루 나눠줘라 소리치면서. 별 그지 같은 새끼 다 보겠다면서.

그녀의 카운터펀치를 맞은 녀석이 그렇게 쉽게 쓰러질 녀석은 또 아니어서 일은 커지고 말았다. 엄마는 이미 폐경했고 누나는 없으며 내 애인은 저기 서 있는 저 남자다,라 응수했던가. 동시에 녀석은 내 사실 빤히 다 아는데 당신네들 건 날개의 접착력이 형편없음은 물론이고 흡수력이 동종업계 최하라는 둥, 당신 게 만약 이따위 흡수력으로 해결된다면 어서 빨리 임신할 생각일랑 말라는 둥 대꾸하며 이미 불붙은 실랑이의 도화선에 기름까지 부어댔다. 결국 나는 슬슬 뒷걸음치다 지나치는 버스나 바라보면서 동행이 아닌 척할 수밖에. 끝내 미친 호모새끼, 양 적은 년 등등의 말이 오고간 그 대대적인 싸움은 상계 이동파출소 최순경의 출동으로 가까스로 마무리됐던 기억.

지난 겨울을 생각하며 웃고 있을 때 녀석이 다시 입을 뗐다.

"그래, 맞다. 박중배 아저씨. 그 아저씨 생각 안 나? 생각해보니까 전철 하면 박중배 아나?"

녀석은 박중배란 이름을 경쾌하게 외친 다음 웃어댔다. 어째서 어떤 과거들은 기억해내면 즐거워지는 것일까. 그랬다. 미처 잊고 지냈다. 그때 그런 일도 있었다. 난 그 이름을 금세 기억해낼 수 있었다. 머릿속 시계 버튼을 뽑아 반대방향으로 돌렸더니 바늘은 거침없이 거꾸로 돌아가기 시작하더라. 내 과거 속에 놓인 그때로.

새로 이사한 집은 이름없는 그저 그런 동네의 야산 산허리에 놓여 있었다.

대문을 열고 몇걸음 지나면 약수터가 나왔다. 그만큼 고도였단 뜻이다. 아침 일찍 부스스한 머리에 러닝셔츠 바람으로 담배 따위를 사러 갈 때면 그 때문에 곤란할 때가 많았다. 등산화에 등산양말을 곱게 접어넣고 지팡이까지 짚고 땀을 흘려대는 그야말로 바지런한 사람들 때문이었다. 그들과 맞닥뜨리고 보면 정말이지 어찌해야 할 줄을 몰랐다. 바지런한 사람들은 담뱃갑 포장을 벗기다 머리를 긁적이는 나를 외계인처럼 혹은 간첩처럼 위아래로 훑곤 했다. 대체 저 녀석은 어디서 나타난 것인가,는 눈초리로.

사람소리보다 새소리가 더 시끄러운 곳이었다. 아주 가끔이긴 하지만 일찍 일어나 마당에 나와 담배를 태우며 대추나무에 물을 뿌리고 있노라면 다람쥐도 볼 수 있었다. 할일이 별로 없었고 해야 할 일이 무엇인지도 잘 모르던 시절이었으니 그랬을 터였다. 세상만사 시시하게 느껴지던 그런 시절이었다. 그래서였는지 어쩐지는 모르겠지만 한번은 진짜로 마네킹처럼 꼼짝도 하지 않은 채 나를 바라보고 있던 다람쥐를 향해 다람쥐야, 다람쥐야, 재주나 한번 넘으련? 하고 물은 적도 있었다. 다람쥐는 펄쩍펄쩍 뛰어 달아났고 그런 날은 진짜로 날도 참말 좋았다.

해가 비치면 하얀 나비들이 날아다녔다. 산 정상엔 모부대의 초소가 하나 있었고 장병들이 타고 다니는 카키색 트럭을 따라 먼지 폴폴 이는 길을 걷다보면 산 아래로 성북역 시계탑이 드러났다. 시계탑 꼭대기에는 언제나 한무리의 비둘기 떼가 앉아 있었다. 정말 지루하다는 표정의 비둘기들은 좀처럼 우는 법이 없었다. 차라리 늬들이 낫다. 덜 시끄러우니까.

세상만사 시시했던 그때는 친구도 나도 열일곱이었다. 할 일이라곤 없는 고교생이었다. 토요일 오후면 가끔씩 역 광장에 나가 색바랜 주차 방지턱 위에 앉아서 고소미 크래커를 잘게 쪼개 비둘기 떼를 향해 뿌려주는 것이 우리의 유일한 일이었다. 그러고 있노라면 시계탑 바늘은 쉽게 세 바퀴 혹은 그 이상 돌아갔다. 그렇다고 해서 초조하거나 조급해진 적은 없었다. 학교 일쯤이야 맘대로 되라지. 늘 그런 마음으로 비둘기만 바라보던 시절인 까닭에서였다.

비둘기 수가 제법 줄어들기 시작하면 역 광장에 놓인 가로등은 불을 밝혔다. '춘천 가는 기차'를 안내하는 아가씨는 교대를 마쳤고 그즈음이면 꽁꽁 묶여 있던 광장의 포장마차들은 하나씩 껍질을 벗어던지고 손님 맞을 채비를 했다. 작은 주점의 프로판가스통이 레인지의 코크와 연결되면 배 갈린 꼼장어는 제 몸으로 알전구 빛을 반짝반짝 되받아냈다. 마을버스가 뜸해지는 그 시간이 되면 난 늘 녀석을 불러내곤 했다.

"비둘기 구경하러 와라. 조금 있으면 비둘기도 퇴근한단다."

"넌 언제나 나의 공부를 방해하는구나. 친구. 그렇게 나를 꺾고 싶은가? 후후후. 실력으로 해라. 실력으로. 이담에 정치할 거야 뭐야?"

"닥치시고, 빨리 와."

"올리비아도 있어?"

녀석의 질문에 어느덧 시선은 비둘기 떼를 헤집기 시작했다. 머리 위 맑은 흰 점이 박힌 우리의 올리비아는 한결같았다. 아직 주인이 도착하지 않은 푸른 포장마차 바퀴 곁에서 열심히 바닥을 쪼는 중이었다. 다리에 붉은 리본을 단 우리의 올리비아는 부리야 부러져라 바닥을 쪼아대고 있었다. 붉은 리본이 바람에 바르르 떨리는 것을 보다가 나는 녀석에게 올리비아가 여기 있다,고 말했다. 붉은 리본은 녀석이 매준 것이었다. 미국에 있는 삼촌이 가져다준 오리지널 뉴욕산(産)이라고 얼마나 자랑을 했는지 몰랐다. 그 리본에는 에이즈를 몰아내자는, 에이즈를 예방하자는 심오한 뜻이 들어 있다고 하면서. 왜인지는 모르겠지만 친구는 그 리본을 자신의 가방에서 떼어내 비둘기 다리에 동여맸다.

"비둘기도 에이즈에 걸려?"

"닥치시고, 몰라 인마."

할 수 있는 것이라곤 아무것도 없어서 어느새 평화의 상징이 되어버린 비둘기가 이 세상에서 영원하기를 바란다면서 바동거리는 올리비아의 눈을 가린 채 녀석은 그렇게 말했다. 이제 평화의 상징은 고교생이 될 것이라고.

배트맨이라도 나타날 것 같은 회색의 상계주공 십삼단지 공무원아파트에 사는 녀석은 십오분도 채 되지 않아 참말 배트맨처럼, 재빨리 도착했다. 휘익. 착. 불렀다 하면 늘 뭐 그런 식이었다. 여전히 성북역에는 정말이지 비둘기가 많을 뿐이었다.


광장 중앙에 놓인 포장마차에서 삼백원짜리 카우보이 핫도그 두 개를 산 다음 녀석에게 건넸다.

"왜 이름이 올리비아였지?"

녀석은 핫도그를 덤뻑 한입 물더니 짧게 대답했다.

"닥치시고, 니 이름엔 이유 있냐? 그냥. 멋있잖아. 부르다 보면 익숙해지는 거지. 우리가 이름을 불러주기 전에는 그저 비둘기일 뿐인데. 우리가 이름을 불러주어 올리비아가 되는 거지. 이게 진리야. 젠장. 학교에서 이런 거 배워야 하는데."

언제부터인가 사람들은 비둘기를 싫어하기 시작했다. 허옇게 광장을 똥으로 물들이는 비둘기 떼를 사람들은 피하기 시작한 것이다. 언젠가 녀석이 데려왔던 여자애들도 비둘기 떼를 보고 기겁하며 달아났다. 나는 그때 고만고만한 여자애들이 새를 싫어한다는 사실을, 그것이 평화를 상징하는 비둘기라 할지라도, 처음 알았고 알프레드 히치콕 사진에 꾸벅 경의를 표했다.

녀석이 비둘기 떼 사이로 걸어가 올리비아를 찾기 시작했다. 친구는 핫도그 속에 들어 있는 벌겋고 김이 모락모락 피어나는 싸구려 카우보이 프랑크 쏘시지를 입으로 떼어 녀석에게 건넸다. 우리의 올리비아는 녀석의 왼발 곁에 서서, 가끔씩 고개를 좌우로 흔들며, 또 날개를 퍼덕이며 맛나게 그것을 받아먹었다. 아마도 녀석은 친구를 알아보는 모양이었다.

"조금만 줘라. 저러다 영영 날지 못할라. 안 그래도 통통한데. 도대체 비둘기가 못 먹는 게 뭐야?"

"장수했기로 소문난 노아 할아버지가 그 무지막지하게 큰 배에 비둘기를 안 태웠으면 너나 나나 지금도 그 배에서 살지 몰라. 나 배멀미하는 거 알지? 그러니 비둘기한테 잘해야지."

"춥다. 어디 들어가자."

나는 역 입구 맞은편 찻집을 가리키며 말했다. 하지만 친구는 고개를 가로저었다. 벤치 곁에 놓인 가판으로 향한 녀석은 바지 주머니에서 쪼그라진 지폐를 꺼내더니 캔맥주와 딸기우유를 샀다. 전신주에 달려 있는 정보지를 뽑아 뒷주머니에 넣은 다음에는 역사로 향했다. 나는 묵묵히 녀석의 뒤를 따랐다. 그때 역 광장의 먼지를 떨어내듯 비둘기가 일제히 하늘로 날아올랐고 이내 모두 시계탑 위에 자리를 잡았다. 꼭 시간이 멈추어버린 듯한 기분이 들었다.

녀석이 무엇을 할지는 뻔했다. 선로를 따라 걷는 일이라면 지긋지긋했지만 또 친구의 마음을 상하게 하고 싶지는 않아서 그저 따르기로 했다. 플랫폼으로 들어간 우리는 사람들의 눈을 피해 둔덕 아래로 조용히 뛰어내렸다. 그것은 물론 그리 어렵지 않은 일이었다. 그런 다음 우린 선로를 따라 걸었다.

일년 전 함께 구입했던 우리의 운동화 고무창만큼 닳아빠진 하늘이 검붉게 물들기 시작한 참이었다. 멀리 보이는 시멘트 공장에서는 횟가루가 피어올랐다. 때마침 헬리콥터 세 대가 나란히 철새처럼, 바바바바, 투투투투 소리를 내며 머리 위를 지나쳤다. 우리는 무심히 한번 올려다봤다. 올려다보며 손을 흔들기에는 너무 나이를 먹어버렸다 생각한 때문이었다.

"야. 헬기가 오랜만이야. 저거. 어디로 날아가는 걸까?"

"닥치시고, 별거 있겠어? 밥먹으러 가는 거지. 저녁시간이잖아."

월계역 가까이 이르자 흙냄새가 코를 찔렀다. 녹천에는 똥이 많다고 했던가. 녹천까지 가지 않더라도 전 역인 월계역 근처만 가도 소도 있고 밭도 있었다. 친구는 흙냄새라도 담겠다는 양 숨을 크게 들이마셨다. 마치 여기가 좋겠다는 투여서 나는 걸음을 멈춰야 했다. 우리가 멈춘 곳은 성북역과 월계역의 중간쯤 되는 곳이었다.

친구는 바닥에 정보지를 깔았고 그 위에 털썩 주저앉았다.

사위는 좀더 빠른 속도로 어둑해지기 시작해서 녀석 얼굴에 제법 많은 그림자가 드리워졌다. 몇몇 가로등이 빛을 발했고 그러자 선로에 깔려 있는 자갈들이 생선비늘처럼 맑은 빛을 냈다. 하늘로는 어지러운 전선들이 그물처럼 펼쳐져 있고 종종 시멘트 가루가 담긴 바람이 불어오는 곳. 멀리서 역 안내 방송이 아련히 들리는 곳에 우리는 자리를 잡았다. 또 기차 하나가 춘천으로 향하는 모양이었다. 친구는 물방울이 맺힌 캔 맥주를 나는 딸기우유를 홀짝였다. 김현철의 춘천 가는 기차를 불러보기도 했지만 가사가 생각나지 않아 그만뒀다. 진짜로, 조금은 지쳐 있었던 것인지도 몰랐다.

"어려운 노래야."

다시 한모금 녀석은 맥주를 나는 딸기우유를 홀짝였다. 녀석은 올리비아가 팔팔올림픽 때 멋지게 주경기장을 날았던 주인공 중 하나였을 것이라고 지금은 저리 볼품없지만 그때는 좋았을 것이라 말했다. 나는 아마도 올리비아는 그때도 이곳 성북역에서 맨땅만 쪼아대고 있었을 것이라 대꾸했다. 그런 말들을 지껄이며 우리는 시간을 흘려보냈다.

"야, 별은 몇시에 뜨냐?"

"몰라. 늘 다르겠지."

"그런 말이라면 닥치시고, 십칠년이나 공부를 해놓고 별이 몇시에 뜨는질 몰라?"

"어. 몰라."

"재볼까?"

"그러지 뭐."

"재밌겠지?"

"재미야 있겠냐? 부질없지만, 그런 거 하는 게 고교생이니까 까짓 해보자."

어쩌면 별로 나눌 만한 얘기가 없었던 까닭인지 몰랐다. 어쨌든 결정을 내린 이후로는 우린 아무런 얘기도 나누지 않았다. 나도 친구도 시계만 들여다봤으니까. 그랬더니 사위는 더욱 조용해져 전동차가 지나치고 나면 날벌레 날갯짓 소리까지 스테레오로 들리는 것 같더라.

시계를 꺼내놓은 지 정확히 사십팔분 삼십칠초가 지났을 때, 별 하나가 수줍게 제 몸을 드러냈다.

"별이다. 저거 별인가? 아니 인공위성인가?"

녀석은 대꾸가 없었다. 대책없이 부어대더니 어느덧 쓰러진 채였다. 녀석의 얼굴은 삼거리 성북탕의 때밀이 아저씨처럼 벌겋게 달아올라 있었다. 헤벌어진 입으로 내게 한다는 대꾸가 으어, 으어, 하는 소리가 고작이었다. 내게는 딸기우유를 건네며 제법 술꾼인 척하더니 삼백밀리도 제대로 마시지 못한 셈이었다. 십칠년을 살면서 친구는 그날 처음으로 취한 것이었다.

"으어, 으어, 그, 그게, 헬리콥터엔 뒤에 찌끄만 보조 프로펠러가 있잖아. 그게 없으면 기체가 빙글빙글 도는 거 알아? 근데 다들 찌끄만 거만 보면 열라 무시하니까. 그렇지. 그렇지. 쳐다보지도 않으니까. 그러니까 이렇게 빙글빙글 도는 거라고 생각해."

칠분 어쩌면 팔분쯤 되는 간격으로 전동차가 지나치고 있었다. 그때마다 이상하게도 머리 한쪽이 무거웠다. 하늘 위로 또 다른 헬리콥터 한대가, 바바바바, 투투투투, 소리를 내며 지나 쳤을 때 녀석은 자리를 털고 일어나 하늘을 향해 소리질렀다. 뭐라 했는지 알아들을 수는 없었다. 사레가 들렸는지 녀석이 켈록거리며 밭은기침을 했기 때문이다. 녀석의 눈에 찔끔 눈물이 보였다. 헬리콥터를 따라 그리고 철로를 따라 녀석은 다시 걸음을 뗐고 나는 녀석의 뒤를 따랐다.
"너 우냐?"
"미친놈. 울기는."

순간 우리 앞으로 작은 불빛 하나가 빠르게 스쳐갔다. 누군가 걸어오는 모양이었다.
그것은 분명 도망칠 순간을 알리는 신호이기도 했다. 그런데 문제는 맥주 때문인지 녀석이 쉽게 걸음을 떼지 못한다는데 있었다. 녀석을 선로 아래로 끌어내리려 해봤지만 여의치가 않았다. 불빛의 주인공은 계속해서 우리를 향해 다가오고 있었는데도 우리는 제자리만 지킨 셈이었다. 내가 조급해한 것은 그 때문이었다. 힘겹게 몇걸음인가 녀석을 옮기기는 했지만 불빛의 주인공이 이미 우리 곁까지 다가선 후였다. 나는 그만 포기하고 말았다.

불빛의 주인공은 다짜고짜 친구의 허리를 낚아채더니 녀석을 플랫폼 위에다 던져놓았다. 분명 유도의 기술인 듯했지만 그 과정이 어찌 재빠르고 또 손쉬웠던지 마치 곰 한마리가 토끼 귀를 잡아 던진 것 같은 느낌이 들었다. 덩치 큰 횟빛 화물열차가 굉음을 내며 지나친 것은 녀석이 플랫폼 위로 떠밀린 직후였다. 정보지가 세차게 바람을 따라 마치 찢어지는 것처럼 날아간 뒤에야 우리가 위험에 처해 있었다는 사실을 깨달았다. 순식간에 우리 곁을 지나친 기차는 쿨럭쿨럭하는 소리와 함께 이내 멀어졌지만 뛰는 가슴은 좀처럼 진정되지 않았다. 먼지가 안개처럼 피어오르더니 이내 가라앉았다. 나는 긴 숨을 내뱉었다.


불빛의 사나이는 낡은 회색 점퍼 차림이었다. 그의 오른쪽 가슴엔 한국지하철공사 기관원 박중배,라 적혀 있었다. 그는 능숙하게 친구의 자세를 고쳐 잡아준 후에야 내 얼굴을 바로 봤다. 나는 눈을 질끈 감은 채로 주먹을 쥐었다.

"너. 커피 마실 줄 알아?"

"맨날 마셔요."

나는 그의 얼굴을 흘기며 그렇게 대꾸했다. 그때 나는 어쩐지 잔뜩 주눅이 들어 있었다. 바보 같은 대답이었지만 당시 나는 그런 상황이라면 뭔가 단호한 모습을 보여줘야 할 필요가 있다 생각했다. 녀석과 나는 우리 학교 최고의 모범생이었고 게다가 나는 한국보이스카우트연맹 오공칠팔단 출신이기도 한 까닭에서였다. 요컨대 그 정도 상황이라면 내게는 충분히 수습할 능력이 있다고 믿고 싶었던 것이다.

그는 우리의 이야기를 다 듣고 있었노라 말했다. 당신 역시 중학시절 보이스카우트 대원이었다고, 우리들 이야기가 재미 있어서, 그래서 귀여웠다는 말도 했다. 방해하고 싶지는 않았 는데 화물차 통과시간이라 어쩔 수 없었으니 이해해달라는 말 도 했다. 그는 꽤 정중했다. 그에게 고맙다 말해야 했지만 귀 엽다,란 말이 거슬려 당시에는 좀처럼 입이 떨어지지 않았다.

우리는 매표소 앞 간이의자에 앉아 커피를 마셨다. 녀석이 정신을 차리기를 기다린 것이었다. 의자 귀퉁이의 시멘트는 닳아 있었다. 가끔씩 불어오는 바람이 빈 역사의 천장을 때리 며 웅웅거리는 소리를 질렀다. 어색하기 짝이 없는 시간이었 다. 노오란 불빛만이 가득한 천장 높은 성북역에서의 금요일 밤. 그때가 우리가 처음 박중배 아저씨를 만난 순간이었다.

그가 가방을 챙겨들고 힘겹게 자리에서 일어났을 때 바지 주 름 새로 먼지인지 흙인지 모를 것들이 우수수 떨어져내렸다.

"가야겠다. 열여섯이냐?"

"열일곱이요."

"좋은 나이네. 늬들 여기 자주 오더라."

"뭐, 가끔. 시간 날 때."

"다른 사람들한테 걸리지 마라. 이번주는 저녁 늦게 끝나거든. 다음에 또 보자."

그가 일어난 자리에 붉은 띠가 남겨져 있었다. 매듭이 헐렁히 매인 채였다. 낯선 이에게 다음에 보자는 말과 잘 가라는 말을 듣고 보니 기분이 묘연했다. 하지만 나쁘지는 않았다. 어쩌면 우리는 그 말들을 오랫동안 듣지 못했나보다. 그 붉은 띠는 미처 돌려주지 못했다. 나는 그의 뒷모습을 바라보다 그 땀내 가득한 붉은 띠를 주머니에 넣었고 그런 다음 녀석을 흔들어댔다.

"왜 씨발!"

"가자."

"닥치시고, 헬리콥터 어디 있는데? 추락한 거야? 이담에 그거, 헬리콥터 하나 사버려. 그게 얼만데? 왜 나를 여기에다 둔 거야? 언 놈이냐고!"

"가자. 일어설 수 있겠어?"

"있지. 일어설 수는 있지."

"가자, 술도 못 먹는 게."

녀석은 계속해서 엉뚱한 소리만 늘어놓았다.

녀석을 부축하고 돌아오는 길에 무언가 잃어버린 것 같은 황망한 기분이 들었다. 그래서 나는 주머니 속 띠를 자꾸만 만지작거렸다. 아무래도 녀석은 우리집에서 재워야 할 것 같았다.

녀석을 침대에 누이고 마당에 나와 성북역 시계탑 불빛을 바라봤다. 하얀 면장갑과 귀퉁이가 닳아빠진 손가방, 먼지를 함빡 뒤집어쓴 회색 점퍼 따위가 쉽게 지워지지 않았다. 큰 손과, 큰 발. 한마리 곰 같았던 인상 때문이었을까. 무엇보다 무언가 잔뜩 짊어진 것 같은 힘겨워 보이는 등과 허리, 뒷모습 때문이었을까. 함께 마셨던 지나치게 달콤한 커피맛 때문이었을까. 멀리 기차 지나가는 소리가 들렸다. 화물차다. 네 시간여 선로에 앉아, 별별 기차소리를 다 들었다.

그날 이후 아저씨와의 만남은 잦아졌다. 역사 맞은편에 있는 작은 포장마차에서였다. 아저씨가 자주 찾는 곳이었던 까닭에 우리도 언제부터인가 올리비아는 잊고 그 포장마차 안으로 몸을 숨기게 됐다. 만나봐야 특별한 일이 있는 것은 아니었지만 그래도 그곳에 아저씨와 함께 있으면 괜히 마음이 편했다.

"그냥 하는 말인데요, 아저씨 늘 힘들어 보여요."

언젠가 어렵게 물은 것이었음에도 아저씨의 대답은 그렇듯 순박하기 짝이 없었다. 그래서 매번 맥이 빠지기만 했다. 아저씨는 늘 그런 식이었다.

"큰 차를 몰고 다니니까, 아무래도. 그만큼 사람들도 많이 타잖아. 큰 차 갖고 싶어하는 사람들이 있고, 큰 차 타고 다니는 사람들이 있는데 갖고 싶어하는 사람들이 문제지 타고 다니는 사람들은 그렇지 않아. 전철 안에서 땀흘려가며 신문 읽고, 졸고, 어깨를 부비는 사람들은 그렇지 않으니까. 그 냄새가 참 좋아서 말이다."

그러고는 꼭 덩치에 어울리지 않게 조용히 사람 좋아 보이는 미소를 흘렸다. 그런데 가장 기억나는 것이 또 그 미소인 것은 무슨 까닭에서일까.


녀석과 나는 주말이 되면 대입 적중 문제지와 제주도 생수가 담긴 삼백원짜리 물병, 일본만화 잡지, 워크맨과 클로드 윌리엄슨 트리오 음반, 호밀밭의 파수꾼 복사본 따위가 담긴 가방을 메고 서서 육량짜리 성북발 용산행 일공사삼 전동차를 기다렸다. 박중배 아저씨가 좁아빠진 기관석에 오르면 우리는 같이 전철에 올라 텅 빈 좌석 중 아무 곳이나 내키는 데 앉아 창문을 열었고 전철이 움직이기만을 기다렸다.

얼굴을 볼 수는 없었지만 용산에 도착하기까지의 사십여분 동안 우리의 박중배 아저씨는 차내 방송을 통해 노인들에게 자리를 양보하세요, 앞을 보지 못하는 사람, 팔다리가 없는 사람, 제대로 서지 못하는 사람들의 바구니에 동전을 넣어주세요, 신문은 접어서 보세요, 부산한 아이들에게 좋은 이야기를 해주세요 등등의 이야기를 쉼없이 했다.

"웃겨 진짜. 자기가 디제이야 뭐야. 운전이나 똑바로 해야지 말이야. 사람들을 애들 취급한다니까."

물론 녀석은 그렇게 시비를 걸었지만 그래도 우리는 아저씨가 좋았다.

그렇게 아저씨의 목소리를 들으며 가끔씩 우리는 아저씨를 도와 사람들이 두고 간 신문을 모으기도 했고 삼량의 두번째 문이 열리지 않는다는 사실을 알려주기도 했으며 취객을 이동 파출소에 인계하기도 했다. 박중배 아저씨의 비번날이나 주간 근무날이 되면 아주 가끔이긴 했으나 친구와 나는 집에 있다가도 아저씨를 만나러 가곤 했다.

"기관석이 그렇게 좁을 줄은 몰랐어요. 넓고 진짜 좋을 줄 알았는데. 서서 가야 하다니. 그래도…… 앞에서 타니까 정말 멋질 거야. 그쵸? 거기 타면 어떤 기분일까. 진짜. 좋을 텐데…… 시야 팍 뚫리고."

아저씨는 소주 한잔을 들이켠 다음 녀석의 머리를 매만졌다. 예의 그 낮은 목소리와 미소가 그 뒤를 이었다. 그러고는 꺼냈던 말, 나는 아직도 아저씨의 그 말을 잊지 못한다. 한번 앞에 타자고, 내가 한번 말해볼 테니 그게 뭐 그리 어렵겠느냐고. 친구와 나는 계집애마냥 손뼉을 치며 좋아했던 기억.


"다음주 토요일쯤이 좋겠는데요. 이번주는 시험이라."

"그래라. 공부해야지. 공부해야 좋은 사람이 되지. 그때도 아마 괜찮을 거다. 좁기는, 그래 보여도 세 명은 너끈히 타지."

그날에도 아저씨는 그 노래를 불렀던가. 눈물을 흘렸나요. 내가 울고 마ㅡ알았나ㅡ요오. 아니야 아니야, 했던 그 노래. 녀석의 그만 좀 하라는 투정에도 불구하고 사이사이 웃어가며 불렀던 그 노래.

"아저씨, 그만 가요. 너무 늦었다니까."

"한잔만 더 할까."

"아이 진짜! 술꾼이야. 그냥 가자니까요!"

"그래, 그래 미안하다."

아저씨의 사과의 말을 끝으로 우리는 헤어졌다. 그날 이후 친구와 나는 학교에서까지 운전석 이야기만 했다. 기대에 부풀어 일주일이 지나가기만을 기다리면서. 시험기간이 걸려 있던 그주 토요일 아홉시 뉴스에 아저씨 얼굴이 나오지 않았더라면, 다음날 일요일 신문에서 얼핏 아저씨 뒷모습을 보지 않았더라면 계속해서 기다릴 수도 있었을 텐데. 양치질을 하다 나는 거품이 가득 묻은 칫솔을 신문 위로 떨어뜨리고 말았다. 신문을 보고 있던 아버지는 나를 나무랐다. 열흘 가까이 전철은 정상적으로 운행되지 않았고 아저씨는 다시 그 커다란 차를 몰 수 없었다.


나는 아저씨의 붉은 띠를 녀석에게 건네며 그 마지막날에 술 몇잔 더 했으면 좋았을 것이라고 말했다. 친구는 붉은 띠를 받아들고는 씨발 어떡하지, 란 말만 삼십번 이상 거듭 했다.

"야, 그만 해라."

"씨발, 진짜 어떡하지."


"뭐 해? 가자. 늦었다. 시험공부해야지. 뭐? 박중배 아저씨?

순 거짓말쟁이였잖아. 사람이 야박하게시리 말 한마디 없이 말이야. 운전석에 타볼 수 있는 좋은 기회였는데. 뭐 해! 가자니까. 커피값 내가 낼게."

"너 있잖아, 아저씨 머리띠 아직 갖고 있어?"

왜 하필 그때 그 생각이 떠오른 것인지 몰랐다.

"………"

"가지고 있어?"

"닥치시고, 몰라 인마. 가자고."

어쩐지 신경질적으로 반응한 녀석의 말에 엉거주춤히 일어선 나는 다시 한번 창밖을 바라봤다. 할머니는 보이지 않았다.

으레 커피는 삼분의 일 정도 남은 채였다. 문득 종이박스에 씌어 있던 '쑥W천원'이란 글자가 또 한번 번지는 것 같아 나는 황급히 커피잔을 비워냈다. 우리가 마신 맥심은 삼천원짜리였다. 이런 생각이라면 하지 않는 게 좋았을 것이라고. 나는 후회했다. 그때 빗물이 떨어져내리더라.


녀석을 보내고 전철역에 섰다. 요행히 자리에 앉아 창밖을 바라볼 수 있었다. 녀석이 기억 한 귀퉁이를 끄집어낸 탓일까. 육량짜리 용산행 일공사삼 전동차 기관사 박중배 아저씨가 다시금 떠올랐다. 바람에 날리던 붉은 깃발까지.

종착역은 용산. 그곳 용산만 가더라도 아직 헬리콥터가 많이 있지 않을까. 문득 그런 생각도 했다. 이제 일렉트릭랜드가 되어버린 용산에는 TV와 VCR, PC 같은 것들이 더 많겠지만 그래도 아직 하늘 어딘가에는 보잉사(社), 휴즈사, 시콜스키사, 아니면 맥도널드 더글러스사 제품들이, 바바바바, 투투투투, 소리를 내며 하늘을 오르고 있을지도 모르겠다는.

그런 생각을 하는 사이 전철은 어느덧 성북역에 멎었다. 여전히 광장에는 평화의 상징들이 맨바닥을 쪼아대고 있었다. 나일론 줄로 꽁꽁 묶인 포장마차들이 놓인 새로 숱한 사람들은 걷거나 달리거나 서서 누군가에게 다가가거나 누군가를 기다리거나 누군가로부터 달아나는 중이었다. 몇몇은 발을 휘휘 저으며 비둘기를 쫓기도 했다.

추레한 셔츠의 사내가 다가와 도에 관심있느냐 물었다. 나는 헬리콥터에 관심이 있다 대답했다. 사내는 도에 관심있는 젊은이를 찾아 내 곁을 떠났다.


이제 글을 써야 할 차례였다. 녀석의 말처럼 나는 늘 투정만 부렸다. 부잣집 아들도 아닌데 말이다. 이젠 무엇을 해야 할까. 아직 무언가 더 배워야 할까. 아직 더 자라야 할까. 말로 표현할 수 없는 뭔가가 있어야 한다는 생각, 있을 것이란 생각, 늘 진지해야만 한다는 생각, 되도록 어렵게, 혼자서 쓰려고만 해왔다. 우리는 언제까지 시비만 걸며 시간을 보내야 할까. 아니, 나는 대체 그간 무얼 하며 시간을 보냈을까. 또 기차 하나가 춘천으로 간다고. 역내 방송이 귓가에 맴돌았다. 역 광장 바닥처럼 내 머릿속 광장에도 허연 덩어리들이 가득 차오르는 참이었다.

집으로 돌아와 나는 다부지게 마음을 먹고 새 담배에 불붙여 물고는 컴퓨터 전원버튼을 눌렀다. 씨피유의 윙윙거리는 소리가 벌써부터 손목을 움켜쥐는 듯했다. 그래도 질끈 눈을 감고는 ㄱ과 ㄴ과 ㄷ을 차례로 눌러봤다. 박·중·배란 이름도 만들어봤다.

잠시 눈을 감고 박중배 아저씨와 쑥 파는 할머니와 같이 육량짜리 성북발 용산행 일공사삼 전동차의 기관석에 올라타 웃는 모습을 상상해봤다. 친구가 자기는 왜 쑥 빼놓았느냐,고 시비건다면 함께해도 좋겠다. 폭이라 봐야 채 일 미터 남짓도 안 되는 기관석이지만 어깨를 비비고 서서 아저씨의 유쾌한 목소리, 눈물을 흘렸나요, 내가 울고 마-알-았나요-오,를 듣는다면 어떨까. 할머니의 이빠진 바구니에서 풍기는 향긋한 쑥내음을 맡는 것은 어떨까. 가끔은 녀석의 불평도 웃으며 들을 수 있겠지. 선로와 전선에 의지해 함께 달리는 채 열 칸도 되지 않는 전동차마냥 우리 모두는 작은 공간에서 어깨를 비비지 않을까. 그렇게 네 명도 너끈히 탈 수 있다면 정말 좋을 텐데.
문득 하늘에서 헬리콥터 소리가 들리는 것만 같아 눈을 떴다. 창밖으로 조그만 비둘기 한마리가 날아올랐다. 올리비아. 올리비아. 이제 헬리콥터는 커다란 프로펠러를 두 개 가져도 좋을까.

미확인비행물체

일천구백팔십오년의 여름을 떠올리면 주먹을 불끈 쥐고 달리는 열두살 먹은 소년의 모습이 떠오른다. 그게 나다. 그해 나는 틈만 나면 달렸다. 바람이 휙휙 소리를 내면서 이마를 쓰다듬고 지나치면 그렇게 좋을 수가 없었다.

한번은 복숭아 깡통만한 돌부리에 걸려 넘어진 적이 있었다. 열두살 먹은 아이가 무언가에 걸려 넘어지는 일은 사실 흔한 일이다. 그러나 내게 그 일은 쉽게 지워지지 않는 기억이다.

그날 내 볼은 흙바닥과 맞닿아 있었다. 나는 무언가 타는 냄새를 맡았고 동시에 무언가 뜨끔 하는 기운도 느꼈다. 복숭앗빛 여린 살갗을 뚫고 핏방울이 배어나오고 있었다. 그렇지만 나는 울지 않았다. 엎드린 채로 진분홍빛 핏방울을 손가락에 찍어 입속에 집어넣은 다음 오히려 깔깔댔다. 그 짧은 찰나 나는 행복했던 모양이다. 왜였을까. 우선은 이렇게 대답하겠다.

그때는, 열두살이었기 때문이라고. 다른 사실은 기억나지 않지만, 까짓 상관없다.

그런데 언제고 돌이킬 때마다 또 지금 생각해봐도 이상한 것은 일천구백팔십오년의 여름 그날, 열두살의 내가 그 순간 눈물도 흘렸다는 것이 아닐까 한다. 사실 깔깔대고 웃었던 것은 아주 잠깐이었을 뿐이다. 나 역시 또래아이들과 다르지 않아서 이내 엉엉 소리내 울고 만 것이 사실이었다. 아이에게 피란 눈으로 확인할 수 있는 두려움인 법이니까. 그렇대도 눈물이라니. 만약 돌아갈 수 있다면 질질 짜는 바보짓은 두번 다시 하지 않을 텐데.

내 친구 준희는 그해 '제2도하작전' 수행 도중 실종됐다.

그날의 전투는 치열하지 않았다. 그래서 더 서운한 것인지 몰랐다. 흔하디흔한 슈퍼 로켓포나 울트라 레이저 광선 같은 건 오가지도 않았다. 그래서 그날의 전투는 되레 평소보다 평온해 보일 지경이었다. 그리 오랜 시간 지속된 것도 아니었다. 그래서 그 짧은 시간 벌어졌던 모든 일들은 싱거울 정도로 일방적이었다고 생존자들은 전했다. 하나 어쩌면 그것은 진실이 아닐지도 몰랐다. 준희 스스로가 가지고 있던 무기를 모두 버리고 새하얀 깃발을 흔든 것일지도 몰랐다. 평온했던 것은 그 때문이지 않았을까 나는 의심하고 있었다. 그날 나는 준희의 모습을 똑바로 쳐다보지 못했다. 준희의 전사통지서는 이년이 넘어서야 도착했다. 종이 위에 씌어져 있던 눈에 띄는 아주 반

듯한 필체는 '사망'이었다. 준희의 시체는 그 누구의 것보다
특별했다.

싸늘히 식어버린 녀석의 종아리에 푸른 풀이 돋아나 있었
다. 최소한 나는 그렇게 알고 있다.


그해, 철쭉꽃이 둑길을 따라 제 몸을 툭툭 터뜨리던 봄날,
힘없이 축축 늘어진 버드나무 아래 서서 발끝으로 돌멩이 몇
개를 툭툭 건드리다 지친 내가 왼쪽 다리를 달달 떨고 (당시
이러한 제스처는 상당한 인기였다) 끝내 아껴두었던 풍선껌까
지 꺼내 짝짝 씹게 된 것은 워키토키 때문이었다.

워키토키.

나는 준희를 기다리고 있었다. 때마침 옅은 갈색 털로 뒤덮
인 개 한마리가 내 곁으로 다가왔다. 녀석은 한쪽 다리를 절룩
거리고 있었는데 그래선지 눈망울이 꽤 슬퍼 보였다. 흰 운동
화 아래로 밥알만한 개미들이 줄줄이 도망치듯 기어다니는 그
렇듯 여느 때와 별반 다를 것 없는 날씨의 햇살 반짝이는 오후
였다. 아침부터 어슬렁거리는 개를 꽤 많이 본 것 같았다. 그
것만 뺀다면 평범하기 짝이 없는 날이었다. 아침부터 개들은
하나같이 내 앞으로 바싹 다가와 내 눈을 똑바로 노려보며 낑
낑댔다. 그런 다음에는 젖은 털을 흔들어대듯 무겁게 몸을 부
르르 떨었다. 이어 녀석들은 아가리를 있는 대로 벌렸고 귀가
찢어질 만큼 큰 소리로 짖어댔다. 녀석도 마찬가지였다. 녀석
은 갈색 털을 추켜세우더니 저는 다리를 위태롭게 지탱한 채

로 흰 이빨을 드러내며 컹컹 짖기 시작했다. 그래서 나는 흙을 한움큼 쥐어 녀석의 콧잔등에 뿌렸다. 슬슬 기다리는 일이 지루해지던 참이었다.

단물이 빠진 풍선껌은 젖은 종잇조각 맛이 났다. 풍선을 한참 푸푸 불고 또 불었을 때에서야 준희가 달려오는 모습을 볼 수 있었다. 고개를 숙인 채 숨을 헐떡이는 준희에게 나는 투정 부리듯 말했다.

"뭐가 이래 늦어. 할머니 또 아파?"

대부분의 할머니들은 삼삼오오 모여 땅콩맛 알사탕이거나 버터맛 스카치캔디 따위를 오물거리며 십원 빵 화투를 쳤다. 그러나 준희 할머니는 그들 틈에 도무지 끼이는 법이 없었다. 할머니에게는 해야 할 일이 있었다. 머리에 절반 이상 올이 풀려나간 회갑잔치기념 수건을 동여매고 종이박스나 병뚜껑 같은 것을 모으는 것이 할머니의 일이었다. 둑 아래 널린 폐타이어를 줍는 일도 반짝반짝 빛나는 코카콜라 캔을 모으는 일 역시 할머니의 몫이었다. 할머니에게는 화투장을 쥘 여유가 없었다. 장마 이후로 할머니는 더욱 분주해진 터였다. 넘친 빗물에 쓸려 흘러든 것들 모두는 할머니에게 소중한 것이었다. 그러나 준희는 할머니가 소중히 여기는 그것들을 하나같이 마음에 들지 않아했다.

"나는 할머니가 병뚜껑을 줍고 다니는 게 싫어."

준희는 늘 입버릇처럼 그렇게 말해왔다. 하지만 그때마다 할머니는 그것이 이를테면 취미생활 같은 것이라면서 투정부리는 준희의 등판을 썩썩 문질러댔다. 그럴 때면 준희는 할머니에게 더이상 화를 낼 수가 없었다. 그런 것들은 어딜 가나 널려 있게 마련이었다. 때문에 할머니의 취미생활도 고단할 수밖에 없었다. 할머니가 종종 자리보전을 했던 것은 그것들이 그토록 많은 까닭에서인지 몰랐다. 어쩌면 내 친구 준희는 그것이 싫었던 것인지 몰랐다. 바닥에 널린 종이박스나 병뚜껑, 코카콜라 캔 같은 것들이 눈에 띄지 않는 날이면 거리에는 준희 할머니 냄새가 났다. 골목 모퉁이마다 가라앉아 있던 그 냄새를 확인할 때마다 나는 어떤 쓸쓸함 같은 것을 느꼈고 그래서 괜히 운동화 바닥을 칙칙 끌며 걸었다.

다행히 할머니에게는 별일이 없는 모양이었다.

"아니, 할머닌 여전해. 건전지 갈아끼웠어. 이것저것 준비할 게 많다 했잖아. 그래야 정확하니까."

"애들 일은 잊어. 나쁜 새끼들이니까."

며칠 전 준희는 무리들로부터 돌팔매를 맞았다. 늘 입을 꾹 다물고 다니는 준희를 아이들은 좋아하지 않았다. 내 말에 준희는 제 이마에 붙어 있는 작은 밴드를 가리키며 대꾸했다.

"신경 안 써. 우리 엄마 아빠 정말 없을지도 모르니까. 그래서 상관이 없는 거야."

바지 무릎께에 붙은 지푸라기 몇점을 털어내며 준희는 웃었다. 상관이 없는 것이라 했다. 그때 어느샌가 나타난 또 한마리 개가 준희 곁에 서서 짖기 시작했다. 준희의 웃음이 듣기 싫어 나는 놈의 옆구리를 걷어찼다.

"동네 개들이 다 나왔나. 오늘따라 왜 이렇게 개들이 지랄이야."

"오면서 보니까 고양이도 줄줄이던데, 이상하다."

"이상하다."

"재수없게시리."

"재수없게시리."

"에이, 퉤퉤퉤."

"퉤퉤퉤."

"으스스한데. 그만둘까?"

"아니, 오늘이 좋아. 절대 무서워하면 안돼. 시작일 뿐이니까."

고개를 끄덕이기는 했지만 나는 준희의 말을 이해할 수 없었다. 알 수 없는 불안감 탓에 내가 먼저 이어 준희도 바닥에 침을 세 번 뱉었다. 우리는 운동화 바닥으로 그것을 문질렀고 서로를 향해 씨익 웃어줬다. 그것은 우리끼리 통하는 액땜이었다. 어쩌면 준희의 말이 맞는지도 몰랐다. 온 동네 강아지가 깃발을 들고 텀블링을 하며 날뛰든 고양이가 물구나무 선 채로 행진을 하든 우리와는 상관없는 일이었다. 우리는 입을 앙다문 채로 서로를 향해 결의에 찬 눈빛을 쏘아보냈다. 우리에게 있어 그날은 정말이지 중요한 날이었다. 그날은 '제1도하 작전'을 성공리에 마친 지 꼭 일주일이 되는 날이었다.

그 순간 우리의 눈빛은 더없이 날카로웠다. 때마침 춤추기 시작한 구름의 소용돌이는 어쩌면 우리 눈빛 때문인지도 몰랐다. 순간 둑과 전신주와 유난히 뜨거워진 햇살에 구워삶은 것마냥 쩍쩍 갈라진 동네 집들의 옥상과 길 건너 공터의 은행나무와 군데군데 칠이 벗겨진 버스정류장 벤치 곳곳에 있던 수많은 새들(어쩌면 이 세상의 온갖 바닥을 쪼고 있었을 수많은 새들)이 우리의 눈빛에 응답하듯 일제히 하늘로 날아올랐다. 그것은 장관이었다. 푸덕거리는 새들의 날갯짓 소리가 사라질 즈음 나는 준희에게 말했다.

"이번엔 꽤 힘들지도 몰라."

"좋아. 제이도하작전이야."

말을 마치기가 무섭게 우리는 누가 먼저랄 것도 없이 있는 힘껏 달려나갔다.

준희가 달린다. 준희가 양팔을 힘껏 흔든다. 귓가로 바람이 스치는 기분좋은 소리가 살포시 내려앉는다. 새처럼 날개를 모은 채 귓가에 앉은 그 바람이 나와 발을 맞춘다. 운동화 바닥이 공중을 가른다. 나도 달린다. 이렇게 달리노라면 하늘을 날고 있다는 생각이 든다. 양팔을 힘껏 휘두르면서 히후! 히후!

그렇게 우리는 괴성을 질러댔다.

돌이켜보건대 열두살의 가장 큰 특징은 무조건 달린다는 것이지 않을까. 이를테면 좋아도 슬퍼도, 황홀해도, 무서워도, 행복해도, 외로워도, 누군가 보기 싫을 때도, 누군가 그리울 때도 나는 달렸다. 열두살이라면, 뭐니뭐니 해도 그냥 땀을 뻘뻘 흘려가며 달리는 것이다. 준희도 그랬다. 그것은 아무리 생각해봐도 멋진 일이었다.

아무튼 그 순간까지 내게는 그 어떠한 불안감도 없었다. 나는 아무것도 모르고 있었다. 그리고 또하나, 이제는 소리를 지르며 달리는 일 따위는 절대 하지 않는 나이가 됐다. 내가 후회하고 있는 것은 그뿐이었다.

십분쯤 지나 우리가 도착한 곳은 마을 어귀 교회 옆에 자리잡고 있는 흉흉한 폐가였다. '귀신의 집'이라 불리던 그곳은 기묘하게도 교회 옆에 자리를 잡고 있었다.

하지만 이쯤해서 나는 워키토키 이야기를 해야겠다. 누구든 보는 이의 정신을 쏙 빼놓을 만한 검정색 워키토키. 하단에 고리를 비스듬히 걸친 멋들어진 토성이 그려져 있던 그 워키토키의 이름은 새턴 쓰리였다. 어린이날에 그것은 발신 주소지가 적혀 있지 않은 채로 배달되어왔다.

늙은 거북이 등껍데기 같은 조그만 방에서 할머니와 단둘이 살았던 준희는 오월이 되면, 아니 더 정확하게 말하자면, 오월이면 잊지 않고 날아드는 소포만 받으면, 힘이 펄펄 솟는 아이였다. 그해도 어김없이 소포는 도착했고 그래서 준희는 펄펄 힘이 솟았다. 준희의 엄마 아빠는 그해도 선물 보내는 일을 잊지 않은 것이었다.

소포가 도착하던 날 작은 방에 자리잡고 앉아 우리는 잔뜩 기대에 부풀었고 그래서 한동안 소포의 겉봉을 만지작거리기만 했다. 준희와 내가 어린이날 선물로 받고 싶어했던 것은 무전기 쎄트와 쌍권총 쎄트였다. 그렇게 하나씩 받으면 참 좋겠다고 몇번을 이야기했는지 몰랐다. 아예 그렇게 받게 되면 하나씩 나누어갖자고 섣불리 약속까지 한 터였다. 무전기는 반드시 검정색이어야 했고 권총은 스타스키가 가지고 다녔던 월슨 앤 스미스로, 이왕이면 은빛 찬란한 삼팔 구경이었으면 싶었다.

허겁허겁 포장을 벗겼지만 매초마다 얼마나 가슴을 졸였는지 몰랐다. 쉽게 손을 대지 못해 한동안 손바닥만 싹싹 비비다 열어본 상자 안에는 잡지에서 본 것과 똑같은 무전기가 들어 있었다. 무전기 몸통의 중앙에 박힌 토성의 고리에서 무지개빛 광채가 뿜어나왔다.

"우와우! 이거 진짜 왔다! 그치?"

"진짜, 진짜 끝내주는데!"

"이걸로는 될 것도 같다. 그치?"

"그러게. 진짠데 이거."

아! 황홀했다. 몸을 가눌 수 없을 것만 같았다. 창밖에서 들려오던 자잘한 소음마저도 차단된 그 황홀의 순간을 어찌 잊을 수 있을까. 나는 무전기가 뿜어내는 검은 광채와 토성의 고리가 뿜어대는 얼음 같은, 또 무지개 같은 광채에 완전히 매혹되고 말았다. 제대로 숨조차 쉬지 못했으니 준희가 뭐라 말하는 것도 알아들을 리 없었다.

"뭐 해? 너는 어떻게 됐냐구."

준희는 네 선물은 어떻게 된 것이냐 묻고 있었다.

"야! 넌, 받았냐구?"

"미안."

그렇게 말끝을 흐리고 나는 고개를 숙여야 했다. 광채를 뿜어내는 무전기를 눈앞에 두고 있노라니 준희에게 더욱 더 미안할 뿐이었다. 그래서 나는 다리를 떨기 시작했다. 물론 나도 선물을 받긴 했다. 한데 그게 준희에게 일러줄 성질의 것이 아니었다. 엄마가 내게 준 선물은 '산수완성'이었다. 아빠는 '다달학습'과 그 형제 격인 '이달학습'을 아예 쎄트로 선물했다. 선물만 받은 것도 아니었다. 어린이날이라고 가족 외출까지 했다. 우리 가족은 어린이회관에 갔다. 선물은 그곳에서도 죽 이어졌다. 나는 어린이회관 내 '제3과학관'으로 끌려가 병신같이 손만 움직이는 판다곰 스탬프 '과학 꿈나무'를 두 개나 받았다. 그런 다음에는 어린이날 기념으로 '비는 어떻게 내릴까요?'란 푯말 아래서 맹한 표정으로 사진까지 두 방 찍었다. 아빠가 웃어야지, 웃어야지, 하는 통에 두 방이었다. 그러니 준희에게 쉽게 말을 꺼낼 수가 없었다. 사진을 찍고 나서 엄마 아빠는 합창하듯 내게 말했다. 과학을 알아야 똑똑해질 수 있어. 앞으로는 과학시대가 오는 거야. 그래서 올림픽도 열리는 거고. 애, 다리 떠는 짓은 이제 하지 마라. 그게 다 뭐니. 그런 건 깡패들이나 하는 짓이야. 그때 나는 왜 깡패들은 다리를 떨죠?라고 묻고 싶었지만 그렇게 하지 못했다. 고맙습니다, 하면서 예 알겠습니다, 하면서 고개를 끄덕였을 뿐이다. 그런 나를 엄마 아빠는 퍽 대견스러워했고 나는 그게 무엇보다 부끄러웠다.

"걱정 마. 약속대로 하난 네 거야. 것뿐이야? 내년이면 권총
도 생겨."

준희는 웃으며 스티로폼 속에 들어 있던 무전기 중 하나를
꺼내 먼저 내게 건넸다. 참말 감격스러웠다. 절로 떨리는 손을
움직여 천천히 무전기의 몸통을 쓸어봤다. 하마터면 눈물을
쏟을 뻔했다. 그렇게 각자 하나씩 집어든 우리는 안테나를 뽑
은 다음 '하나, 두울, 세엣!' 숫자를 셌다. 카랑카랑하고 동시
에 우렁찼던 그날의 카운트다운도 나는 잊지 않고 있다. 전원
버튼을 누르던 찰나는 그야말로 역사적인 순간이었다.

"얼러? 안된다!"

새 무전기에는 건전지가 들어 있지 않았다. 난감했다. 일나
간 준희 할머니가 돌아오려면 네 시간을 기다려야 했고 꽃꽂
이 나간 엄마가 돌아오려면 세 시간을 기다려야 했다. 당장 건
전지를 구할 수 있는 방법이 없었다. 그나마 엄마를 기다리는
편이 나을 것 같아 나와 준희는 우리집으로 향했다. 건전지를
손에 넣기 위한 세 시간을 견뎌내기 위해 우리는 늘 그래왔듯
'억만장자 되기'라는 게임을 했다. 준희가 나보다 팔만 달러쯤
더 모았을 즈음에야 엄마가 돌아왔다. 엄마는 기괴한 모양의
꽃다발을 품에 안은 채로 들어섰다. 엄마의 얼굴을 확인하자
마자 나는 게임판을 발길로 차 엎어버렸다. 돈을 모으는 일이
지긋지긋하게 느껴진 까닭에서였다.

"돈 줘."

"어이구, 우리 준희도 와 있었네. 그래, 밥들은 먹었어?"

엄마의 물음에 준희는 쑥스럽다는 듯 고개를 숙였다. 준희는 나를 제외하고는 좀처럼 누구와도 말을 하는 법이 없었다. 엄마라고 해서 예외일 수는 없었다. 그래서 나는 준희 대신 대꾸했다.

"응. 우리끼리. 라면 끓였어. 돈 줘. 건전지 사게."

"건전지는 뭐 하게?"

"있어. 그런 게. 엄만 말해도 몰라."

그렇게 우리는 세 시간 만에야 로케트 건전지를 손에 넣을 수 있었다. 그래서 그것이 더욱 소중하게 느껴졌다. 우리는 그것이 마법의 램프라도 되는 양 조심히 다뤘다. 전지의 표면에는 로켓보이가 그려져 있었다. 이것 봐 친구! 준비 다 됐다고. 엄지손가락을 번쩍 쳐들고 있던 로켓보이가 그렇게 말하는 것만 같았다. 그 로켓보이의 헬멧과 눈동자는 참으로 믿음직스러웠다. 믿음직스런 우리의 로켓보이가 무전기 속으로 들어가자마자 셀 수 없는 양전기와 음전기가 활기차게 뿜어나오기 시작했다. 무전기 상단의 전원램프에 빨간 불이 들어왔을 때 나는 무전기 속에서 경주마처럼 으르렁대고 있을 수많은 알록달록한 트랜지스터들을 떠올렸다. 우리는 그 경주마 떼를 진정시키기 위해 무전기 주파수를 채널3으로 맞췄다. 무서운 기세로 폭주하던 지지거리는 잡음이 그제야 천천히 일정한 간격을 유지하기 시작했다. 무전기는 정말이지 살아숨쉬는 것 같았다.

"그거 알아?"

"뭐?"

"무전기를 사용하려면 몇가지 필요한 게 있어. 내가 널 부르고 네가 날 부를 때 쓰는 말. 게다가 우리끼리 통하는, 이를테면 암호 같은 거야. 그치만 그건 시간이 좀 걸릴 테니까 우선은 호출부호만 정하자. 뭘로 할까?"

"나는, 음…… 그린애플 원 투."

나는 푸른 사과를 무척 좋아했고 열두살이었다.

"플라잉 유 에프 오."

이윽고 검정 새턴 무전기는 준희와 내 목소리를 하늘로 쏘아올렸다. 준희의 목소리는 하늘 끝에 닿았고 다시 빠른 속도로 하강했다. 급작스레 쏟아져내린 준희의 목소리를 확인한 후 나 역시 준희의 이름을 불렀다. 우주에 닿은 내 목소리도 이내 준희의 귀에 가닿았다. 음파가 무엇보다 빠르게 달린다는 것쯤은 나도 준희도 잘 알고 있었다. 그날 준희의 목소리도 나는 아직 기억하고 있다. 수많은 별과 산산이 부서진 중력의 조각들과 물고기 떼처럼 유성 사이를 떠돌던 가스 한자락까지 차곡차곡 담아 돌아왔던 목소리였다. 그날 준희의 목소리는 평소와 달랐다. 찬란한 우주 조각들이 담긴 귀가 울리기 시작했을 때 나는 약간의 어지럼증을 느꼈다. 그러나 나는 텔레비전 외화 씨리즈의 주인공처럼 제법 당당하게 동시에 자연스러운 톤을 유지하려 애쓰며 부러 아무렇지도 않다는 듯 힘껏 소리쳤다.

"메이데이, 메이데이 플라잉 유 에프 오. 그린애플 원 투."

"그린애플 원 투. 플라잉 유 에프 오. 수신 양호하다. 오버."

그 교신이 '제1도하작전'을 알리는 명령이었다. 작전은 수월했다. 똘똘이 문방구를 기점으로 흩어진 다음 서로 다른 다리를 건너 유성 오락실에 이르는 총 칠백여 미터의 거리를 확보할 것. 목표는 동네 사람들(이를테면 기석이, 상진이, 동현이를 비롯한 우리반 녀석들과 빈 병 제값 쳐주지 않기로 소문난 한마음 슈퍼 아저씨, 돌 사진 합성 및 채색 전문 신성 사진관 형, 뻬이징 스타일 정통 궁중식 중화요리 삼국지의 배달원 만수 형을 비롯한 우리를 아는 숱한 동네 사람들)의 눈을 피해 그 누구도 알아채지 못하게 조심스레 전진한 후 유성 오락실 정문에서 접선하는 것이었다. 우리는 꽤 많은 종류의 엄폐물에 몸을 숨기며 천천히 때로는 빠르게 발걸음을 옮겨나갔다. 물론 도중 새턴 무전기를 사용해 서로를 점검하는 일을 잊지는 않았다. 돌이켜보니 별 시답잖은 놀이였다는 생각이 들지만 당시 그 많은 사람들의 눈을 피하기란 쉬운 일이 아니어서 그 작전은 나름대로 스릴 있는 놀이였다. 쾌감도 있었으며 마치고 보니 보람마저 있었던 것 같다.

작전지역 전역에는 우리를 아는 사람들이 여기저기 흩어져 있었다. 여어, 어디 가는 거야? 밥먹었냐? 학원 가냐? 아버지 집에 계시냐? 사진 안 찍냐? 엄마한테 옷 찾아가라 그래라! 그런 말들을 피해간다는 것은 역시나 힘든 일이었다. 그래서 우리는 누군가 사람들이 나타날 때마다 몸을 숨겨야 했다. 옆드려 전진, 낮은 포복으로 전진, 달리고, 숨고, 달리고. 그렇게 역사적인 '제1도하작전'을 완수하기까지는 근 한시간 반이 필요했다. 알 수 없는 만족감이 맛난 음식을 먹은 양 배부르게 느껴졌다. 그날의 기쁨 역시 나는 아직 잊지 않고 있다. 작전을 마친 우리는 식량과 식수 부족으로 인해 꽤 탈진해 있었지만 그것은 문제가 되지 않았다. 어찌됐든 우린 임무를 완수한 것이었다.

"걸렸어?"

"아니. 성공. 근데, 총이 없어서. 좀 그래."

"그……게, 나 때문이야. 미안해."

"아냐. 그런 건 아냐."

"꼭. 권총 선물할 거야. 너한테."

"그럼 더 멋지겠다."

"멋질 거야."

"그런데 아까 마지막에 네 목소리가 좀 이상했어."

"언제?"

"별 얘기할 때."

"별?"

"응."

"그런 말 한 적 없는데? 실은 쌀집 앞에서 껐거든. 건전지 닳을까봐."

"거짓말! 그럼 네가 한 말이 아냐?"

"네 것도 소리 안 나길래 너도 끈 줄 알았지."

"에이, 거짓말."

"미치겠네."

이상한 일이었다. 허리춤에 비죽 얼굴을 내민 녀석의 무전기는 녀석의 말대로 켜진 채였다. 조금 전까지만 해도 분명 꺼져 있었는데 알 수 없었다. 준희는 내가 갑자기 여자아이 목소리를 내서 한참을 웃었다 했다. 한데 나는 그런 말을 한 적이 없었다. 하지도 않은 일을 자꾸만 했다고 하니 답답하지 않을 수 없었다. 그래서 나는 그 일에 대해 준희에게 재차 따져물었다. 그러자 준희는 이내 표정을 바꿨다. 아마도 혼선이 됐겠지 뭐. 그렇게 대꾸한 이후로는 굳게 입을 닫은 것이었다. 내가 시무룩해하자 미안했던지 대신 다른 이야기를 꺼냈다.

"파이어니어 중에 새턴이라는 이름의 위성이 있는데 알아?"

"몰라."

"일종의 전령이래. 그러니까 지구에서 쏘아올린 소포라 할 수 있어. 그게 혹시나 만날지도 모르는 외계인을 위해 만든 소포래. 그 소포를 부치기 전에 거기에다 여러 장의 그림과 사진을 넣고 끝으로 메씨지를 넣었다더라. 그게 뭔 줄 알아?"

"그게 뭔데?"

"우리는 평화를 사랑한다. 멋지지?"

"거짓말이잖아. 외계인을 상대로까지 거짓말을 하다니."

"처음엔 나도 멋지다 생각했는데 한참을 생각해봤더니⋯⋯ 여하튼 난 그 소포가 싫어."

"잘은 모르지만 적어도 난 평화를 사랑하는 거 같아. 맞는 거라면 딱 질색이니까."

"거짓말."

"진짜야."

"아! 아무튼 날짜 정했어, 이것저것 준비할 게 많아. 아까 했던 말은 잊어버려."

"시간이 꽤 걸릴까?"

"응. 그래서 좀 기다려줬으면 좋겠어. 너말고도 교신을 할 상대가 있는 것 같아. 그건 전화통화하고는 차원이 다른 것 같아."

"그게 뭔데?"

"그러니까 총이 없어도 될 거 같다는 거. 싸우지 않아도 내가 지면 되니까. 그런 말이었던 것 같아."


"이번엔 꽤 힘들지도 몰라."

"좋아. 제이도하작전이야."

말을 마치기가 무섭게 우리는 누가 먼저랄 것도 없이 힘껏 달려나갔다.

준희가 달린다. 준희가 양팔을 있는 힘껏 흔든다. 귓가로 바람이 스치는 기분좋은 소리가 살포시 내려앉는다. 새처럼 날개를 모은 채 귓가에 앉은 그 바람이 나와 발을 맞춘다. 운동화 바닥이 공중을 가른다. 나도 달린다. 이렇게 달리고 있노라면 하늘을 날고 있다는 생각이 든다. 양팔을 힘껏 휘두르면서 히후! 히후!

얼음으로 반짝이는 토성의 고리는 평생을 언제나 온 힘을 다해 재빠르게 달린다 한다. 한데 결코 행성과는 만날 수 없다지. 하지만 내 토성은 달랐다. 내 곁에 있었다. 그것은 온전히 내 것이었다. 내 옆구리에 매달린 채로 운동화 바닥이 힘차게 바닥을 때려 흙먼지를 일으킬 때마다 경쾌하게 흔들리고 있었다. 그 뒤에 준희가 있었다. 누가 뭐래도 준희는 내 친구였다. 내게 뒤질세라 힘껏 팔을 휘젓고 있었다. 이렇게 계속 달려나간다면 우리는 행성에 닿을 수 있지 않을까. 고개를 돌려 녀석을 바라봤을 때 문득 내 눈에 박혔던 준희의 눈동자를 나는 아직도 기억한다. 녀석의 눈동자는 다리 사이를 재빠르게 스치는 온갖 종류의 바람들을 모두 삼켜버릴 듯 검게 빛나고 있었다.

"그런데! 귀신의 집에! 도착하기까지! 또 사람들 눈을! 피해야 해? 꼭! 그래야! 하는 거야?"

"물론! 보고 싶고! 갖고 싶고! 만지고 싶고! 가고 싶다면! 혼자여야 해! 그렇지 않으면! 절대로! 그렇게 될 수! 없는 거니까!"

준희의 목소리는 바로 곁에서 들리는 것처럼 생생했다. 우린 차창 위로 흐르는 빗물처럼 유연했고 쏜살같았다. 문제의 '제2도하작전'은 그렇게 절정으로 치닫고 있었다.

접어든 큰길에는 제법 많은 사람들이 걷고 있었다. 그것은 내가 함부로 나설 처지가 아니라는 것을 의미하는 것이기도 했다. 그래서 나는 숨을 고르기로 했다. 콘크리트로 된 온갖 엄폐물에 몸을 차례로 숨기면서 나는 천천히 호흡을 가다듬었다. 그렇게 나는 사람들을 피해나갔다. 그 때문인지 준희와의 약속시간을 지키지 못할 것만 같았다. 그래서 나는 달리는 것을 멈추고 전신주 뒤에 몸을 숨긴 채로 다시 무전기를 꺼냈다. 준희에게 속도를 줄여달라 부탁해야 할 것 같아서였다. 주파수 채널을 돌리고 나는 급히 준희를 불렀다.

"플라잉 유 에프 오. 나는 지연될 것 같다. 열시 방향. 십오분 후 도착 예정이다."

"메이 데이. 그린 애플 원 투. 나는 세시 방향. 거의 다 왔다."

준희는 이미 약속한 장소에 거의 도착한 모양이었다.

이윽고 우리가 '귀신의 집'이라 불렀던 그곳이 제 몸을 드러냈다. '귀신의 집' 형상은 한눈에도 불쾌했다. 시커멓고 흉측한 건물 위 하늘은 이미 수많은 새떼의 날갯짓이 점령한 뒤였다. 엄청난 기세로 땅으로부터 하늘로 소용돌이치듯 솟아오르는 불길한 바람 역시 불쾌하긴 마찬가지였다. 건물 정면에는 누군가 함부로 버려놓은 듯한 '망아지 투'라는 이름의 승용차가 전소된 채 쓰러져 있었다. 그 앙상히 드러난 시커먼 뼈대는 마치 동물의 그것 같았다. 구부러진 자동차 구조물 주위에는 시커멓게 탄 솜뭉치 같은 것들이 널려 있었다. 작은 어린아이만한 크기의 그 솜뭉치들은 회색의 진물을 끊임없이 토해내고 있었다. 우리 동네와는 좀처럼 어울리지 않아 보이는 것들은 그렇듯 그곳에 한데 모여 있었다. 그것들은 하나같이 지독한 악취를 뿜었고 소용돌이 같은 연기를 게워내듯 뱉고 있었다.

자동차 뒤쪽으로는 조그마한 비닐봉지들이 여러 장 널려 있었는데 그곳에서는 본드 냄새가 났다. 유릿조각이 널려 있는 자리에 서서 그 괴물 같은 흉가를 오랜 시간 바라보고 있노라니 괜히 오싹한 느낌이 들었다.

이상한 일들은 그때부터 시작된 것이었다.

고물 자동차의 헤드라이트가 녹색 불빛을 발하기 시작했다. 나를 노려보기라도 하듯 일직선으로 뿜어나온 불빛은 점차 밝아지고 있었다. 마침내 밝은 빛을 견디다 못한 라이트가 제 스스로 퍽 소리를 내며 폭발했다. 나는 그만 주저앉고 말았다. 정말이지 귀신이 나타난 것 같은 느낌이 들어서였다. 한데 그 순간 공포와 호기심이 묘하게 합쳐진 것은 왜였을까. 어쩌면 그것은 열두살 소년의 터무니없는 의문 때문이었을지 모른다. 어깨를 들썩일 만큼 몸을 떨어대면서도 천천히 나는 그것을 향해 가까이 다가가고 있었다. 그 시커먼 솜뭉치의 형체를 확인한 순간 나는 채 소화하지 못해 위 속에 넣어두었던 것들 모두를 게워내고 말았다. 그것은 새까맣게 그을려 볼품없이 쪼그라든 동물의 시체였다. 개인 것 같기도 했고 고양이처럼 보이기도 했다. 몇몇의 배는 갈려 있었고 몇몇은 사지가 절단된 채였다. 그중 내가 밟고 선 것은 턱 부분이 예리하게 잘린 것의 머리통이었다. 코앞에 놓인 덩어리에 매달린 기괴한 꼬리가 순간 슬쩍 움직였다. 어디선가 알 수 없는 울음소리가 들리는 것도 같았다. 쪼그라든 검은 얼굴에서 눈알이 흘러내린 것을 확인했을 때 나는 일어설 수조차 없는 지경이 되고 말았다.

대체 먼저 도착한 준희는 어디에 있는 것일까. 나는 움직이지 않는 종아리를 주물러대며 그렇게 초조해하기만 했다. 급히 무전기를 꺼내들어 스위치를 올린 나는 호출부호고 뭐고 다급한 마당인지라 다짜고짜 녀석의 이름부터 외쳤다.

"준희야! 어디 있어?"

"그린 애플 원 투. 무슨 일인가."

"집어치우라니까! 귀신이야! 귀신. 아침에 본 개들이 다 죽어 있어. 자동차 있는 쪽이야!"

"알아. 여기도 마찬가지야. 새들이 다 타죽은 것 같아. 곧 갈게."

나와는 달리 준희의 목소리는 침착하기 이를 데 없었다. 조금만 기다리라는 준희의 말에 나는 손목시계를 들여다봤다. 시계 유리는 세 갈래로 금이 간 채였고 시침과 분침은 분리되어 있었다. 유리 안에서 잘랑거리는 시계바늘을 보고 있노라니 더욱 섬뜩했다. 주머니에 넣어두었던 나침반도 그랬다. 직각으로 휘어진 나침반 바늘은 하늘을 향한 채였다. 이게 다 대체 무슨 일일까. 그때 건물 너머로 준희의 그림자가 보이지 않았다면 나는 기절했을지도 몰랐다.

순간 머리칼이 누군가 잡아당긴 것처럼 일제히 쭈뼛 하늘로 솟아올랐다. 그것만 아니었다면 나는 준희의 손을 잡았을지도 몰랐다. 한증막 같은 열기가 얼굴로 훅 끼쳐든 순간 나는 준희의 그림자를 놓치고 말았다. 빛은 온 살갗을 태워버릴 듯한 엄청난 기세였다. 바닥에 널려 있던 전선들에서 푸른 불꽃이 일기 시작했다. 온통 검은빛이었던 흙알갱이들은 보랏빛으로 변하더니 천천히 움직이기 시작했다. 순간 몸이 마치 무중력 상태에 놓인 듯 둥실 떠올랐다. 나는 발악하듯 온몸을 흔들어대기 시작했다. 무언가 거대한 그림자가 나를 뒤덮었을 즈음 나는 무전기에 대고 외쳤다.

"주…… 준희야! 너도 이게 보여? 보여?"

하늘은 눈부실 만큼의 초록빛으로 가득 차 있었다. 지축을 흔들 만큼의 쇳소리가 귀를 후벼대기 시작했을 즈음 그것이 제 몸을 드러냈다. 원이었다. 그것은 일찍이 보지 못했던 엄청나게 커다란 원반이었다. 거대한 원반은 낙엽이 떨어지는 모양으로 맴을 그리면서 천천히, 귀신의 집을 삼켜버릴 듯한 기세로 하강하는 중이었다. 검은 솜뭉치 같던 동물 시체들이 가루가 되어 바람에 날리기 시작했다. 그제야 나는 아득히 준희의 목소리를 들을 수 있었다.

"그린 애플 원 투. 거기 가만히 있어. 여기 있거든. 내가 가볼게. 어차피 기다리고 있었어."

"야! 미쳤어?"

"가볼게."

"야! 준희야!"

그런 다음 녀석의 응답은 한동안 들려오지 않았다. 그야말로 죽음 같은 침묵만이 내 곁을 지나칠 뿐이었다. 주파수 채널을 바꿔봤지만 돌아오는 것은 잡음뿐이었다. 사이사이 기괴한 전자음이 이어지긴 했지만 그것은 준희의 목소리지 않았다.

"세상에!"

"왜 그래? 뭐야?"

"우리 엄마 아빠가 여기에 있어."

그 순간이 무섭지 않았다면 나는 준희의 손을 다시 잡을 수 있었을지 몰랐다. 그러나 나는 준희의 말을 듣고 난 다음 자리에서 벌떡 일어나 뒤도 돌아보지 않은 채 주먹을 불끈 쥐고 달렸다. 무수한 바람이 휙휙 이마를 스쳐갔다. 한참을 달리다 왼쪽 다리에 무언가 걸려 나는 넘어지고 말았다. 그 순간 내 볼은 흙바닥과 맞닿아 있었다. 나는 무언가 타는 냄새를 맡았고 동시에 무언가 뜨끔 하는 기운도 느꼈다. 복숭앗빛 여린 살갗을 뚫고 핏방울이 배어나오고 있었다. 그렇지만 나는 울지 않았다. 엎드린 채로 진분홍빛 핏방울을 손가락에 찍어 입속에 집어넣은 다음 오히려 깔깔댔다. 그 짧은 찰나 나는 행복했던 모양이다. 그 짧은 찰나의 어둠을 나는 아직 기억하고 있다. 나를 불렀던 내게 손짓했던 어둠. 나 역시 그들을 쫓아가고 싶었다. 그러나 눈을 뜨자마자 내가 본 것은 하늘을 향해 떠오르는 작고 하얀 알갱이들에 불과했다. 그래 달려라. 멀리 달아나라. 멀어지는 준희의 뒷모습을 보며 나는 눈물을 흘렸다.

나는 꿈을 꿨다. 아주 생생한 꿈이었다. 누군가 우리를 향해 돌을 던지고 있었다. 같은 반이었던 아이들은 준희를 이해하지 못했다. 그렇게 준희와 늘 붙어다니는 나 역시 이해해줄 줄 몰랐다. 다른 녀석들과 함께 있을 때 준희는 좀처럼 입을 여는 법이 없었다. 유독 새까만 녀석의 눈동자마저 입을 다물고 나면 녀석은 꼭 죽어버린 것만 같았다. 『유 에프 오의 신비』라는 제목의 책을 꺼내 읽던 그 검은 눈동자를 나는 아직 잊지 않고 있다. 그럴 때면 오히려 곁에 있던 내가 불안할 지경이었다. 그래서 나는 다리를 떨거나 손톱을 물어뜯었다.

"저 새긴 언제 봐도 재수가 없어."

무리들이 준희를 향해 돌을 던졌다. 우리가 아무런 대꾸도 하지 않자 무리들은 이내 등을 돌리고 사라졌다. 그러자 사방이 어두워지고 말았다. 마치 무슨 연극무대 같았다.

"난 저런 애들이 싫어. 자기가 태어난 곳도 모르는 바보 천치들."

"동감이야. 그런데, 준희야, 우린 다들 그래. 나도 그렇고. 그런 건 문제가 아닌 것 같아. 나는 네가 좀더 친구들과 어울렸음 좋겠어. 그뿐이야. 너도 잘은 모르잖아."

"아니, 난 알아. 난 우주에서 태어났거든. 자세한 위치는 넌 말해도 모를 거야."

준희는 사라졌다. 우주에는 순간이동이라는 것이 있다지. 나는 그런 생각을 하며 애써 태연한 척했다. 엄마는 내게 세계 칠대 불가사의라든가 초능력 따위에 관심을 두지 말라고 했다.

"그것보다는 화학과 물리 쪽에 신경을 써야지. 과학을 알아야 똑똑해질 수 있는 거야. 앞으로는 과학시대가 올 테니까. 올림픽도 열리고. 애야, 그리고 다리를 떠는 짓은 하지 말아

라. 그게 무슨 짓이니. 그런 건 깡패들이나 하는 거야. 준희도 그래. 좋은 아이지만 엄마는 네가 준희하고 너무 어울리지는 않았으면 좋겠다. 성적이 떨어지면 어떻게 할 거니. 준희 부모님이 어떻게 되셨는지 몰라서 그래?"

"당신도 참, 쓸데없이 애한테 그런 얘길 뭐 하러 해!"

엄마의 말에 아빠는 그렇게 대꾸했다.

누군가는 내게 돌을 던졌다. 작은 돌멩이 하나가 유성처럼 빠른 속도로 날아들었다. 돌은 멈추지 않을 것처럼 보였다. 나는 생각했다.

팽창이다. 이건 무한의 팽창이다. 행성이다. 위성이며 혜성이다. 곧 유성체다.

돌은 푸르게 변하고 있었다. 작은 돌 위에서는 무언가 꿈틀대기 시작했다. 엄청난 속도로 녹색 식물들이 자라나고 있었다. 녹색 식물들은 풀이 됐고 이어 나무가 됐다. 내 몸은 또 준희의 몸은 한없이 작아지기 시작했다. 우리는 그 녹색 식물들을 차례로 밟으며 거대한 강을 건너고 있었다. 그렇게 시간이 은하의 나선이 되어 거꾸로 흐르기 시작하면 그 모든 푸르름 속에서 우리는 외롭지 않았다. 세상은 자유로워 마치 들풀처럼 어느 하나 일정한 것이 없었다. 그 속에서 온갖 날개 달린 곤충들은 동그란 맴을 그렸고 세상의 아비들은 우람한 팔로 무엇이든 닥치는대로 들어올릴 수 있었다. 세상 모든 어미들의 젖은 흘러넘쳤다. 요컨대 그 공터에서 우리는 마음껏 다리를 떨거나 마음껏 달려도 좋았다. 그곳의 작은 우주는 다시는 식지 않을 것처럼 뜨거웠다. 애초에 준희의 세상이란 바로 그곳이 아니었을까.

그러나 공장 굴뚝에서 시작된 폭발음은 그 모든 것을 뒤바꿔놓았다. 무참히 부서지는 건물의 잔해처럼 아비들이 무력하게 끌려가고 나면 어미들은 초조해하다 어디론가 사라졌다. 사람의 피를 빠는 모기를 제외한 온갖 날개 달린 곤충들은 땅속으로 숨어들었다. 우리의 공터는 흉흉한 폐가 '귀신의 집'이됐고 짙은 녹색의 풀들은 사정없이 베어졌다. 슬프기 그지없게도 그렇게 새로이 형성된 우주 가운데서 나는 태어났다. 사실대로 말하자면 내 세상은 그런 곳이었다. 그 새로운 우주를 견뎌내기 위해 나는 전쟁을 준비해야만 했다. 갤러그의 조종간을 붙잡고 운이 좋으면 합체 변신하여 숱한 우주괴물과 미사일을 주고받으며 싸워야만 했다. 그렇다고 해서 멈출 폭발은 아니었지만 아무래도 갤러그의 조종간을 잡고 우주전쟁에 참가하는 쪽이 포크레인 소리를 견뎌내거나 공장의 매캐한 연기에 숨막혀하는 것보다 훨씬 마음 편한 일이었다. 어쨌든 육중한 포크레인은 원반처럼 폭풍 같은 바람을 일으키며 그 둥그런 손으로 뜨거운 우주를 식히고 말았다. 그때 흩어진 종이박스와 병뚜껑, 폐타이어와 코카콜라 캔. 준희의 할머니는 멍하니 그것들을 바라봤을 터였다. 바야흐로 제2의 빅뱅은 그렇듯 어처구니없었다.

우리는 그런 이유로 싸워야 했다. 돌을 던지며 싸우고 또 싸워야 했다. 그러니 어느 한쪽은 달려야 하지 않을까. 나는 그렇게 생각했다. 순간 모든 폭발의 한가운데 서 있던 내가 부서져 전자오락기 화면의 액정처럼 작고 볼품없이 쪼그라드는 모습이 보였다. 그때 나는 비로소 깨달았다. 플랑크 시간을 찾아 물을, 그 거대한 강을 거스르는 것이 우리 도하작전의 목표였다는 것을.

그 생생한 꿈의 내용까지도 나는 아직 생생히 기억하고 있다.


그 일의 전모를 제대로 이해하는 사람은 아무도 없었다. 나는 분명 물체가 녹색 광선을 흩뿌리며 하늘을 나는 것을 목격했는데 누구도 그 말을 믿어주지 않았다. 팔월의 소나기처럼 거셌던 그 문제의 녹색 광선을 믿는 사람은 세상에서 나 하나뿐인 모양이었다. 준희가 그 속으로 빨려들어갔다는 사실 역시 믿어주는 사람은 없었다.

엄마와 함께 파출소에 갔던 날 만났던 경찰관 역시 다르지 않았다. 나는 그에게 내 왼쪽 눈썹과 오른팔의 보랏빛 자국을 직접 보여줬다. 하지만 소용이 없었다. 경찰관은 오히려 나를 격려했다. 머리를 쓰다듬어줬고 간간이 웃어줬다. 그는 그런 식으로 내 말을 뭉텅뭉텅 잘라냈다. 재개발지역이라 몹쓸 깡패 녀석들이 득실거린다고, 애들이 놀 만한 곳이 아니라고, 지난번에 버려진 차에 누군가가 불을 놓았다고, 게다가 건물 자체가 기괴한 모양이라 소문도 많고 그 소문 탓에 무서워하는 아이들이 한둘이 아니라고, 그런 지경이니 허약한 아이라면 누구도 헛것을 볼 수 있을 것이라고 그는 멈춤없이 말을 이었다.

"그나저나 같이 있던 친구 녀석을 찾아야 하는데. 부모도 없는 애고. 그냥 집을 나간 걸 수도 있죠. 유괴가능성도 배제할 순 없지만 글쎄요, 애가 상심이 큰가본데 아줌만 우선 애를 보살피시죠. 준횐가 그애 할머니만 안됐네. 그래 이놈아, 알았다. 믿는다, 믿어. 아저씨도 유 에프 오를 믿는데 이건 질적으로다 경우가 틀린 거야."

그는 담배연기를 뿜으며 그렇게 거침없이 말했다. 엄마는 그러게 말이죠. 애들이 왜 그런 짓을 했나 몰라? 실은 애가 허약해서. 약을 먹이는데도 코피도 쏟고 그렇거든요,라고 무언가 미안하다는 표정으로 사내의 말에 대꾸했다.

"믿지 않아도 상관없다고 그랬어요. 준희가……"

그렇게 중얼거리면서 나는 절대로 경찰관이 되지 않겠다 다짐했다. 진짜로 봤다면서 계속 항의할 수도 있었지만 경찰관 사내의 본드 이야기가 마음에 걸려 나는 그렇게 하지 않았다. 문득 얼음을 가득 넣은 미숫가루가 먹고 싶었다.

그날 이후 나는 며칠을 냄새나는 병원에만 누워 지내야 했다. 왼쪽 눈썹은 절반 이상 타들어가 있었고 왼쪽 볼에는 사선으로 이 쎈티미터쯤 찢어진 흔적이 붉게 도드라진 채였다. 팔뚝에 난 보랏빛 화상은 그간 많이 가라앉은 것 같았다. 거울 속 내 모습은 그렇게 우스꽝스러웠다. 흉터가 남았지만 상처는 모두 아문 셈이었다. 그러나 나는 한동안 팔뚝과 왼쪽 눈썹의 통증에 시달렸다. 종종 구토를 했고 설사도 잦았다. 저녁이면 돋았다가 아침이 되면 사라지는 붉은 발진도 그대로였고 한움큼씩 빠지는 머리칼도 좀처럼 가라앉을 줄 몰랐다. 그러나 나는 그것을 상처라 생각하지 않았다. 그것은 준희가 없기 때문에 벌어진 일인 까닭에서였다. 상처는 이미 기억 너머로 사라진 지 오래였다.

컬럼비아도, 챌린저도, 디스커버리도, 아틀란티스도 모를 테지만 그리움과 서글픔은 녹색 광선을 쏘아낸다. 그토록 찬란하고 황홀한 빛을 본 적이 있는가. 아름다우며 동시에 위험했던 그 빛을 나는 아직 잊지 않고 있다. 문득 눈썹이나 팔 언저리가 화상을 입은 것처럼 가려울 때, 혹은 부어오를 때, 이유없이 소화가 되지 않고 입맛이 떨어질 때, 하는 일마다, 생각마다 정리가 잘 되지 않아 머리칼이 빠질 때 나는 그 빛을 떠올린다. 방사능 수치가 일순 높아져 중력의 흐름을 뒤바꾸고, 그래서 세상의 모든 새들이 일제히 하늘로 날아오르는 광경을, 온 동네 개가 또 고양이가 불안해하며 울부짖는 광경을 볼 때마다 나는 녹색 광선을 떠올린다. 녹색 광선이며 동시에 그리움이거나 서글픔인 빛을.

이미 열두살 시절에 그 짙은 풀빛 광선에 쏘여본 경험이 있는 나는 그 빛의 위협을 누구보다 더 잘 알고 있다. 그래서 나는 지금도 종종 달리는 것이다. 양팔을 힘껏 휘저으면서, 심장의 움직임과 발의 움직임을 정확하게 맞추면서, 그렇게 토성의 고리처럼 달리는 것이다. 달릴 때마다 나는 시간을 거슬러 오른다. 그 순간만큼은 만나지 못한다 해도 상관이 없다. 중요한 것은 접근이기 때문이다. 그것은 쉬운 일이 아니다. 언제나 얼음은 녹고 눈물은 흐르기 때문이다. 쳇! 눈물이나 흘리다니. 다시는 그러지 않으리라 하지만 잘 되지 않는다. 가끔 눈물이 난다. 폐허로 남은 추억에 짙은 풀빛으로 잡초처럼 무성히 서글픔을 자라게 하는 눈물. 세상을 많이 알지는 못하지만 나는 안다. 그것이 결코 내가 허약해서 벌어진 일이 아니라는 것을.

그것은 때때로 나타나는 유 에프 오 때문이다. 찬란하고 황홀한 빛을 발하는 이제는 확인할 수 없는 온갖 물체들. 그것은 유리병에 든 땅강아지 같고 햇빛을 받는 족족 쑥쑥 자라나는 개구리밥 같다. 그것은 스위치를 올리면 제자리를 도는 작은 열차이기도 하고 우스꽝스런 리본을 매단 곰인형의 조각난 그래서 실밥이 다 드러난 앞다리이기도 하다. 청바지로 덧씌운 푸른색 체육복이기도 하고 반짝반짝 윤이 나고 향도 나는 HB 연필 한다스기도 하다. 하도 지워대다 구멍나버린 열여섯살 무렵의 일기장이기도 하고 마른 눈물 자국이 여기저기 흩뿌려져 있는 열여덟살 소년의 편지기도 하다. 새하얀 블라우스를 입고 입김을 호호 뿜던 여자아이기도 하고 긴 머리 소녀가 즐겨 하고 다니던 펭귄 모양의 머리핀이기도 하다. 실패와 좌절이라고는 모르던 젊은 아비의 손이기도 하고 지금은 사라진 훈훈한 어미의 얼굴이기도 하다. 그 시절 골목길과 둑길에 널려 있던 종이박스와 병뚜껑과 찌그러진 코카콜라 캔이기도 하고 오월이 되면 아무것도 적히지 않은 소포를 들고 우체국으로 휘적휘적 향하던 할머니의 뒷모습이기도 하다. 그래서 무엇보다 그것은 내게 준희의 얼굴이다. 그 온갖 형체의 확인되지 않은 비행물체들을 나는 아직도 잊지 않고 있다. 푸른 하늘 위에 떠 있는 물체들은 낙엽이 떨어지듯 하강하다 바람을 일으키며 멀리 달아난다. 과연 우리는 평화를 사랑했을까.

무슨 이유로 찾아오는지 알 수 없지만 물체가 떠난 자리에는 까맣게 타버린 동그란 원이 생긴다 한다. 다른 사람들은, 아니 그 누구도 모르겠지만 거기에는 준희 할머니의 냄새가 짙게 배어 있어 나는 어떤 쓸쓸함 같은 것을 느끼며 그래서인지 이제는 괜히 구두 바닥을 칙칙 끌며 걷는다.

# 낭만적 리얼리스트의 상상력

### 강상희

## 1

　김종은의 첫 소설집 『신선한 생선 사나이』에 실린 작품들은 대체로 성장소설의 서사궤도를 따르면서, 낭만적 환멸에 사로잡힌 상처받은 젊음의 모습을 드러내거나 그 환멸을 넘어 '세상의 이치'를 깨달아가는 어른스런 젊음의 형상을 제시한다. 그는 유쾌함과 슬픔을 뒤섞는 소설적 상상력과 스타일 그리고 이미지들을 자유분방하게 구사하면서 우리 시대의 젊음이 직면한 핵심적인 문제들에 여러가지 경로로 육박해 들어간다. 눈물 흘리거나 탄식하지 말고, 열정과 냉소를 함께 흩날리며 젊음의 터널 속을 걸어가라! 김종은의 소설이 제기하는 젊음의 존재론은 이를테면 그런 명령에 가까워 보인다. 이는 등단작 「프레시 피시맨」에서부터 어느정도 예고되어 있었거니와,

「프레시 피시맨」은 이후의 소설에서 구조적으로 반복되곤 하는 소설적 상황과 모티프, 이미지, 주제의식 등의 원형을 담고 있어 주목할 필요가 있다.

「프레시 피시맨」은 상징적 효과를 극대화하는 독특한 액자 구성방식이 돋보인 작품이다. 작가는 도입부에서 소설 속 소설과 소설 내적 현실을 뫼비우스의 띠처럼 교묘하게 연결시킴으로써 전통적이랄 수 있는 형식을 새롭게 변형하는 데 성공하였다. 고교생에서 대학 초년에 이르기까지의 학창시절을 "궤짝"의 이미지로 시각화한 이 소설은 핑크 플로이드나 서태지의 음악 등을 통해서도 익숙해진 급진적인 교육비판을 주제의 일부로 포함하고 있다. 김종은은 이 비판을 알레고리 형식과 결합시켜 청춘군상의 존재론으로 확대한다. '신선한 생선 사나이'라는 소설을 쓰기도 한, 화자 '나'의 친구는 자기 자신과 세상사람들을 궤짝에 갇힌 생선과 동일시하면서 '청춘의 불치병'을 앓는다. 그는 "신선할 필요는 없잖아. 축축하니까, 조만간 곰팡이가 생기겠지. 상관없어. 어차피 우린 생선이야." (26면)라는 식으로 냉소하는 인물이다. 상처받은 내면의 상징적 공간이랄 수 있는, 그 친구의 지하실에서 친구와 화자는 서로 닮아간다. 그러나 상처는 끝내 그것을 소유한 자의 몫일 뿐이어서 친구는 홀로 죽음을 맞는다. 나는 "푸른 바다"를 떠올리게 하는 "푸른빛" 욕실에서 "한마리 물고기처럼 꼬리를 흔들며" 사라져가는 친구의 모습을 본다. 대략 이러한 이야기를 통해 작가는 타자와 소통하기 어려운 상처를 가진 젊은 영혼의 좌절에 대해 말한다. 그 상처는 친구의 가족사로부터 비롯된 단절과 고독에서 비롯됐으며 친구가 이를 견뎌내지 못함으로써 덧난 것임이 드러나게 된다.

그런데 이 소설에서는 주제의식의 낯섦을 기대하기보다는 낯익은 주제를 드러내는 방식의 독특함을 눈여겨볼 필요가 있다. 단독자로서 자기 생을 짊어지지 못한 젊음의 낭만적 환멸을 그리면서 작가가 구사한 상상력은 매우 공간유비적인 것이다. 가령 궤짝, 지하실, 감옥, 욕조 등의 공간들은 일종의 가족유사성을 띠면서, 유폐된 생의 조건을 구체화하고 있다. 이러한 공간들과 상응하는 것이 작가가 빈번하게 사용하는 물고기의 이미지다. 「프레시 피시맨」에서 궤짝에 갇힌 냉동생선처럼, 그의 소설에는 물고기가 자주 출현한다. 「쎄일즈맨의 하루는」의 '금붕어', 「메모리」의 '참치'는 물론 「그리운 박중배 아저씨」와 「미확인비행물체」 등에 재현된, 물길을 거슬러 기원으로 향하고자 하는 열망에도 물고기의 형상이 가로놓여 있는 것이다. 이 물고기의 상상력은 물론 매우 친숙한 것이다. 윤대녕에게서, 멜빌(H. Melville)과 헤밍웨이(Ernest Hemingway)에게서, 그리고 브라우티건(Richard Brautigan) 등에게서 우리는 물고기에 관한 다양한 상상력을 목격한 바 있다. 인간과 물고기의 동일시 내지 병치는 보편적이거나 관습적이기까지 한 상상의 소산일 것이다. 그렇다면 보편적인 상상력을 전유하는 개성이 관건이 되거니와, 박제화되고 유폐된 생의 표상이라는 물고기의 의미는 김종은의 소설에서 다른 이미지와의 연쇄를 통해 재활성화됨으로써 관습적 의미망을 뛰어넘는 새로운 이미지의 힘을 갖게 된다. 가령 「프레시 피시맨」의 끝부분에서 푸른빛의 욕조에서 퍼덕이는 물고기의 환영은 김종은이 창조해낸, 재생의 관념이 두드러진 이미지이다. 문학이란 결국 보조관념과 그것을 표상하는 사물을 창조하는 일에 다름 아닐 터, 김종은의 소설에 출현하는 물고기의 상상력이 갖는 의의도 거기에서 찾을 수 있을 것이다.


2


젊음의 꿈과 좌절이라는 주제의식과 더불어 김종은이 주목하는 또하나의 소설적 의제는 인간정체성에 관련된 문제이다. 그는 탈중심화되고 불연속적인 것으로 경험되곤 하는 현대적 자아의 정체성 문제에 미시적인 관점으로 접근한다. 그의 소설에 의하면, 자아의 중심 또는 정체성의 핵심에 놓여 있고 존재의 연속감을 가능케 하는 것이 바로 '기억'이다. 가령 「길」에서는 기억의 기제가 제대로 작동하는지 여부에 따라 사람과 동물의 분별이 이루어진다고 주장될 정도이다. 기억이 자기정체성의 핵심이라는 것은 물론 잘 알려진 사실이다. 앙리 베르그쏭(Henri Bergson)은 순수기억이야말로 본래적인 생에 대한 몰두이며, 진실된 자아를 구성하는 것이라고 말한 바 있다. 그에 따르면 심층의 자아 또는 내적 자아는 순수기억과 관련

될 때 비로소 떠오를 수 있다. 하지만 베르그쏭의 설명은 표면적으로 김종은의 소설에 별다른 조명을 가하지 못하는 것처럼 보일 수 있다. 그보다는 기억은 기억하는 사람에 의해 재배치되고 조직되므로 사실의 기술(記述)이 아니라 해석의 산물이 된다는 영화 「메멘토」의 전언이 그의 소설을 해명하는 데 좀더 합당해 보인다.

김종은은 「길」이나 「메모리」 등의 소설을 통해 기억의 도착(倒錯) 내지는 전도(顚倒)에 의해 해체되어가는 인물의 모습을 집요하게 그린다. 「길」에서 여자와, 그녀를 스토커처럼 쫓는 남자는 기억의 진위를 둘러싼 난마 같은 진실게임에 휩쓸리게 된다. 특히 남자는 '사람이 동물과 다른 것은 기억할 수 있기 때문이므로, 그렇지 않다면 사람이라고 할 수 없다'고 말하면서 자기정체성의 확고함과 정당성을 주장한다. 하지만 기억이 사람과 동물을 분별하는 척도라고 말하는 남자의 진술은 신뢰하기 어렵다. 그는 디테일을 기억할 뿐 디테일의 연쇄 속에서 형성되는 순수기억은 갖고 있지 못하다. 다시 말해 남자는 '신뢰할 수 없는 화자'이며, 이 화자의 진술은 진술내용과는 무관하게 진술주체의 특성에 의해 규정될 수밖에 없다. 그럼으로써 이 소설은 의미론적으로 매우 불확정적인 상태에 빠져들게 되었으나, 이 불확정성은 역으로 이 소설의 주제의식이 구조적으로 관철되고 있음을 입증하는 계기가 되기도 한다. 그런데 왜 하필 신뢰할 수 없는 화자일까?

「메모리」 역시 제목대로 기억의 문제를 파고들면서, 선택된 기억에 의해서만 형성된 자기정체성이 어떻게 도착으로 귀결되는지를 보여주고 있다. 기억의 간계는, 기억을 전도시킴으로써 그 기억의 출발점을 망각케 하고 현재를 과거로부터 고립시켜버린다. 심문과정에서 기억의 술회를 통해 진실에 접근하려는 형사와 주인공의 시도는 당연하게도 성공하지 못한다. 왜냐하면 기억과 진실은 그 경계가 불분명하고, 거기에는 "색과 색이 맞닿은 곳 사이의 모호함" 같은 것이 있기 때문이다. 그 모호한 경계 너머의 "아무것도 없는 순수한 공간"을 지향하는 주인공의 태도는 현실에서는 성립하기 어려운 것이다. 사람들은 보통 모호한 경계를 자의적으로 구분하여 인식가능한 것으로 만들기 때문이다. 레비스트로스(Claude Lévi-Strauss)가 지적한 것처럼 인간은 경계를 구분하기 힘든 것을 기어이 구분하려는 경향이 있어, 무지개를 일곱 색깔로 나누고, 육지와 바다를 가르고, 낮과 밤을 구분한다. 그러나 이는 우리의 관념 속에서만 성립되는 분별일 뿐이어서 그 경계의 모호성이 실제로 사라지지는 않는다. 그런데 「메모리」의 주인공은 경계의 모호함을 자신의 존재근거로 삼으면서 특이한 인식의 세계──삼촌의 진술을 빌리면 "자폐"의 세계를 살아간다. 삶과 죽음, 기억과 망각, 존재와 비존재가 분별되지 않는, 가치의 전도는 주인공에게 필연적인 귀결이라 할 수 있을 것이다. 그래서 경계 너머의 "아무것도 없는 순수한 공간"을 지향하는 「날개」식의 결말은 그럴법한 개연성과 그럴듯한 핍진성을 갖는 것처럼 읽힌다. 여기에서도 주목해볼 것은, 이 소설의 주인공 역시 '신뢰할 수 없는 화자'라는 점이다. 그의 진술은 자폐의 도착성으로부터 결코 벗어날 수 없다. 왜 하필 신뢰할 수 없는 화자일까? 이렇게 생각해볼 수는 없을까. 결국 작가가 가치를 부여하고 싶어하는 것은 선택되어 전도된 기억이 아니라, 본래적인 생을 성립시키는 베르그쏭식의 순수기억이라고. 그는 그 순수기억 속에서 비로소 과거와 현실이 연속되고, 생의 정당한 근거 또한 마련되는 법이라고 말하고 싶은 것이 아닐까. 기억 속에서 이상, 꿈, 희망, 환상 등이 휘발되어 사라져버릴 때 현실은 디테일의 집적에 불과할 뿐, 본래적 생을 가로지르는 역동성을 상실하게 된다는 사실을 '신뢰할 수 없는 화자'를 통해 반어적으로 그려보고자 했던 것은 아닐까. 다시 말해 순수기억, 이상, 꿈, 희망, 환상 등을 포섭함으로써 성립되는 현실의 풍부함을 재현하고자 한 것은 아닐까. 만약 그렇다면, 그는 로맨티스트이자 리얼리스트인 셈이다.


3


『신선한 생선 사나이』에 수록된 몇편의 소설은 작가의 현실주의적 관심이 두드러져 있어 앞에서 언급한 작품과는 또다른 분위기를 형성한다. 가령 「쎄일즈맨의 하루는」은 하층계급으로 몰락해가는 사람들의 이야기를 통해 생존투쟁과 세태인정의 기미를 파악하려는 작가의 관심이 여느 작품보다 직접적인 편이어서 그의 소설들 가운데 가장 이질적이라 할 수 있다. 이 소설에서 참담한 생활을 묘사하는 작가의 필치는 다소 무딘 반면에, 절망과 희망 사이를 오가며 삶의 진실을 찾는 화자-주인공의 심리묘사는 풍부한 편이다. 작가는 생존하기 위해 써야 하는 일종의 가면과 그 가면 속 진실의 낙차를 별다른 수사 없이 기술함으로써 리얼리스트의 냉정함을 보여주었다. 그러나 이 냉정함은 김종은에게는 아직 잘 들어맞지 않는 옷처럼 보인다. 오히려「미확인비행물체」「그리운 박중배 아저씨」 등에서 보듯 꿈과 함께 버무려진 현실을 취해 형상화할 때 김종은 소설의 본령이 드러난다고 보는 편이 온당할 것이다.

「미확인비행물체」를 읽어보면 작가가 가진 현실주의적 관심의 기원을 어느정도 짐작할 수 있다. 현실과 환상의 비분리 상태로부터, 현실을 비추는 대조효과로서의 환상을 성립시키는 단계로 이행하는 소년들의 이야기는 김종은 소설의 원점에 놓인 이야기구조라고도 할 수 있다. 열두살의 두 소년은 그의 소설 곳곳에 등장하는 물고기와 쉽게 동일시된다. 그런데 이 동일시는 매우 엄숙한 무게를 갖는다. "귀신의 집"으로 가기 전에 소년 준희는 다음과 같이 말한다. "물론! 보고 싶고! 갖고 싶고! 만지고 싶고! 가고 싶다면! 혼자여야 해! 그렇지 않으면! 절대로! 그렇게 될 수! 없는 거니까!"(265면) 현실을 가로질러 환상에 도달하고 다시 그 환상으로 현실을 비추기 위해서는 단독자가 되어야 한다는 것이다. 단독자가 되었을 때 비로소 현실과 환상의 어긋나지 않는 결합을, 가령 다음과 같은 목표를 깨닫고 경험할 수 있게 되는 것이다.

> 그때 나는 비로소 깨달았다. 플랑크 시간을 찾아 물을, 그
> 거대한 강을 거스르는 것이 우리 도하작전의 목표였다는 것
> 을. (274면)

「미확인비행물체」 역시 「프레시 피시맨」처럼 빛과 물의 상
호작용이 주제의 구현에 크게 기여한다. 잘 알려진 것처럼 물
은 현재를, 빛은 미래를 표상하거니와, 김종은은 과거를 매개
로 삼아 미래로 향하는 시간의식을 거듭해서 구상화한다. 하
지만 '미확인비행물체'는 유년의 것이어서 젊음의 현실과 환
상을 밝히기에는 충분하지 못하다. 그 젊음의 현실과 환상을
그린 소설이 「스물다섯의 그래피티」와 「그리운 박중배 아저
씨」이다. 우선 「스물다섯의 그래피티」는 낙서처럼 그려진 또
는 낙서처럼 그려지기를 갈망하는 젊음의 한 시절 이야기이
다. 이 소설은 김승옥의 「환상수첩」을 떠올리게 하는데, 「환상
수첩」이 현실보다는 환상에 강조점을 두었다면 「스물다섯의
그래피티」는 환상이 어느정도 제거된 후에도 자립가능해지는
현실에 강조점을 두고 있다. 환멸은 남았으되, 그 환멸을 감싸
안으면서 '세상의 이치'를 깨닫는 젊음의 모습을 다음 구절에
서 어렴풋이 떠올릴 수 있다.

> 여행은 이미 그때 끝났으니 이제 내겐 기다리는 일만 남

앉을 테다. 어쩐지 아직도 그곳엔 무언가 남아 있을 것만 같은 기분이 들지만 그래도 잊어야겠지. (210면)

　젊음의 상징적 여행이 지니는 의미를 보다 진지하게 성찰하고 있는 작품은 「그리운 박중배 아저씨」이다. 성숙과 일탈이 한쌍을 이루는 청소년기의 성장경로를 다룬 이 소설은 「프레시 피시맨」의 낭만성을 다소 약화시키고 「스물다섯의 그래피티」의 표피성에 좀더 깊이를 부여한 작품이라고 말할 수 있다. 이 소설의 두 주인공은 위악과 조숙함을 연기하면서 성장해간다. 이들이 통과하고 있는 시기는 자신만의 인식론적, 윤리적, 심미적 세계를 얼기설기 엮어내면서 그 세계를 무대 삼아 서투른 연기를 펼치는 때이다. 이들이 엮어내고 연기하는 세계 속에 틈입해 들어와 거울의 역할을 하는 인물이 바로 박중배 아저씨이다. "무엇보다 무언가 잔뜩 짊어진 것 같은 힘겨워 보이는 등과 허리, 뒷모습"(239면)을 가지고 있으며, "빨간 띠"를 남긴 전동차 기관사 박중배 아저씨는 이들이 현실로 도약할 때 디딤돌이 된 인물이다. 물론 『호밀밭의 파수꾼』 등도 이들의 정체성의 중요한 표지가 되지만, 이들을 좀더 강력하게 견인하는 힘은 박중배 아저씨로 표상되는 현실로부터 나오는 것이다. 우리는 자기만의 세계에서 절망하고 투정부리던 인물이 성큼 현실로 진입하는 모습을 이 소설에서 목격할 수 있다. 「프레시 피시맨」에 나타난 어리광 내지 투정을 해소하는 이 작품은 김종은의 소설에서 중요한 변화의 가능성을 품고 있는 작품으로 보인다.

「그리운 박중배 아저씨」에서도 그의 다른 소설에서 어느정도 익숙해진 모티프와 상황들을 발견할 수 있다. 가령 "헬리콥터"와 "비둘기"는 물을 거스르는 물고기의 형상과 비슷하게 상승의 상상력을 이끄는 소재로 등장한다. 이 상승의 상상력은 김종은의 소설이 구축한, 성장의 중요한 속성으로 작용하면서 작가의 현실주의적 관심을 보완하는 역할을 한다. 또한 이 소설에는 김종은의 소설 전체를 해명할 만한 단서가 제시되기도 한다. 물과 물고기에 관한 상상력이 갖는 내포와 외연이 암시되어 있는 것이다.

> 녀석은 얼음 여섯 덩이를 얻어와 다시 자리에 앉았고 우린 계속해서 물과 그리움에 대해 이야기를 나눴다. 그리움은 물처럼 모여 졸졸 흐른다고. 그렇게 제 몸집을 불리다 막판에 이르면 파도가 된다고. 그런 다음엔 끝내 물보라가 되어 흩어진다고. 끝내는 기어이 사람 가슴을 사정없이 내리친다고. 그렇지 않느냐고. (213면)

이제 거뜬히 짐작할 수 있지 않을까. 「프레시 피시맨」의 나무궤짝과 냉동생선의 관계를, 푸른 욕조에서 파닥거리는 물고기의 의미를. 또 '쎄일즈맨'의 머리에서 왜 금붕어 두 마리가 헤엄치기 시작했는지, 「메모리」의 자폐증 주인공은 왜 '참치'를 배달하는 것으로 설정되었는지, 또 「미확인비행물체」에서

두 소년의 모험은 왜 "도하작전"이라고 명명되었는지를. 김종은은 물에 관한 이 물질적 상상력을 서사화면서 환상과 현실, 낭만과 리얼리티가 결합된 독특한 세계를 우리에게 선보여왔다. 앞으로 그 세계가 좀더 깊고 넓어져 독자들이 유쾌하게 그 물을 거슬러 오를 수 있기를 기대해본다.

姜相熙 | 문학평론가, 경기대 교수

## 작가의 말

돌이켜보니 장마였구나 싶은 학창시절이 까닭없이 그리워질 때가 있습니다.

어째서일까 생각해보니 혹 성적표 때문은 아닐까 싶었습니다. 어찌됐든 한 시절 보내고 나면 누군가 나를 일목요연하게 정리해줬으니 말입니다.

그 내용을 볼 수 있다는 것은 가슴 설레는 일임이 분명한 것 같습니다. 뭐 대개는 '퍽 착하긴 하나 주의가 도무지 손쓸 수 없을 만큼 산만함'이거나, 아니면 '시작하고자 하는 의욕 가상하나 끝마무리 쪽을 보자면, 허! 이거야 원, 턱없이 부족함'이었습니다만 그래도 매년 빠짐없이 색다른 표현이 추가됐던 까닭에 늘 설렐 수 있었던 것 같습니다. 당시에는 공부도 못하고 운동도 못하니 딱히 쓸말 없어 그렇게 썼으려니 했는데 이제 와보니 당시 선생님들의 그 한마디 한마디들은 역술인의 그것 이상이지 않았나 싶습니다. 그 한줄에 인생이 담겨 있었지 뭡니까.

저는 여전히 주의가 산만하고 마무리 쪽에 소질이 없다는 것입니다. 그럼에도 또 궁금합니다. 지금 제가 갖고 있는 시간은, 아니 한때 주머니 속에 넣어두었던 시간은 대체 몇점이었는지, 아니 그렇게 일목요연하게 정리할 수 있는 것인지.

작가의 말이라는 것도 이를테면 마무리일 텐데, 그래서 더욱 후딱 해치우고 싶은 마음 굴뚝같았는데(저녁 먹고 바로 책상에 앉았거든요) 골머리 앓다 창문을 여니 웬걸요, 해가 떠 있습니다. 환해진 것입니다.

아, 그랬던 것이구나. 여름이 오긴 온 모양이려니.

꼭 두 줄 썼습니다. 2점쯤 되겠네요.

사실 이렇게 될 줄 알았습니다.

실은 글을 쓰기 시작한 이래 그 작가의 말이란 것을 몇번이고 쓴 적 있었습니다. 한데 그때마다 헤매기만 해서 도무지 나아지는 것이 없었습니다. 누군가 이런 말을 했다죠,랄지 이제 한고비 넘긴 기분입니다,랄지 어느덧 여름입니다, 그도 아니면 창가에 걸린 달 한조각이 방긋 웃네요, 등등의 말들을 어쩐지 거짓말 같아 하지 못했던 것입니다. 그러니 이번에도 솔직해질 수밖에 도리가 없을 것 같습니다. 기자회견을 앞둔, 연장 후반 이후 승부차기서 실축한 스트라이커의 기분이랄까요. 평평 플래시 터트려가면서 "아니 어떻게 그 순간에 어처구니없는 그런 똥볼 찰 생각을 한 것이죠?" 묻는다면 무슨 할말이 있겠습니까. "예. 전, 사실은, 그게, 끝마무리 쪽이 꽤 오랫동안 턱없이 부족했거든요." 그렇게 고개를 숙이는 수밖에 도리가 없는 것입니다. 그래도 나름대로 전, 후반 꽤 열심히 뛴 것 같기도 한데, 아니 뭐 그랬다는 것인데. 이것 참.

"다음에는 더 잘할 수 있을 것 같습니다. 그런데 작가의 말이란 게 말입니다, 아무래도 작가가 써야 하는 것이겠죠?"
정말 그렇다면.

한동안 지니고 놓지 않았던 기억이, 그렇게 써내려갔던 한줄 한줄이 더없이 소중하게 느껴졌다는 고백만 하겠습니다. 주의가 산만하지만, 마무리가 부족하지만 이제 누군가 모르는 이의 손에 이 책이 쥐어진다면 그것만이라도 선물할 수 있으면 얼마나 좋을까 생각해보는 것입니다.
잊고 지낸 비디오테이프와 누구도 알지 못했던 로맨스, 창고에 버려진 귀 한쪽과 무심코 버린 수첩, 다리를 저는 비둘기와 후렴구만 생각나는 옛 노래, 문득 머리 위를 스쳐지나갔던 UFO와 여전히 하늘을 날고 있을 흰색의 쎄스너(cessna) 비행기. 그들의 속삭임.
그리고 거대한 참치 한 마리. 그리고 무엇보다 신선한 생선 사나이의 속삭임.
정말 그렇다면.

다 기억할 수 있다면 '미'거나 '양'쯤이어도 좋으니 부디 한 시절 보내고 나면 누군가 점수를 주면 좋을 것 같습니다. "조금 못하면 어때? 다음에는 파이팅이다!" 그렇게 말입니다.

이제는 아무도 써주지 않는답니다. 이미 그런 나이가 되어버렸답니다. 때문에 늘 미안한 마음이 먼저고 무엇이고 마무리됐다 싶으면 고마운 사람들만 떠오르는 모양입니다.

멀리 부산으로 자리를 옮기신 두 분의 은사님을 잊지 않고 있습니다. 부족한 글을 기꺼이 받아준 것만도 짐이었을 텐데 4년씩이나 기다려주신 창비의 식구들은 정말이지 평생 잊지 못할 것 같습니다. 미숙한 첫 창작집임에도 불구하고 좋은 글을 써주신 강상희 선생님 고맙습니다. 한결같이 곁에서 많은 가르침을 주신 모교의 선생님들 모두 고맙습니다. 오랜 시간을 너그러이 기다려주신 대산문화재단의 관계자분들과 문예진흥원의 모든 분들께도 진심으로 감사의 마음을 전합니다.

이제는 아버님도 어머님도 두 분입니다. 늘 힘이 되는 식구들을 빼놓을 수 없을 것 같습니다. 무엇보다, 어여쁜 그녀에게 이 책 한권이, 기억하고 있는 그때 그랬던 것처럼, 좋은 선물이 되었으면 합니다. 모쪼록 모두들 다음에는 다 파이팅입니다.

2005년 6월 모교에서
김종은

# 신선한 생선 사나이

초판 발행/2005년 7월 5일

지은이/김종은
펴낸이/고세현
편집/김정혜 문경미 안병률 강영규 김명재
미술·조판/신혜원
펴낸곳/(주)창비
등록/1986년 8월 5일 제85호
주소/413-756 경기도 파주시 교하읍 문발리 513-11
전화/031-955-3333
팩시밀리/영업 031-955-3399 · 편집 031-955-3400
홈페이지/www.changbi.com
전자우편/literat@changbi.com

ISBN 89-364-3686-4  03810

* 이 책은 대산문화재단의 '대산창작기금'을 받았습니다.
* 이 책은 한국문화예술진흥원의 '문예진흥기금'을 받았습니다.